LE FRONT INTÉRIEUR

ESCOUADE SEVER

TOME 4

A.R. KNIGHT

LE RETOUR

Aurora avait raté un bouton, encore une fois. L'homme debout en face d'elle dans l'espace passagers, une vaste zone vide normalement réservée au fret sur ce type de vaisseau, rit de l'expression aigre qu'Aurora n'avait jamais réussi à dissimuler. Elle encaissait les critiques comme la plupart des gens encaissent un coup de poing dans le ventre, et se faire prendre par le même gars trois fois au cours d'un voyage de deux semaines... Aurora avait envie de frapper quelque chose, mais le vaisseau n'avait même pas de simulateurs.

— T'inquiète, dit Deepak en lui lançant un sourire apaisant. Je suis sûr que tu me le feras payer quand on passera à l'action.

— Ça, c'est sûr, répondit Aurora en corrigeant le bouton rebelle. Merci de me l'avoir fait remarquer.

Eux, ainsi que la centaine d'autres recrues à bord du cargo, devaient accoster leur nouveau vaisseau amiral, leur foyer au sein de DefenseCorp, le plus grand entrepreneur mercenaire de la galaxie et, en réalité, la plus grande force militaire existante. Aurora l'avait découvert à ses dépens lorsque son emploi de sécurité sur une station spatiale avait été supplanté par les troupes de DC, mais quand elle était allée protester dans les nouveaux bureaux, le responsable l'avait enrôlée et expédiée sur-le-champ.

Deepak venait d'un milieu plus strict, avec un cursus complet qui l'avait préparé à jouer un rôle plus administratif sur le *Nautilus*. Il accédait directement au rang d'officier, ce qui signifiait que dès qu'ils mettraient le pied à bord du vaisseau amiral, Aurora devrait surveiller ses insultes.

— Tu es excitée ? demanda Deepak alors que les écrans autour de la baie des passagers basculaient pour montrer le processus d'arrimage, avec un compte à rebours jusqu'à l'ouverture des grandes portes de la baie et le début de leur nouvelle vie. Un officiel de DC faisait un discours sur leur nouvelle vie que personne ne semblait écouter. Moi, au moins, j'ai hâte de manger quelque chose de meilleur.

— J'ai hâte de sortir et de faire quelque chose, répondit Aurora. Je n'ai jamais passé autant de temps coincée sur un vaisseau spatial.

— Je suppose qu'il va falloir s'y habituer, dit Deepak. D'après ce que je comprends, ce vaisseau sera notre nouveau foyer.

— Pour toi, dit Aurora en pointant le grade sur la poitrine de Deepak. Si je reste trop longtemps sur ce vaisseau, alors je n'obtiendrai pas ce pour quoi je suis ici.

— C'est-à-dire ?

— Du fric, Deepak, dit Aurora, et l'homme éclata de rire. Tu crois que je fais ça pour ma santé ?

— J'imagine qu'on peut espérer que l'un n'empêche pas l'autre.

Le compte à rebours atteignit zéro, les portes de la baie marquant l'occasion en s'ouvrant dans un sifflement. La foule se déplaça vers les sorties, et les premiers cris des chefs d'escouade appelant leurs recrues résonnèrent au-dessus de leurs têtes. Aurora entendit son nom, leva une main pour dire au revoir à Deepak, qui répondit d'un signe de tête, et la nouvelle recrue de l'Escouade Sever disparut dans l'aventure.

Aurora descendit la rampe pour entrer dans le *Nautilus* comme elle aurait pu le faire pour la centième ou la millième fois. Les sols polis et brillants, occasionnellement marqués par l'astéroïde qui composait une grande partie de la structure du *Nautilus*, étaient comme ils l'avaient toujours été. Les lumières trop vives la firent grimacer comme toujours.

Les armes pointées sur son visage ? Ça, c'était nouveau.

Une escouade complète, arborant des armures assistées de diverses couleurs et configurations, lourdement armée, attendait qu'Aurora descende la rampe. Les quatre autres membres de Sever suivaient, s'étalant derrière Aurora lorsqu'elle toucha le sol et subissant, comme elle, une inspection rapprochée pour détecter toute arme cachée.

Les soldats n'en trouvèrent aucune, car Aurora s'était assurée que son escouade n'essaierait rien de stupide.

La conversation n'avait pas été agréable. Alors qu'Eponi guidait leur vaisseau nouvellement volé, le *Prisa*, loin de la planète de roche noire Wexer et vers le *Nautilus*, tout le monde pensait qu'ils devraient être prêts pour un combat. Sai voulait apporter son katana, Gregor son marteau, et Rovo son truc, peu importe ce qu'était cette faux. Eponi voulait juste rester sur le *Prisa*, où elle pourrait pointer ses lasers sur quiconque lui lancerait un regard de travers.

Qu'ils se dirigeaient vers une situation délicate était évident pour tous, mais l'alternative était pire. Defense-Corp, Deepak et le *Nautilus* avaient clairement fait comprendre qu'ils poursuivraient Sever aussi loin qu'elle fuirait, et bien qu'Aurora n'ait aucune envie de retourner dans le giron de la grande compagnie, elle ne voulait pas passer ses jours à être pourchassée par des combattants lourdement armés.

— On accepte ce marché, avait dit Aurora alors que le *Prisa* approchait, on joue selon les règles une dernière fois, et on est libres. Vous pensez pouvoir faire ça ?

— J'en doute, gronda Gregor en réponse, mais je peux essayer.

Des hochements de tête approbateurs tout autour après ça, et cette acceptation à contrecœur avait conduit les cinq à se tenir à l'intérieur de leur ancien quartier général, désarmés et à la merci d'une organisation qui, moins d'un jour auparavant, avait incendié une partie d'une ville pour trouver Sever.

— Je suis heureux que vous ayez pris la bonne décision, dit Deepak en entrant dans la baie une fois que son escouade d'inspection eut donné le feu vert. Clairement, nous ne nous sommes pas quittés dans les meilleurs termes, mais à mon avis, l'Escouade Sever mérite toujours le respect pour tout ce que vous avez fait pour DefenseCorp.

L'amiral du *Nautilus* ne semblait pas si différent de la première fois qu'Aurora l'avait rencontré sur ce cargo. Les missions incessantes avaient ajouté des cicatrices à Aurora, tant mentales que physiques, tandis que le temps de Deepak se manifestait par les lignes grises parsemant ses cheveux noirs, les poches affaissées sous ses yeux et une ride frappante et profonde le long de sa joue gauche.

L'uniforme de l'homme, dans le cramoisi de Defense-Corp, avait chaque bouton parfaitement placé.

— Tout ce respect ne nous a pas menés bien loin, répondit Aurora, très consciente qu'elle et Sever étaient vêtus d'un mélange de vêtements civils pillés aux anciens propriétaires du *Prisa*.

— Ça le fera, si j'ai mon mot à dire, dit Deepak, puis il étendit son regard au-delà d'Aurora vers les autres. — Aurora et moi allons négocier les termes de l'accord. Pendant ce temps, vous êtes libres d'aller au mess ou chez l'intendant pour récupérer vos affaires. Si notre conversation se déroule comme nous l'espérons tous les deux, vous serez de retour sur votre vaisseau avant longtemps.

Séparer le capitaine de son équipage. Aurora n'était pas vraiment surprise, mais si Deepak avait de mauvaises intentions, diviser l'Escouade Sever serait un bon premier pas. Cela dit, si Deepak voulait les tuer, le *Nautilus* aurait pu griller le *Prisa* dès qu'Eponi avait rapproché le vaisseau.

Du calme, Aurora. Chaque mouvement n'a pas besoin de cacher une embuscade.

Aurora jeta un coup d'œil à son escouade, — Vous avez entendu l'amiral. Prenez une pause. Mangez un morceau. Une fois qu'on sera sortis de ce bateau, on n'aura peut-être pas l'occasion de se dégourdir les jambes avant un moment.

— Tu es sûre de vouloir y aller seule ? proposa Sai, les mains détendues, les yeux guettant un signe d'Aurora pour avoir un meilleur indice.

Sauf qu'il n'y avait rien à signaler. Aurora devait faire confiance à Deepak ici, croire que collaborer avec Defense-Corp pour retrouver Kaia maintiendrait Sever en vie et en sécurité.

— Ça ira, dit Aurora. — Deepak a trop peur pour me menacer.

— C'est bien vrai, admit Deepak.

Sur un geste de Deepak, Aurora se plaça à côté de lui alors qu'ils quittaient la baie. Le *Nautilus* était construit comme un cube à l'intérieur d'une sphère, avec trois niveaux principaux, chacun avec trois grandes artères traversantes reliées par de nombreux couloirs plus petits, des salles plus grandes et des ascenseurs verticaux. Les membres d'équipage, les troupes actives et les robots grouillaient partout sur le vaisseau, s'occupant de la maintenance, de la préparation des missions et du chaos général à bord d'un grand croiseur comme celui-ci.

Après avoir passé des jours sur Wexer, à respirer la poussière et à sentir sa brise fraîche constante, Aurora ne détestait pas l'air recyclé, purifié presque à néant. Le bourdonnement et le grondement du grand vaisseau, une vibration qui persistait dans ses nerfs, lui semblaient plus familiers que la terre immobile sur laquelle ils avaient dormi. Même les annonces au haut-parleur appelant telle ou telle personne, escouade ou spécialité à tel ou tel endroit lui semblaient comme un bruit de fond onctueux, des sons réconfortants pour l'âme.

En quittant la baie pour entrer dans l'un des couloirs principaux, Aurora et Deepak prirent à gauche, se dirigeant vers la proue du *Nautilus* et, vraisemblablement, vers sa passerelle. Deepak aurait des pièces là-bas qu'ils pourraient utiliser pour une discussion privée. Les autres membres de Sever prirent à droite, disparaissant dans la foule.

— Ça s'est plutôt bien passé, je trouve, dit Deepak en marchant. — Personne n'a commencé de bagarre. Presque mieux que vos retours de mission habituels.

— On est coriaces, Deepak, mais pas suicidaires, répondit Aurora.

— Et pourtant, vous avez déserté. Un acte équivalent au suicide.

— Toi et moi savons bien que DefenseCorp se fiche des déserteurs. Pas assez pour les poursuivre avec un vaisseau comme le *Nautilus*, en tout cas.

— La plupart des déserteurs ne se retrouvent pas impliqués dans des toiles dangereuses avant de s'enfuir.

Aurora observa Deepak pendant qu'il parlait. L'amiral gardait les yeux droit devant lui, le visage impassible, mais une frustration persistait dans ses paroles alors qu'elles flottaient dans l'air. Deepak avait envoyé Sever en mission sur Dynas, celle qui avait tout déclenché, sans aucune information sur ce qui se trouvait réellement sur la planète marécageuse, sur la cité cachée et ses expériences pas très légales.

Et sans aucune indication que DefenseCorp elle-même avait intérêt à garder Dynas secrète.

— Tu ne savais pas, répéta Aurora ce que Deepak lui avait dit avant que le *Prisa* n'accoste. — Tu as dit que tu ne savais pas, et tu nous as envoyés sur Dynas, et maintenant tu es en colère à cause de ce qu'on a trouvé ?

— Je ne suis pas en colère contre toi, Aurora, répondit Deepak. — Je ne l'ai jamais été. Tu me connais. Je suis toujours du côté de mes soldats. Quand l'appel est arrivé, l'acheteur et la demande, j'aurais dû vérifier. Je l'aurais fait, d'ailleurs, sauf que le niveau était mineur. Une extraction d'une seule personne ? Sur une planète vide ?

— Ça ressemblait à quelqu'un qui s'était retrouvé bloqué.

Ils atteignirent la banque d'ascenseurs de la proue du *Nautilus* et s'emparèrent d'une des cabines pouvant accueillir une douzaine de personnes pour les faire monter. Deepak entra en premier, Aurora le suivit, et plusieurs autres s'engouffrèrent derrière eux. Quelques membres d'escouade, discutant de leur quart sur le point de commencer, et deux autres, portant des uniformes sans grade marron et noir, les yeux rivés sur leurs bracelets.

— J'ai reçu un message de la hiérarchie peu après votre atterrissage sur la planète, dit Deepak. — Au début, l'ordre était simple. Je devais vous demander de vous retirer. Quand j'ai expliqué que vous ne pouviez pas faire ça-

— Parce que tu ne nous avais donné qu'une navette de largage.

— Une chose normale pour Sever ! Vos missions ont en fait de *meilleurs* résultats quand je ne vous donne pas un vrai vaisseau à défendre. Deepak leva une main, comme pour se calmer. — Quand j'ai expliqué que je ne pouvais pas vous faire quitter la planète, que je ne pouvais même pas vous joindre, c'est là que les choses sont devenues difficiles.

— Pour toi.

Aurora ne chercha pas à cacher son sarcasme : Deepak avait dû gérer quelques messages épicés pendant que Sever se battait pour sa vie dans une mission qui avait largement dépassé toute portée attendue. Difficile de concilier ces deux réalités.

— C'est vrai, je ne m'attends pas à de la sympathie, dit Deepak.

— Tant mieux.

Deepak rit, un aboiement amer qui fit reculer Aurora d'un pas. L'amiral avait toujours été plutôt joyeux, confiant. Pas du genre à se laisser affecter par les choses, mais la personne qu'Aurora voyait devant elle maintenant n'avait plus cette même lueur insouciante.

— Je suis content de voir que toute votre fuite ne t'a pas changée, dit Deepak. — Parce que ça m'a changé, moi, Aurora. Pour la première fois, j'ai l'impression d'être surveillé. Toute cette affaire ? Ce que je vous propose ? Tout ce que je peux dire, c'est que tu devrais accepter.

— Ce n'est pas juste moi, répondit Aurora alors que l'ascenseur s'arrêtait au niveau supérieur, les portes s'ouvrant. — Sever doit décider ensemble. On a pris cette décision quand on s'est séparés de toi.

Les soldats qui discutaient sortirent les premiers, plongeant dans le hall sans y réfléchir à deux fois. Les deux autres, les yeux toujours rivés sur leurs bracelets en mode de navigation silencieuse, ne bougèrent pas. Deepak posa une main sur l'épaule d'Aurora, lui donnant une légère poussée pour les faire sortir. Aurora se dégagea du geste alors que Deepak faisait un signe de tête de l'autre côté, vers une section verrouillée réservée au personnel de haute priorité.

— Alors tu voudras les convaincre de dire oui, dit Deepak. — Je sais que les menaces ne signifient pas grandchose pour toi, mais ce n'est plus seulement à propos de toi maintenant. Ni même seulement à propos de Sever.

— J'ai hâte d'entendre de qui il s'agit, alors, dit Aurora alors qu'ils se frayaient un chemin à travers la foule vers l'autre côté.

Deepak plaça son badge contre la serrure, qui cligna en bleu et s'ouvrit. Au-delà d'un couloir plus étroit s'alignaient des pièces de chaque côté, et une fois de plus, Deepak utilisa sa main pour guider Aurora dans la plus proche sur la droite.

En matière de pièces, celle-ci restait basique : une longue table ovale entourée de huit chaises. Le mur du fond servait également de grand écran, et un unique long luminaire argenté au plafond permettait à Aurora de tout voir parfaitement. Ce qui signifiait qu'elle avait une vue dégagée sur le seul autre occupant de la pièce, un homme portant l'uniforme cramoisi de Deepak, mais orné de plus d'insignes qu'Aurora n'en avait jamais vu. Des insignes dont elle cessa de se soucier lorsqu'il se tourna pour la regarder.

Aurora avait déjà vu ce visage auparavant, à un seul endroit, scintillant dans le halo gris réservé aux communications vidéo longue distance. Ce visage avait menacé leurs vies, leur avait dit sans ambiguïté ce qui attendait l'Escouade Sever s'ils ne donnaient pas à DefenseCorp tout ce qu'ils savaient sur Dynas.

Sauf que, contrairement à Deepak, la seule récompense pour avoir tout avoué serait une mort rapide.

— Aurora, dit Deepak alors qu'elle s'arrêtait. Assieds-toi. S'il te plaît.

Derrière elle, deux personnes supplémentaires se faufilèrent dans le couloir, s'entassant dans l'embrasure de la porte. Les surveillants des bracelets de l'ascenseur. Aurora avait Deepak à côté d'elle, deux gorilles derrière elle, et le visage salé et plastique devant.

Tout ne devait pas forcément se terminer en embuscade.

N'est-ce pas ?

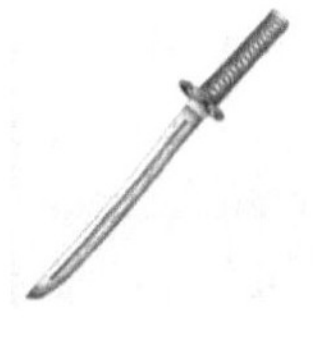

2

LA CONDUITE

À bord du vaisseau d'Anaskya, après Dynas, Sai avait voté pour dire adieu au *Nautilus* à jamais. Sur le moment, encore euphorique de leur évasion et porté par les émotions qui accompagnaient leur victoire sur un virus qui aurait dû le réduire en bouillie, Sai n'avait pas trop réfléchi à ce qu'il avait laissé derrière lui. À ce qui l'attendait dans les possessions du Quartier-maître.

Après que le trio de Sever eut quitté la baie, ils se séparèrent à nouveau au prochain carrefour. Gregor déclara qu'il avait besoin de se remplir l'estomac, et Rovo fit écho à ce sentiment, tandis qu'Eponi restait en arrière pour s'assurer que le *Prisa* était prêt pour un voyage plus long. Cela laissa Sai se diriger vers l'arrière du *Nautilus* et la section dédiée aux approvisionnements de l'immense vaisseau.

Bien qu'on puisse traverser le *Nautilus* à pied lentement, des tapis roulants augmentaient la vitesse pour ceux qui acceptaient de glisser entre le personnel au repos. Sai, sentant tous les regards sur lui dans les vêtements miteux qu'il avait pris aux anciens propriétaires du *Prisa*, saisit l'occasion pour confirmer son apparence inhabituelle en courant presque sur les tapis roulants.

Cette vitesse était à la fois inutile et absolument nécessaire : de retour sur Wexer et avant, Sai avait abandonné l'espoir de voir sa famille, d'obtenir une vidéo avec les visages de ses enfants, le sourire patient de sa femme. De telles choses ne traversaient pas facilement le cosmos, encore moins quand la cible ne cessait de bouger. Sai avait pu leur envoyer des messages, dirigés à travers des réseaux de satellites à l'échelle de la galaxie, qui utiliseraient des astuces physiques pour arriver à destination assez rapidement.

Toute réponse qui lui serait envoyée n'atteindrait rien ni personne, car Sai ne restait pas immobile.

Le *Nautilus* avait été la dernière affectation permanente de Sai, et dans les affaires maintenant détenues par le Quartier-maître, les enregistrements sauvegardés de Sai l'attendaient. Il pourrait revoir des vidéos d'anniversaires, de pièces de théâtre scolaires, d'amis et de fêtes. Toutes transmises au *Nautilus*.

— Puis-je les faire charger sur un lecteur stim ? demanda Sai lorsqu'il atteignit le Quartier-maître, une grande section située au-dessus des moteurs.

Avec son nom étalé en grosses lettres rouges sur la longue entrée, le Quartier-maître partageait son espace entre des guichets vitrés où le personnel du *Nautilus* pouvait demander à donner ou à prendre ses propres effets, ou réquisitionner des fournitures générales. Des robots se tenaient au garde-à-vous à chaque guichet, exigeant les formulaires et autorisations appropriés pour toute interaction.

DefenseCorp avait depuis longtemps décidé que tout poste susceptible d'être corrompu, trompé ou compromis d'une manière ou d'une autre devait être confié à des machines sans cervelle, bien que Sai ait entendu dire que ces robots élancés pouvaient être reprogrammés par quiconque disposait de suffisamment de temps et d'efforts.

Celui-ci, assurément, semblait lent. L'énorme objectif de caméra au centre du robot, une pièce en forme de tige s'épanouissant en ces bras longilignes au sommet, se fondant en une base à roues en bas, clignotait d'un rouge colérique en direction de Sai après une longue minute à examiner le numéro d'identification que Sai avait fourni.

— Désolé, ces enregistrements sont maintenant classifiés, dit le robot. Tu n'as pas l'autorisation d'accéder aux biens d'un criminel.

— Les biens d'un criminel ?

— Correct, dit le robot. Le numéro d'identification que tu as fourni appartient à un individu accusé d'avoir déserté DefenseCorp. Tant que cette accusation est en cours, nous ne pouvons remettre aucun objet à ceux qui n'ont pas l'autorisation appropriée.

Sai fixa la machine. Il voulait qu'elle fasse un choix différent. Quand cela échoua, et que le soldat ennuyé dans la file derrière Sai demanda s'il comptait bouger un jour dans ce siècle, Sai s'écarta et essaya de trouver une autre stratégie.

Deepak avait délibérément dit d'aller vérifier auprès du Quartier-maître, mais Sai, et probablement tous les autres membres de Sever, étaient toujours étiquetés comme des criminels. Donc soit Deepak ne savait pas qu'ils étaient bloqués, soit il voulait leur jeter leur statut au visage.

— Hé, dit une voix derrière Sai, et il se retourna pour voir l'une des superviseures humaines du Quartier-maître, portant le rouge cramoisi de DefenseCorp avec un badge QM blanc brillant sur la poitrine. Elle avait l'air d'être sur le

Nautilus depuis un moment et de ne pas avoir suivi rigoureusement le programme d'exercice recommandé. Pas grosse, mais souple, comme si ses os ne pouvaient pas tout à fait soutenir son corps. Qu'est-ce que tu fais ici ?

Sai n'avait pas fait beaucoup de voyages au Quartier-maître pendant qu'il était sur le *Nautilus* — Sever avait tendance à recevoir tout ce dont ils avaient besoin entre les missions, en raison de leur statut mortel et dangereux — il ne reconnaissait donc pas la femme et ne comprenait pas sa question.

— J'essaie de récupérer mes propres vidéos, dit Sai. Apparemment, le système pense que je suis un criminel.

La femme hocha la tête.

— Parce que tu en es un.

D'accord, connasse.

— Super, merci d'avoir éclairci ça, dit Sai. Tu es sortie juste pour me dire ça, ou tu avais un but ?

— C'est bon de savoir que tu as encore de l'esprit, dit la femme. Tu vas en avoir besoin, si Deepak a raison.

Elle jeta un coup d'œil par-dessus l'épaule de Sai.

— Ne te retourne pas maintenant, mais garde les yeux ouverts et tu vas remarquer de nouvelles personnes sur le *Nautilus*. Je ne peux pas en dire beaucoup ici, mais je peux te donner ça.

La femme tendit la main, et au début Sai pensa qu'elle voulait une poignée de main, mais ensuite elle l'attira dans une étreinte serrée, disant à voix haute qu'elle avait cru qu'il avait été perdu lors de la dernière mission. Sai s'habitua progressivement à l'idée et lui rendit l'étreinte, sentant un petit objet se glisser dans la poche de son pantalon alors qu'elle s'éloignait.

— Qu'est-ce que c'était ? dit Sai à voix basse.

La femme sourit de cette façon douce qu'ont les gens du service client quand ils en ont fini avec vous.

— J'espère que tu auras plus de chance pour blanchir ton nom, Sai. C'était génial de te revoir.

Sai voulait, aurait pu tendre la main pour attraper la femme et la retenir pour un interrogatoire plus sévère, mais ses mots, son ton indiquaient que ce serait une mauvaise idée. Au lieu de cela, se forçant à ne pas regarder derrière lui, Sai se remit à marcher, cette fois traversant le *Nautilus* et se dirigeant vers les baraquements.

L'ancienne chambre de Sai aurait disparu, mais le *Nautilus* avait des quartiers pour invités. Il sentit l'appareil dans sa poche, le petit rectangle. Des bords tranchants. Un disque de stockage. Il lui fallait maintenant un moyen de le lire, et chaque chambre d'invité du *Nautilus* disposait d'un terminal.

Mais, et Sai avait eu tout le temps du trajet sur le tapis roulant pour y réfléchir, qu'est-ce que c'était que cette histoire ?

Deepak fait une allusion subtile pour aller chercher des trucs chez l'Intendant et maintenant Sai se baladait avec un disque contenant qui sait quoi ? La femme avait laissé entendre que Deepak avait tout planifié, ce qui soulevait la question... pourquoi ? N'était-ce pas le vaisseau de Deepak ?

Sai se rappela le commentaire de la femme à propos de personnes étrangement vêtues à bord et consacra son temps de marche à balayer du regard les galeries. Les uniformes cramoisis de DefenseCorp semblaient universels, tous légèrement modifiés pour indiquer le rang et l'affectation de chacun. S'y mêlaient des gens habillés comme Sai en civil, des vendeurs et des spécialistes à bord pour des missions.

Personne ne semblait étrange au premier coup d'œil.

Personne n'était adossé au mur, parlant dans un bracelet et surveillant Sai comme un espion.

Sai essaya de jouer le jeu : même si Deepak voulait transmettre un message secret à Sai ou à n'importe quel membre de l'Escouade Sever qui rendrait visite à l'Intendant en premier, pourquoi se tourner vers Sever en premier lieu ? Deepak avait tout un vaisseau rempli de troupes loyales qu'il pouvait utiliser.

Si Sai, ou n'importe qui de l'Escouade Sever, avait encore ses propres bracelets, il aurait appelé Aurora ou Gregor pour leur demander ce qu'ils en pensaient. Sans les appareils, Sai devait garder le secret pour lui-même pendant qu'il se dirigeait vers les baraques.

Et tout ce qu'il voulait, c'était voir sa femme et ses enfants.

Les baraques s'inspiraient dans leur conception de l'astéroïde composant le *Nautilus*, s'intégrant dans le noyau rocheux avec un mélange de minéral et de métal. Au niveau médian du *Nautilus*, près du réfectoire principal, les baraques avaient assez de place pour les cinquante mille soldats stationnés sur le *Nautilus*, avec le triple réparti autour et en dessous pour les invités et le personnel de soutien.

En venant de l'arrière, l'entrée de Sai affichait les chambres les plus proches accessibles depuis les doubles portes les plus proches situées le long de la galerie centrale. Le grand couloir fonctionnait comme l'artère du *Nautilus*, et le peu de concessions que Deepak accordait à la décoration s'y trouvaient : des photos d'escouades mettant en valeur leurs membres, des affiches et des autocollants de missions et de campagnes, les fréquents slogans optimistes sur fond uni.

De l'extérieur, cette propagande écrasante pouvait

sembler presque risible, comme si DefenseCorp voulait transformer ses gens en une masse homogène qui ne pensait qu'en termes d'objectifs accomplis et de contrats remplis. Pour Sai, tout cet esprit le ramenait en arrière, tirant sur le sentiment qui lui avait manqué dans les semaines depuis que l'Escouade Sever s'était séparée et avait fui.

Il avait échangé sa vraie famille contre la version différente, mais très réelle à sa manière, de DefenseCorp. Maintenant, eh bien, maintenant Sai avait l'Escouade Sever, et uniquement l'Escouade Sever. Quant à savoir si leur groupe de cinq s'intégrerait aussi bien, Sai n'en était pas sûr.

Les baraques nécessitaient une identification scannée pour entrer, ce que Sai avait oublié jusqu'à ce qu'il se tienne devant les portes, cherchant un bracelet qu'il n'avait pas. L'habitude le frappait à nouveau.

— Tu as besoin d'aide ? dit un homme plus jeune, s'approchant de Sai. Il portait un uniforme cramoisi comme les autres, bien que celui-ci ait des bandes noires sur les côtés que Sai ne reconnaissait pas. Tout le monde oublie parfois son bracelet. Ça m'est arrivé la semaine dernière.

Oublier leurs bracelets ? Sai ne l'enlevait jamais. Littéralement jamais, même sous la douche. Mais différentes personnes avaient différentes idées.

— Ouais, dit Sai. J'essaie d'accéder à une chambre d'invité. Je viens d'arriver et je n'ai pas encore tout réglé.

— Les choses sont un peu le bordel en ce moment, acquiesça l'homme, scannant son bracelet sur les portes des baraques, qui s'ouvrirent d'un coup. Il y a beaucoup de nouveaux venus sur le vaisseau.

— J'ai entendu ça, dit Sai. Tu sais pourquoi ?

L'homme secoua la tête.

— Je suppose que DefenseCorp change encore les choses. Tu sais où aller ?

— Ouais, je suis déjà venu ici, dit Sai. Merci pour l'aide.

Sai commença à marcher dans le couloir plus étroit et plus vide des baraques, où les lumières s'entremêlaient avec la roche grise et brune pour donner à l'ensemble un aspect plus naturel. Il s'arrêta quand l'homme entra avec lui.

— Tu vas par là ? demanda Sai.

— Oui, j'ai besoin de faire un arrêt moi aussi, dit l'homme. Comme je le disais, j'ai tendance à oublier des choses.

— Ça arrive.

Les deux continuèrent pendant encore quelques minutes, l'homme bombardant Sai de questions sur où il avait été, ce qu'il faisait sur le *Nautilus*. Sai étaya ses excuses avec la vérité, parlant de son expérience militaire passée, du fait qu'il travaillait auparavant pour Defense-Corp sur ce même vaisseau avant de partir pour des contrats plus privés.

Le tournant vers les quartiers des invités, un ensemble de chambres regroupées vers le côté droit du *Nautilus*, apparut et Sai s'y dirigea, seulement pour que l'homme le suive à nouveau.

— Je me suis souvenu que tu auras besoin d'un autre scan pour entrer dans une des chambres, dit l'homme, arborant toujours ce léger sourire omniprésent.

— Vraiment ? dit Sai. On dirait qu'ils ont renforcé la sécurité. Avant, on n'en avait jamais besoin une fois qu'on avait passé les portes des baraques.

— Comme je l'ai dit, beaucoup de changements.

Sauf que lorsqu'ils atteignirent les quartiers des invités, Sai ne vit aucun scanner verrouillé sur les portes. Les chambres affichaient les noms de ceux qui y séjournaient — réglés via le terminal à l'intérieur des chambres elles-mêmes — et pouvaient lier leurs verrous au bracelet de l'invité, mais toute chambre ouverte était, eh bien, ouverte.

Sai s'arrêta devant un scanner clignotant en vert, prêt à entrer, mais l'homme l'avait suivi jusque-là. Il se tenait maintenant proche, observant.

— Alors, quand vas-tu passer à l'action ? dit Sai. Parce que tu es en train de manquer de temps.

— Ah bon ? répondit l'homme. J'espérais que tu entrerais d'abord. Pour garder les choses un peu plus discrètes.

Sai haussa les épaules, tapota le scanner vert qui fit s'ouvrir la porte en un bruissement.

— Alors, pour qui travailles-tu ? dit Sai, regardant l'homme. Quelqu'un qui chasse les déserteurs ?

— Peu importe, répondit l'homme, gardant cet air sanguin. Tu seras trop mort pour t'en soucier.

— Je croyais que tes patrons nous voulaient vivants ?

— Seulement certains d'entre vous. L'homme fit un signe de tête vers la chambre d'invité. On y va ?

3

INSPECTEURS

Le plateau de Gregor était rempli de nourriture synthétique, toute produite par assemblage de protéines dans les banques alimentaires du *Nautilus*. Après avoir posé son plateau sur la table en tôle froide, peinte de vagues bleues en hommage à l'inspiration du *Nautilus*, Gregor contempla son festin, observant comment ce repas solide et réel effaçait les dernières semaines passées à ingurgiter des calories en poudre.

Le mess bourdonnait également de conversations incessantes. Ce grand espace, situé au niveau le plus bas du *Nautilus*, pouvait accueillir des milliers de personnes dans son agencement à plusieurs niveaux et proposait en permanence plusieurs créations culinaires pour le plaisir de l'équipage. La vaste salle, comme la table, jouait sur l'ambiance aquatique, avec des chemins de circulation préférentiels indiqués par d'étranges poissons et des sections délimitées par des dessins de coraux d'un autre monde.

D'après ce que Gregor avait entendu, le chef cuisinier en chef du *Nautilus* lors de l'inauguration du vaisseau avait déclaré qu'il ne servirait pas dans un mess si dépourvu d'âme. Ayant besoin d'occuper les troupes pendant le trajet vers leur premier contrat, les escouades de DefenseCorp avaient passé leur temps à transformer le mess en un lieu unique en son genre, que ce soit sur ce vaisseau ou sur n'importe quel autre.

Malgré son air bourru, Gregor avait peut-être laissé ses lèvres s'étirer en un sourire lorsqu'il avait vu l'endroit.

— Tu vas manger ça ? demanda Rovo en s'asseyant en face de lui. Ou est-ce que la générosité de cette gentille femme va être gaspillée ?

— Je vais le manger, répondit Gregor. J'apprécie mes repas.

Avant que Gregor ne puisse prendre une bouchée, la gentille femme à laquelle Rovo faisait référence posa son propre plateau à côté du grand homme, prenant place sur le long banc, le frôlant presque. Elle était derrière eux dans la file et avait proposé de payer pour Gregor et Rovo quand ils s'étaient rendu compte que, sans leurs bracelets et leurs comptes DefenseCorp, ils ne pouvaient pas réellement acheter la nourriture qu'ils avaient choisie.

— Moi aussi, dit la femme, sa carrure et son attitude suggérant des moments difficiles passés pour DefenseCorp. Elle portait également le rouge cramoisi classique de l'entreprise, bien que les bandes noires sur les côtés indiquaient une division que Gregor ne reconnaissait pas. On ne sait jamais quand viendra notre prochain repas, ni ce qu'on devra faire pour l'obtenir.

— Comme demander la charité à une inconnue, dit Rovo. Merci encore.

— Nous sommes tous de DefenseCorp ici, répondit la femme. Pas de problème.

Gregor hocha la tête et ils commencèrent tous à prendre une bouchée ou deux ou sept. La nourriture était aussi bonne et consistante que dans les souvenirs de Gregor, bien que les bouchées aient cette nuance insipide propre aux protéines produites en laboratoire. Comme si, à chaque mastication, Gregor allait un peu plus loin derrière le rideau pour voir le néant au cœur de sa nourriture.

— Je ne sais pas d'où vous venez tous les deux, dit la femme alors que le repas se poursuivait, mais j'aime savoir avec qui je partage une table. Je m'appelle Zaydi, et même si ça fait longtemps, je viens de Poppyseed Nine.

Les yeux de Gregor s'illuminèrent à ce nom. Pas Zaydi, dont il se moquait éperdument, mais Poppyseed Nine. Les Poppyseeds et quelques autres secteurs aux noms similaires s'étaient fait une réputation pour leur perfection. De multiples planètes dans des zones habitables, de la vie partout. Ceux qui en avaient les moyens, soutenus par DefenseCorp, s'étaient approprié ces secteurs. Quiconque né sur ces planètes n'avait rien à faire dans un mess de DefenseCorp.

— Je m'appelle Rovo, dit le bleu, couvrant le silence de Gregor. Et, euh, je ne viens pas vraiment d'un endroit important. Vous avez bien dit Poppyseed Nine ?

Rovo, quel beau parleur.

Zaydi afficha un sourire qui disait qu'elle avait répondu à cette question un millier de fois.

— Vous vous demandez pourquoi je ne mange pas avec l'amiral en lui disant que j'aimerais acheter son vaisseau ?

— Franchement, oui ?

— Parce que je n'aimais pas ça, dit Zaydi en croisant les bras, les coudes appuyés sur la table. Vous voulez entendre un secret ? Ce petit sourire s'élargit. Les Poppyseeds, c'est là où la galaxie a planqué tous ses gens horribles.

Zaydi, ayant ouvert la porte, continua pendant que Rovo et Gregor dévoraient leurs repas. Elle enchaînait les histoires sur tel ou tel personnage affreux, des récits qui ressemblaient beaucoup aux mondes corrompus que Gregor avait utilisés pour négocier une position dans Sever. Quelle non-surprise d'apprendre qu'un autre secteur souffrait de problèmes humains.

— Alors, que faites-vous tous les deux après ça ? demanda Zaydi dans le silence relatif qui suivit sa dernière histoire. De grands projets pour votre premier jour sur le *Nautilus* ?

— On attend que notre capitaine décide si on vit ou si on meurt, en gros, dit Rovo, et Gregor grogna son accord.

— Comment va-t-elle faire ça ?

Gregor s'arrêta, sa cuillère à mi-chemin de sa bouche. Rovo commença à répondre à la question de Zaydi, et Gregor reprit son repas, masquant sa pause. Ni Gregor ni Rovo n'avaient mentionné leur rôle dans Sever, ni parlé d'Aurora, pourtant Zaydi n'avait pas semblé surprise par les paroles de Rovo.

Le grand homme jeta un regard plus attentif vers Zaydi tandis que Rovo terminait une description floue de la raison de leur présence, une mission potentielle pour trouver quelqu'un qui serait dangereux. Gregor devait reconnaître le mérite du bleu : l'homme savait inventer beaucoup de choses à la volée, là où Gregor aurait préféré secouer la tête et ne rien dire.

— C'est quoi votre unité ? demanda Gregor, les lignes noires sur l'uniforme de Zaydi refusant de se faire oublier.

— Mon unité ? demanda Zaydi.

— Votre escouade.

— Oh, Zaydi regarda son propre uniforme, comme si elle le découvrait pour la toute première fois. Je fais partie d'une équipe d'inspection, on effectue une tournée sur le *Nautilus* pour s'assurer que tout va bien.

— Et ça va ? demanda Rovo. Le *Nautilus* ?

Zaydi soupira.

— Honnêtement ? Il y a quelques problèmes. Elle les regarda tour à tour. Je peux vous faire confiance à tous les deux, n'est-ce pas ? Pas de partage ?

Gregor voulait dire que non, Zaydi venait juste de les rencontrer. Elle ne devrait pas leur faire confiance pour des secrets, petits, grands ou intermédiaires.

— Il n'y a personne à qui nous pourrions le dire, dit Rovo.

— D'accord, eh bien, apparemment quelqu'un a travaillé dans l'armurerie ici, dit Zaydi. Ils assemblent de nouvelles combinaisons qui vont à l'encontre de nos politiques. Zaydi tapota ses lèvres, arrivant à une découverte. Vous utilisez des armures assistées, n'est-ce pas ? Pour vos missions ?

— En effet. Rovo ressemblait à un petit chien, tout ouïe à la question de Zaydi.

— Alors peut-être que vous pouvez m'aider, dit Zaydi. Personne dans mon équipe ne travaille avec des armes lourdes, et nous devons décider si les modifications sont trop dangereuses. Vous avez dit que vous étiez nouveaux ici, n'est-ce pas ? Donc vous pourrez garder un esprit ouvert ?

— Nous ne travaillons pas pour Deepak, répondit Rovo. J'adorerais vous aider.

Gregor sentit le plus léger des contacts sur sa cheville. Sur le devant. Gregor déplaça son coude, faisant tomber son couteau de la table au sol, où il rebondit avec un cliquetis sec. Il se pencha pour le ramasser, jeta un coup d'œil en direction de Rovo tandis que Zaydi donnait plus de détails sur la question de l'armure, et aperçut la main droite de Rovo qui s'attardait en dessous, faisant des signes de la main.

Rovo ne maîtrisait pas encore tout à fait les signes de

l'Escouade Sever, mais il en transmettait l'essentiel assez bien. La recrue mènerait, Gregor devait suivre.

Mener où, suivre comment ? Cela restait un mystère.

Au moins, il semblait que Rovo avait compris que quelque chose n'allait pas avec Zaydi.

— Vous avez du temps maintenant ? demanda Zaydi à la fin de sa description. Ça ne devrait pas prendre longtemps.

— On a le temps ? demanda Rovo à Gregor. Je ne pense pas que le capitaine voulait qu'on retourne au vaisseau avant tard.

Gregor haussa les épaules. Comme toute l'escouade avait perdu ses bracelets, Aurora était revenue à l'âge de pierre et avait fixé une heure après le dîner pour que tout le monde retourne au *Prisa*. Le *Nautilus* avait des horloges sur des écrans partout, donc le suivi du temps n'était pas un problème, et pour le moment, ils avaient encore des heures à tuer.

— Voilà votre réponse, dit Rovo à Zaydi. Montrez-nous le chemin.

Zaydi les conduisit du mess vers la proue, évitant les ascenseurs pour les garder au niveau le plus bas du *Nautilus*. Gregor n'avait pas passé beaucoup de temps hors du mess à ce niveau, car les espaces étaient plus dédiés à l'ingénierie, au stockage de cargaison et à l'analyse.

Peu de marteaux, et encore moins de cibles à fracasser que sur les autres niveaux.

Le mess coupait en deux le couloir central du niveau inférieur, et en sortant, ils se retrouvèrent dans ce qui, un ou deux niveaux plus haut, aurait été une section bondée. Le couloir vers la proue aurait dû être rempli de robots et de membres d'escouade courant dans tous les sens. Des messages auraient dû être diffusés au-dessus de leurs têtes.

Au lieu de cela, quitter le mess par de lourdes doubles

portes — Gregor nota qu'elles étaient blindées contre les explosions, contrairement aux autres sorties du mess — amena le trio dans un couloir silencieux. Les côtés, plutôt que d'arborer des affiches motivantes et des slogans de DefenseCorp, étaient placardés de consignes de sécurité, de rappels sur les exigences des formulaires, et d'avertissements en rouge vif indiquant que le travail pourrait mettre en danger tout le vaisseau.

— Ça a l'air d'un endroit amusant, dit Rovo alors qu'ils marchaient. Tu es déjà venu ici, Gregor ?

— Une fois, dit Gregor. Il y a longtemps, pour obtenir mon marteau.

— Marteau ? demanda Zaydi, avec une curiosité sincère dans la voix.

— Mon arme préférée, répondit Gregor. La plupart préfèrent les fusils. Je les trouve trop faciles.

— Je... vois, dit Zaydi, ne voyant clairement pas. Au lieu de cela, elle pointa du doigt une porte jaune, équipée d'un scanner d'identification. Voici le laboratoire que nous utilisons.

L'étiquette au-dessus de la porte indiquait que ce qui se trouvait au-delà était *Armes Trois*. Plus loin dans le couloir, alors, se trouveraient *Armes Un* et *Armes Deux*. Cette dernière avait été l'endroit où Gregor avait gagné son marteau, acheté avec la majeure partie de l'argent de DefenseCorp sur le compte de Gregor à l'époque, et ça en valait vraiment la peine.

— Rappelez-vous, dit Zaydi. Pas un mot de ce que vous verrez ici.

La porte s'ouvrit en glissant pour révéler... une autre porte avec un petit couloir sans caractéristiques particulières entre les deux. Un sas de contrôle, destiné à empêcher quiconque jetant un coup d'œil de voir à l'intérieur. Le trio s'entassa dans l'espace, Zaydi passa son badge sur la deuxième porte, et avec un bip, leur chemin de retour se ferma et celui vers l'avant s'ouvrit.

Armes 3 n'était pas beaucoup plus grand que l'espace de rassemblement central du *Prisa* ou le salon du module dans lequel Gregor avait vécu sur la comète. Pas qu'il en ait besoin : le plafond grouillait de bras mécaniques et d'autres appareils, tous glissés dans des supports qui pouvaient être libérés par l'énorme centre de contrôle en face de la porte.

Le centre de la pièce abritait la vedette. Alors que le sol extérieur reflétait l'argent poli vu partout sur le *Nautilus*, un cercle d'acier dur peint en jaune occupait le centre de la scène. Cette peinture jaune portait des rayures et des brûlures d'essais depuis longtemps terminés.

Bien que, étant donné l'énorme armure assistée reposant sur ce cercle, peut-être prête à recommencer.

Gregor avait porté sa part de ces combinaisons, avait détruit de nombreux ennemis avec leurs bras et jambes chargés cinétiquement, leurs étuis pour une centaine d'armes différentes. Les anciennes combinaisons, cependant, avaient été conçues en pensant au mouvement, en donnant au corps une coquille qui bougerait selon les exigences de son propriétaire.

Celle-ci ressemblait davantage à un tank qui entourerait l'utilisateur et le transformerait en une machine de mort à déplacement lent. Des bras et des jambes dépassaient du métal rouge dense, mais entourant les membres se trouvaient de nombreux autres, eh bien, membres. La plupart étaient vides, des accessoires attendant qu'un propriétaire entreprenant décide quels outils mortels il voulait emporter aujourd'hui. Certains semblaient configurés pour *Armes* 3, portant un fusil tubulaire, une boule à pointes branchée sur un lanceur étroit, et un portant une grande caisse avec une croix blanche sur le dos de la combinaison.

— C'est une grosse bête, hein ? dit Rovo, et Gregor grogna son accord.

— N'est-ce pas ? dit Zaydi. Nous avons été un peu surpris de la trouver ici. Votre Deepak a certainement le sens de l'aventure.

Pas les mots que Gregor aurait utilisés pour décrire un homme qui se cachait des lignes de front et envoyait des escouades faire le travail, mais bon.

— Que vouliez-vous que nous fassions ? demanda Gregor.

Zaydi s'avança plus loin dans la pièce, jusqu'au panneau de contrôle et commença à taper, — Voyez-vous, vous deux avez dit que vous utilisez des armures assistées. Moi pas. Donc je ne suis pas sûre si cela fonctionne ou non.

Quelque chose que Zaydi fit eut un effet, et l'armure assistée s'alluma. Des joints à travers son corps se libérèrent, faisant pivoter l'avant de l'armure vers l'extérieur. Prête pour son prochain utilisateur.

— Vous voulez que nous entrions dedans ? dit Rovo.

— L'un de vous, répondit Zaydi. À moins que vous pensiez que vous pouvez y tenir tous les deux.

— L'armure assistée est pour une seule personne, dit Gregor. Rovo, celle-ci me conviendrait.

— Vas-y. Rovo se frotta les épaules. Je préfère rester en dehors des armures assistées pour un moment. Mauvais souvenirs.

— Oh ? demanda Zaydi, revenant se tenir près de Rovo tandis que Gregor s'approchait de la combinaison.

— Un bâtiment lui est tombé dessus, grommela Gregor. Dure épreuve.

S'approchant de l'armure, Gregor positionna son visage près de la visière et resta immobile. L'armure motorisée détecta sa posture, et une légère lumière bleue jaillit de l'intérieur du costume tandis qu'elle mesurait la taille et la forme de Gregor. Les grandes armures ne pouvaient pas se métamorphoser complètement, mais en serrant et desserrant divers boulons et sangles, elles pouvaient atteindre le meilleur confort possible.

La lumière clignotant en vert, Gregor fit un pas en avant. Alors que ses pieds s'enfonçaient dans les bottes, le dos de l'armure bascula en place, enfermant Gregor à l'intérieur. Des sifflements et des clics résonnèrent tandis que l'armure s'ajustait à la taille de Gregor.

La visière s'alluma, transformant ce qui n'était qu'un néant noir en une vue claire du centre de contrôle. Des mots jaunes clignotants dans le coin supérieur gauche indiquaient que l'armure était en mode d'essai. Aucune arme activée, donc Gregor ne pouvait pas aller détruire le vaisseau parce qu'il avait passé une mauvaise journée.

Rovo et Zaydi apparurent dans son champ de vision, cette dernière retournant au centre de contrôle. Rovo fit un signe de la main devant le visage de Gregor, et Gregor lui répondit, le mouvement lent de sa main étant lourd et pataud. Quiconque concevait cette combinaison devrait ajuster ces paramètres, car devoir soulever un bras juste pour faire un signe deviendrait vite fatigant.

— Comment c'est là-dedans ? demanda Rovo. Tu te sens dans le futur ?

Le futur ? Gregor commençait à dire que ça ressemblait à un prototype quand le mode d'essai clignotant dans sa visière se transforma en un *VERROUILLAGE* rouge vif. Ce n'était pas un mode que Gregor avait utilisé auparavant, mais son ancien entraînement lui en avait appris le but :

empêcher l'armure de faire quoi que ce soit de stupide pendant qu'on y apportait des modifications.

À travers la visière, Gregor vit Zaydi s'éloigner du centre de contrôle, son mouvement répondant à la question de qui avait pu mettre l'armure en mode verrouillage. La suspicion que Gregor avait ressentie dans le mess s'enflamma en un sentiment de danger imminent.

Zaydi ne bougeait plus comme une inspectrice désinvolte. Elle avait la posture assurée d'une professionnelle, accomplissant sa mission.

— Tu m'entends, mon pote ? dit Rovo, se penchant vers Gregor en riant. Je sais que tu es là-dedans !

Gregor essaya de bouger. Il prononça les mots-clés qui auraient dû déclencher une libération d'urgence de l'armure. Rien ne fonctionnait. Si les bras avaient été lourds lorsque l'armure était en marche, en mode verrouillage et sans aucune assistance, ils étaient immobiles.

Rovo frappa du poing sur la visière de l'armure. Derrière lui, Zaydi plongea la main dans son uniforme, afficha un visage dur et déterminé, et en sortit un petit pistolet.

Gregor entendit ses propres cris.

La recrue, elle, ne les entendit pas.

4

DÉMONSTRATION ET EXPLICATIONS

Sever pensait qu'ils étaient rentrés chez eux lorsque le *Prisa* avait atterri sur le *Nautilus*, mais Eponi comprenait la réalité : le *Prisa* était désormais le véritable foyer de l'escouade. Volé, certes, mais leur foyer malgré tout.

Et Eponi ne pouvait pas être plus heureuse à ce sujet.

Depuis qu'elle avait piloté des karts de course, Eponi ne s'était jamais retrouvée aux commandes d'un vaisseau aussi rapide et réactif. Avec son corps à trois branches et son cockpit effilé au centre, le *Prisa* gardait une ligne élancée. Deux tourelles parsemaient chaque branche latérale, contrôlables par quiconque prenait place aux postes de tir à ces extrémités. Un canon laser rétractable et un lanceur de missiles se trouvaient sous le cockpit si Eponi elle-même voulait s'amuser un peu.

Pour l'instant, cependant, Eponi se tenait à l'arrière du *Prisa*, la large partie arrière s'étendant sur ces branches. Les quartiers de l'équipage du vaisseau, étroits pour une demi-douzaine de personnes, se trouvaient au-dessus d'Eponi tandis que son emplacement actuel, les bancs de moteurs, s'étalait en dessous. Le *Prisa* utilisait des propulseurs en grappe, nichant une centaine de minuscules réacteurs en groupes le long de son dos. Ce qui semblait être un cauchemar, et était très coûteux, donnait au pilote un contrôle précis sur la direction et la vitesse de vol.

— Je ne me suis jamais sentie comme ça avec un vaisseau auparavant, dit Eponi, en passant un doigt le long de la console qui affichait, en vert joyeux, l'état impeccable du *Prisa*. Toi et moi, on va bien s'entendre.

Du moins, Eponi l'espérait. Étant donné que Sever était apparemment recherché par la corporation la plus puissante de la galaxie, et qu'ils venaient d'atterrir sur l'un des croiseurs lourds de DefenseCorp, partir avec le *Prisa* encore intact était loin d'être acquis.

Un carillon lumineux interrompit ces pensées, résonnant à travers le *Prisa* et se répétant toutes les quelques secondes tandis qu'Eponi grimpait des moteurs vers le cockpit. Peut-être que quelqu'un de Sever était revenu plus tôt, trouvant le *Nautilus* pas tout à fait à la hauteur de leurs souvenirs.

Au lieu de cela, Eponi vit une seule personne qui attendait en bas, levant son bracelet pour montrer que c'était elle qui appelait le *Prisa*. L'homme trapu portait un uniforme formel de DefenseCorp, cramoisi avec de nouvelles rayures noires sur les côtés qui donnaient à la combinaison une allure de course. Pas une mauvaise addition.

— Allô ? demanda Eponi, s'installant dans le fauteuil du cockpit.

Par réflexe, elle jeta un œil aux compteurs d'énergie du *Prisa*. Les boucliers et les armes n'étaient pas activés, mais pouvaient être enclenchés en un clin d'œil. Les moteurs pouvaient propulser le vaisseau dans l'espace peu après. Le *Nautilus*, dans le cadre des négociations d'Aurora — et à l'insistance d'Eponi — avait laissé les portes de la baie ouvertes. Le bouclier magnétique du vaisseau empêcherait de toute façon l'air, les gens et tout le reste d'être aspirés dans le vide, et Eponi n'avait aucune envie de se retrouver enfermée dans un vaisseau avec des gens qui essayaient de la tuer.

— Salut salut, gloussa l'homme, arborant un sourire désarmant tout en saluant de la main. J'espère que ça ne vous dérange pas que je le dise, mais je n'ai jamais vu un vaisseau aussi beau que celui-ci. Où l'avez-vous trouvé ?

Eponi s'adossa dans le fauteuil, regardant l'homme. Elle avait travaillé suffisamment longtemps sur le *Nautilus* pour savoir que les gens ne se baladaient pas simplement dans des baies d'amarrage au hasard pour discuter avec les pilotes. DefenseCorp vous gardait occupé, et ce type était en uniforme, donc il n'était certainement pas en repos.

— On a eu de la chance, décida Eponi de jouer la carte de la neutralité. Pour voir ce qu'elle pouvait tirer de l'homme. Merci pour le compliment.

— Très chanceux, je dirais. L'homme se pencha en avant, comme s'il examinait le train d'atterrissage avant du *Prisa*. Vous faites des visites ?

Ha, pas question.

— Désolée, elle est fermée aux visiteurs.

— Vraiment ? L'homme fit le hochement de tête le plus exagéré, son corps entier se tournant à moitié avec le mouvement. Eponi eut l'impression qu'il n'était pas capable de rester immobile. Dommage. Peut-être pourriez-vous m'en parler alors ? Ou au moins me laisser rencontrer le pilote assez chanceux pour appeler ce vaisseau son chez-soi ?

Eponi tapota sur le programme de communication du *Prisa*, le faisant apparaître sur un panneau à sa gauche avant de se rappeler que Sever n'avait plus de fichus bracelets.

Elle voulait contacter Aurora ou Sai, leur faire savoir qu'il y avait un gêneur qui embêtait leur vaisseau.

— Écoutez, mon gars, dit Eponi, essayant de penser à une tactique différente. J'apprécie l'intérêt, mais nous venons juste d'atterrir ici. Je suis occupée à m'occuper de mon vaisseau. Peut-être revenir plus tard ?

Le type se laissa aller à une moue, croisa les bras et regarda le sol de la baie. Il ne s'éloigna pas pour autant. Eponi retourna à son panneau de communication. Elle décida d'essayer le central du *Nautilus*.

— Hé, *Nautilus*, ici le *Prisa*, dans la baie... Eponi regarda le grand numéro peint en noir sur le mur arrière de la baie. Sept. Je cherche l'Amiral Deepak, et en fait, quelqu'un qui est avec lui. Ma capitaine, Aurora ? Vous pouvez m'aider ?

La communication grésilla : — *Prisa*, l'Amiral Deepak est actuellement indisponible. Nous ne connaissons pas votre capitaine. Y a-t-il quelqu'un d'autre que nous pouvons contacter ?

— Peut-être ? Eponi regarda à nouveau dehors, mais l'homme avait disparu. Elle se concentra sur les portes de sortie de la baie, fermées et silencieuses. Pas moyen qu'il soit parti si vite. Vous pouvez envoyer de la sécurité ici ? J'ai quelqu'un qui rôde et que je n'aime pas.

La communication grésilla à nouveau : — Bien sûr, nous allons en envoyer quelques-uns.

— Merci, dit Eponi, et coupa la ligne.

Pianotant sur les commandes, Eponi passa des panneaux de communication et d'état des systèmes aux caméras entourant le *Prisa*. C'était désormais un équipement standard sur tous les vaisseaux pour avoir une vision totale de l'extérieur. La vue de face montrait le long nez du *Prisa* transperçant le haut du cadre, sans rien en dessous.

Les deux côtés révélaient des parois de baie immaculées, vides à l'exception des équipements standard de réparation et de recharge.

L'arrière n'affichait que des parasites. Eponi éteignit et ralluma la caméra. Toujours des parasites.

Les caméras pouvaient dysfonctionner.

Bien sûr.

Eponi se tourna vers la dernière vue, celle juste sous le ventre du vaisseau. L'homme se tenait là, tenant ce qui ressemblait à un petit pistolet. Il plissa les yeux vers la caméra, visa et tira. Un autre écran noir.

— *Nautilus*, dit Eponi en appuyant à nouveau sur le communicateur. Où est cette force de sécurité ? Ce type est en train de détruire mes caméras, et je vais vous facturer chacune d'entre elles.

— Désolée, il semble que l'équipe qui se dirigeait vers vous ait été réorientée, répondit l'officier de communication, semblant ne pas tout à fait croire ce qu'elle voyait. Je vais, euh, les contacter.

— Faites donc ça.

Eponi coupa la communication, se leva et se dirigea vers l'armoire de rangement derrière le cockpit. En l'ouvrant, elle découvrit un fusil, un pistolet et l'étrange arme en forme de faux de Rovo qu'il avait gagnée sur Wexer et qu'il insistait pour garder à proximité. Alors qu'Eponi sortait le fusil et vérifiait la cellule d'énergie pour ne pas se retrouver à cracher des fumées, le *Prisa* émit une alarme d'un type différent.

— Maintenant tu t'en rends compte, dit Eponi en passant le fusil en bandoulière et en attachant le pistolet avec son étui. La prochaine fois, préviens-moi quand le type détruit la première caméra, tu veux bien ?

Il y avait deux façons de sortir du *Prisa*, une longue

rampe centrale et un ascenseur plus rapide adjacent au cockpit, destiné, supposait Eponi, à amener l'équipage exactement là où il devait aller en cas de nécessité d'une fuite rapide. Mais la fuite n'était pas la seule option.

— Hé, dit Eponi, de retour dans le cockpit et diffusant sur le haut-parleur du vaisseau. Je vais abaisser la rampe, et ensuite on pourra discuter, d'accord ?

Elle n'attendit pas la réponse du salaud. Eponi ordonna à la rampe de descendre, puis se dirigea vers l'ascenseur. Elle attendit que le *Prisa* bourdonne alors que la rampe commençait sa descente, compta rapidement jusqu'à trois, puis appuya sur le bouton de descente de l'ascenseur. Pendant que la plateforme descendait, Eponi leva le fusil et le braqua directement sur le dos de l'homme en uniforme cramoisi.

— Oh, tu n'avais pas prévu deux sorties ? dit Eponi alors que la plateforme se posait sur le sol de la baie et que l'homme, toujours face à la rampe, levait ses mains maintenant vides. Garde-les en l'air et commence à parler. Qui diable es-tu et que fais-tu à mon vaisseau ? Si tu réponds très vite, je dirai à Deepak de te tuer plus rapidement.

Une fois de plus, l'homme fit ce mouvement de tête impliquant tout son corps, cette fois-ci en le ponctuant d'un soupir ondulant.

— Zut, dit l'homme. Vous n'étiez pas censée rendre ça si difficile.

— Est-ce que j'ai dit d'être énigmatique ? répliqua Eponi. Non, je n'ai pas dit ça. Parle clairement.

— Vous êtes des traîtres, et nous ne pouvons pas tolérer ça.

— Faux, mon gars, nous sommes des déserteurs. C'est très différent. Mais qui est ce « nous » dont tu parles ? C'est une situation de nous royal ? Eponi avait rencontré beaucoup de pilotes de kart prétentieux qui adoptaient un langage hautain avec leurs trophées. Rien n'était plus satisfaisant que de prendre le matériel brillant à ces conducteurs pompeux. Ou as-tu des amis, aussi difficile que ce soit pour moi à croire ?

— Des amis en quantité, j'en ai peur. De mauvaises nouvelles pour vous, ma petite dame, peu importe ce que vous prévoyez de faire avec ce fusil.

Eponi leva les yeux au ciel.

— Appelle-moi encore une fois « ma petite dame ».

— Avec plaisir, ma petite dame.

Très bien. Le gars voulait se faire tirer dessus ? Le gars allait se faire tirer dessus. Eponi inclina son viseur juste en dehors de la zone létale, mit sa main sur la gâchette, quand, derrière elle, les portes du hangar s'ouvrirent brusquement. Tenant le fusil de sa main droite, son poids allégé par la gravité limitée du *Nautilus*, Eponi élargit sa posture, dégainant le pistolet de sa main gauche et le pointant vers les portes ouvertes.

Certains pourraient qualifier de paranoïaque le fait d'accueillir un bruit soudain avec une arme dégainée, mais le baromètre de merde d'Eponi avait atteint son maximum, et elle ne plaisantait plus.

Trois personnes franchirent la porte, portant des fusils et les gilets de sécurité habituels du personnel du *Nautilus*. Le soulagement qui aurait dû apaiser la colère brûlante d'Eponi se figea quand elle remarqua, sous ces gilets, les mêmes uniformes cramoisi et noir que le destructeur de caméras. Plus encore, les fichus gilets n'étaient même pas correctement mis, leurs sangles pendaient lâchement et les tailles étaient toutes fausses.

Comme s'ils avaient assommé une véritable force de sécurité et enfilé leur équipement.

— Restez où vous êtes, dit Eponi, et le trio s'arrêta, bien qu'ils ne baissèrent pas leurs fusils. J'ai un très mauvais pressentiment en ce moment, mais si l'un d'entre vous veut bien m'expliquer ce qui se passe, je pourrais ne pas agir sur ce pressentiment et tous vous tirer dessus.

— Les rapports disaient tous que vous seriez violente, dit le destructeur de caméras. C'est vraiment dommage. J'aurais aimé voir ce vaisseau, vous savez.

Eponi jeta des coups d'œil entre les deux groupes, sachant qu'elle ne pouvait pas garder les deux en joue en même temps. Plus ce face-à-face durerait, plus quelqu'un ferait une erreur, et Eponi ne pouvait pas se permettre d'être celle qui la ferait.

— Je ne peux pas contredire les rapports, dit Eponi, et elle appuya sur les gâchettes.

Le tir du fusil fit mouche, brûlant le destructeur et l'envoyant hurler sur le sol de la baie. Le tir du pistolet passa à côté alors que le trio se dispersait, levant leurs fusils et cherchant un abri dans la baie dénudée. Eponi n'attendit pas, frappant le bouton de montée de l'ascenseur avec le dos de sa main.

Le *Prisa* obéit, aspirant Eponi avant que tout tir de riposte ne puisse l'atteindre. Dès que l'ascenseur se mit en place, Eponi fit deux grandes enjambées dans le cockpit et frappa le bouton pour relever la rampe. Elle entendit son grincement alors qu'elle basculait les panneaux du *Prisa* sur ces caméras, jurant alors qu'un vide noir s'affichait là où le destructeur aurait dû être.

La rampe se verrouilla. Eponi se retourna, levant le fusil et le pistolet, et ne vit rien, personne depuis le cockpit jusqu'à l'espace central du vaisseau. Elle laissa échapper un long souffle retenu très lentement, puis jeta un coup d'œil à l'avant du vaisseau.

Deux hommes traînaient le destructeur sur le sol, laissant une traînée sanglante vers les portes de la baie.

Deux hommes.

Un bruit métallique résonna à travers le *Prisa*, faisant écho dans ses entrailles silencieuses. Puis un autre.

Des bruits de pas.

5

MAUVAIS COUP

La visière de l'armure assistée ne laissait pas voir grand-chose de l'extérieur, mais Rovo croisa le regard de Gregor, et cela suffit. Les yeux du grand homme étaient plissés, en colère et fixés derrière Rovo. En combinant cela avec l'étrangeté générale de Zaydi, Rovo se retourna, s'accroupissant et se décalant en même temps.

Zaydi tira, le coup de pistolet effleurant le côté de Rovo et envoyant une brûlure sifflante à travers ses nerfs, suivie rapidement par l'odeur de chair brûlée de ses vêtements maintenant ruinés. Zaydi ne semblait pas satisfaite de son raté et visa Rovo pour un deuxième tir.

Alors Rovo tenta le plaquage.

Armement 3 n'avait pas beaucoup d'espace pour ses expériences, et l'énorme combinaison de Gregor en occupait déjà la majeure partie. Zaydi avait trois mètres entre le centre de contrôle de la pièce et l'armure, distance que Rovo parcourut d'un bond latéral.

Mais Zaydi eut assez de temps pour tirer une deuxième fois, touchant cette fois-ci Rovo à la poitrine. Une vague de chaleur s'ajouta à la brûlure du premier laser, les poumons de Rovo semblant sur le point de fondre. Les lasers, cependant, n'arrêtent pas l'élan, et celui de Rovo le porta jusqu'à Zaydi.

Ils heurtèrent le sol dans une lutte silencieuse, Rovo essayant d'éloigner le pistolet tandis que Zaydi tentait de viser un troisième tir. La femme avait de la technique, mais Rovo avait le désespoir. Zaydi réussit à plier son poignet même alors que Rovo le tenait, alignant le pistolet pour un tir fatal à la tête de Rovo. Celui-ci, au lieu de cela, utilisa sa tête pour asséner un coup violent à celle de Zaydi, la frappant avec une force qui laissa la vision de Rovo floue et le corps de Zaydi inerte.

— D'accord, ça craignait, siffla Rovo, son souffle sifflant dans sa gorge et se dissipant dans une douleur brûlante.

D'abord le plus urgent : Rovo arracha le pistolet des mains de Zaydi. Il aurait pu l'abattre sur-le-champ, et bon sang qu'il le voulait, mais Rovo avait vu trop de rapports de renseignement passer sur son ancien bureau pour ignorer la valeur que pouvait avoir un otage. Au lieu de cela, il se leva, regardant vers le centre de contrôle.

Lorsque Rovo se redressa, sa vision se déforma à nouveau, devenant cette fois floue. Ses bras et ses jambes lui semblaient étrangers, comme s'il avait dormi avec des pierres sur tous ses membres. Un pas vers la console floue lui donna l'impression de trébucher dans un autre monde, et Rovo réalisa vaguement que c'était ce qui arrivait quand un laser brûlait vos entrailles.

Il n'avait jamais vraiment été touché auparavant. Pas comme ça. Pas sans armure assistée ou gilet pare-balles pour amortir le coup.

Il s'avérait que se faire toucher par un laser n'était pas une bonne chose.

Un deuxième pas chancelant envoya Rovo dans une

chute trébuchante vers la console, ses mains lâchant le pistolet pour se rattraper au bord de la console tandis que Rovo s'écrasait sur sa base. Une respiration brûlante plus tard et Rovo se redressa à nouveau, choisissant d'ignorer la tache rouge foncé là où il avait heurté la console.

Heureusement, DefenseCorp ne rendait pas ses systèmes si compliqués. *Armement* 3 offrait un simple menu d'options, et Rovo déverrouilla la combinaison de Gregor d'une seule pression de bouton. Derrière lui, des bips et des sifflements retentirent alors que la combinaison répondait à nouveau aux commandes de Gregor.

Des bras saisirent les épaules de Rovo et le jetèrent en arrière de la console sur le sol. Zaydi, tenant maintenant un petit couteau qu'elle avait dû sortir d'ailleurs, se jeta vers le cœur de Rovo pour le poignarder.

Le bleu roula, embrassant l'agonie, utilisant l'adrénaline. Le coup de Zaydi, visant à être le coup de grâce sur la journée d'un homme mourant, fut lent et manqua sa cible, le couteau glissant sur le sol. Levant sa jambe, Rovo repoussa Zaydi contre la console de contrôle. Elle heurta la chose métallique et carrée, secoua la tête et jura.

— Tu n'es pas censé être si difficile à tuer, dit Zaydi, se jetant à nouveau sur Rovo, le couteau tenu à deux mains.

— Désolé de te décevoir, dit Rovo, arrêtant l'attaque plongeante en enroulant ses mains autour des poignets de Zaydi.

Zaydi avait le poids, l'élan et la force déclinante de Rovo de son côté. Le couteau descendit, sa pointe visant la gorge de Rovo. Une cible qu'il atteindrait, et Rovo ressentit une étrange panique en réalisant qu'il ne pouvait rien y faire.

Mais il n'eut pas à le faire. Deux énormes mains métalliques surgirent, se refermant sur les épaules de Zaydi et l'arrachant à Rovo. Elle cria, se débattit pour essayer de s'échapper, et échoua alors que Gregor soulevait l'agent au-dessus de sa tête et la jetait directement dans la console de contrôle. Les écrans se brisèrent, crépitèrent alors que Zaydi s'écrasait contre l'ordinateur et roulait au loin.

— Joli lancer, dit Rovo en reposant sa tête sur le sol froid. Bon timing.

Derrière lui, la combinaison émit un bruit sec alors que Gregor en sortait, et le visage du grand homme remplit la vue de Rovo pendant un bref instant d'inquiétude.

— Mauvais coup, dit Gregor.

— Hum hum.

Rovo, utilisant ses bras, essaya de s'asseoir. Il vit Zaydi étendue sur le sol, immobile. Gregor courut de l'autre côté de la combinaison. Pendant une seconde, Rovo se demanda si l'homme l'avait abandonné. Puis il se souvint : la trousse de secours, bien sûr. Ce bon vieux Gregor, prenant soin du bleu après tout.

— Vide ! jura Gregor, puis il revint de l'autre côté de l'armure assistée, regardant Rovo avec autant d'inquiétude que le bleu n'en avait jamais vu dans les yeux de l'homme. L'infirmerie n'est pas loin. Tu peux marcher ?

— Regarde-moi, dit Rovo, souriant malgré lui. Qu'en penses-tu ?

— D'accord, dit Gregor. Retiens tes tripes.

— Quoi ?

Gregor s'accroupit, glissa ses mains sous les jambes et le dos de Rovo, puis souleva le bleu. Rovo réussit à ne pas crier face à la douleur soudaine, réduisant le bruit à un sifflement haletant. Des larmes inondèrent ses yeux sans prévenir. Une chaleur s'accumula autour de sa poitrine, blottie dans les bras de Gregor.

Il n'avait pas besoin de demander ce que c'était.

Armement 3, comme la plupart des salles du *Nautilus*,

nécessitait un badge pour entrer mais n'en demandait pas pour sortir. Ils entrèrent dans la petite pièce, Gregor se tournant de côté pour passer avec son chargement, puis se précipitèrent dans le couloir.

Rovo observait ces événements avec un détachement anesthésiant. Il savait, objectivement, que la raison pour laquelle il ne ressentait plus autant de douleur constante était due au choc. Son corps faisait ce qu'il devait faire pour maintenir Rovo en vie, ou du moins lui donner cette impression. Son esprit ? Oh, son esprit tournait.

L'inconscience le tirait, mais Rovo la repoussait. Il se concentrait plutôt sur Zaydi. Sur l'uniforme de la femme, son apparition apparemment aléatoire dans la file du mess. Elle avait été si prompte à payer leurs repas, si prête à s'asseoir avec eux et à avoir une conversation, comme si elle n'avait pas d'autres amis pour déjeuner sur le vaisseau.

Et cette remarque sur Aurora ? Le fait de savoir que leur capitaine était une femme ?

Tout cela menant à la tentative d'assassinat.

Pourquoi tuer Rovo et, vraisemblablement, Gregor ? Sur Wexer, lors de leur brève séance de captivité, le message vidéo de cet officier impliquait que DefenseCorp voulait Sever vivant pour un interrogatoire. Apparemment, cette position avait changé, et apparemment le *Nautilus* n'était pas le traité de paix qu'Aurora pensait.

Plus important encore...

— Il faut prévenir les autres, croassa Rovo, se poussant à reprendre pleinement conscience.

— D'abord, on te soigne, dit Gregor entre deux respirations alors qu'il courait le long du hall. On y est presque.

Par-dessus l'épaule de Gregor, Rovo distingua une forme flottante blanche et rouge. Un robot médical, mobilisé quand quelqu'un sur le *Nautilus* avait remarqué Gregor portant le corps blessé de Rovo. Le robot, un ovale d'un mètre de long, était hérissé de petits compartiments. Chacun rempli de fournitures d'urgence, les choses qui pourraient maintenir Rovo en vie, peut-être, jusqu'à l'arrivée de soins plus appropriés.

— Le robot, dit Rovo, essayant de lever un bras pour pointer et se trouvant sans force. Comme si les fils reliant son cerveau à ses muscles s'étaient effilochés, ne laissant qu'une pression sourde. Ne peut-il pas aider ?

— Trop lent, répondit Gregor. Tais-toi maintenant.

L'infirmerie du *Nautilus* avait assez de place pour une centaine de patients. Rovo n'y avait pas passé de temps, mais il avait compris que la plupart des membres de Sever avaient apprécié ses confins luisants à la suite de l'une de leurs missions. Disposée en anneaux descendants, avec les patients les plus critiques dans des chambres plus spacieuses vers le centre, toute l'infirmerie permettait aux soignants humains au milieu de suivre et d'opérer les robots qui effectuaient la plupart des soins réels.

Sombre avec un éclairage localisé pour laisser les patients dormir, l'infirmerie ressemblait à une nébuleuse néon, la rampe que Gregor descendait brillant d'un violet clair. Les chambres parsemaient leurs niveaux avec des murs régulièrement espacés, chacune émettant une douce aura extérieure indiquant l'état du patient. La faible population signifiait que des chambres vertes et bleues brillaient entre des étendues noires vides.

Dans l'air autour et au-dessus d'eux, des robots médicaux comme celui qui suivait Gregor glissaient de chambre en chambre. La nourriture, les médicaments et les mises à jour de diagnostic étaient livrés par ces petites choses, et occasionnellement on pouvait entendre la voix d'un médecin à travers les haut-parleurs d'un robot, délivrant une sortie à distance. Ce n'était que dans le centre de haute intensité de l'infirmerie que se déroulait une véritable action.

Lorsque Rovo était passé lors de sa visite de la première semaine du vaisseau, il avait trouvé l'infirmerie un endroit calme et aseptisé où la compétence mécanisée remettait les troupes de DefenseCorp en action avant qu'elles n'aient le droit d'y être.

Maintenant, alors que Gregor descendait les marches avec Rovo dans ses bras, tout ce calme s'évanouit. Robots et humains dégagèrent une chambre pour que Gregor puisse déposer Rovo dans un lit, le grand homme ne l'avait pas plus tôt posé que des médecins masqués le poussèrent.

Des lumières vives s'abattirent sur lui tandis que de nouvelles piqûres trouvaient leur chemin à travers les nerfs engourdis par le choc de Rovo. Des bips retentirent, longs et aigus mêlés à courts et sourds. Rovo goûta le fer, sentit quelque chose de collant et sucré.

— Rovo ? La voix de Gregor coupa le bavardage médical. Je vais prévenir les autres. Je reviens.

Rovo essaya de dire qu'il avait entendu le grand homme, mais alors un médecin lui plaqua un masque à oxygène sur le visage et il ne put plus prononcer un mot. Ne put même plus en imaginer un autre à dire, alors que les médicaments commençaient à faire effet.

La douleur ne disparut pas tant qu'elle ne recula dans une minuscule bulle, là à l'extrême bord, tandis que Rovo dérivait. Ses yeux se voilèrent à nouveau, mais il distingua un robot planant au-dessus de lui, ses nombreux petits membres métalliques accrochant une poche de perfusion. Presque mignon, ce truc. Sever devrait en avoir un sur le *Prisa*, vu le nombre de fois où ils risquaient de se faire tirer dessus.

Le *Prisa*. Eponi donnerait à Rovo une infinité de crasses pour ça. Elle lui disait toujours de rester sur ses gardes, de surveiller quelqu'un faisant quelque chose de stupide. Là, il avait su que Zaydi avait quelque chose de bizarre en cours, et il avait quand même tourné le dos à la femme.

Une erreur de débutant.

6

RENVERSEMENT

Même avec la climatisation du simulateur, Aurora sortit de la salle d'entraînement couverte de sueur, les détails noir et blanc de son uniforme Sever trempés, ses cheveux plaqués sur son visage accompagnés d'un sourire aiguisé. Sa demi-douzaine avait pris le dessus dans l'escarmouche contre l'équipe A de Sever grâce à une combinaison d'intelligence, d'ordres rapides et du double tir salvateur d'Aurora sur des batteries oubliées près de la base ennemie.

Plus personne ne l'appelait la bleue après ça.

— Je dois dire que je suis impressionné, dit Deepak alors qu'Aurora quittait la salle d'entraînement. Son escouade s'éloigna, quelques-uns jetant un regard en arrière vers Aurora, mais elle leur fit signe de continuer. Elle les voyait tous les jours, toute la journée. Tu es astucieuse.

— Tu as l'air surpris ? dit Aurora en croisant les bras alors qu'ils se tenaient dans le couloir bondé.

— Je, euh...

— Je te taquine. Aurora afficha un grand sourire, observant l'uniforme toujours impeccable de Deepak. Tu n'es pas censé faire quelque chose d'important ?

Sauvé de ses propres paroles, Deepak rougit et se détendit un peu, bien que l'homme ne puisse s'empêcher de plier et déplier ses mains.

— C'est ma pause. J'ai vu ton escouade sur le programme, j'ai pensé passer. Tu as des projets pour le déjeuner ?

— Je suis vraiment dégoûtante en ce moment.

— Alors je dirais qu'à nous deux, on est dans la moyenne, rétorqua Deepak.

Difficile de résister à ces yeux brillants, de ne pas partager l'euphorie de la victoire en déjeunant avec quelqu'un d'amusant. Ils rirent pendant ce déjeuner, et le suivant, et celui d'après, jusqu'à ce que le *Nautilus* atteigne sa destination et que les affectations commencent à arriver.

Avec deux gardes derrière elle, un Deepak menteur à côté d'elle, et un mystérieux ennemi lui désignant une chaise, Aurora joua la seule carte qu'elle avait en main : elle s'assit.

Le ton donné, le mouvement vers la chaise fut à la fois rapide et lent. Aurora observa la pièce d'un œil différent de celui qu'elle avait eu en entrant, cherchant cette fois des armes, des postures, des issues possibles ou des opportunités.

D'abord, Deepak. Il semblait troublé, presque paniqué. Pas du tout comme quelqu'un qui venait d'attirer sa proie dans son piège. Son uniforme, net et parfait, n'avait pas le relâchement ou les étuis pour porter des armes. Aurora ne se souvenait pas que l'amiral soit un grand combattant, mais son attitude nerveuse et transpirante suggérait qu'il pourrait être autant prisonnier ici qu'Aurora.

Les gardes derrière elle, captés dans son champ de

vision alors qu'Aurora marchait vers sa chaise, la tirait et s'asseyait, affichaient un autre type de désinvolture. Une confiance insipide en leur victoire inévitable. Ça, au moins, Aurora l'avait vu maintes et maintes fois sur les visages de ses futures victimes. Tout le monde se croyait gagnant jusqu'à ce qu'il perde.

Ces deux-là portaient des pistolets, les armes pendant à leur ceinture. Ils gardaient les yeux fixés sur Aurora, mais l'un laissa son regard dériver vers son bracelet tandis que l'autre se grattait le nez. Pas des robots, donc. Détendus dans leur pouvoir.

Faciles à surprendre.

L'officier en face d'elle, son uniforme cramoisi dépourvu de médailles et de grades à l'exception de bandes noires courant le long des côtés — tout comme les gardes — plaqua un sourire accommodant sur son large visage lisse. Il gardait les mains jointes, mais Aurora remarqua la pression blanche sur la peau. Nerveux aussi, bien que peut-être d'une manière différente de Deepak.

Les enjeux ici reposaient sur ses épaules, et quelqu'un ne serait pas très content s'il échouait.

— Je suis assise, dit Aurora. Que voulez-vous ?

— Non, répondit l'officier. La question est qui. Qui voulons-nous ?

Le message dans la cellule sur Dynas combla tous les vides. L'officier voulait quiconque connaissait Kaia, la petite fille qui, pour autant qu'Aurora le sache, était la seule survivante vivante du virus adaptable de Helix.

— Vous les avez déjà, dit Aurora. Nous. Sever.

— Faux, dit l'officier. Ce n'est pas tout.

— Quoi, vous voulez les deux gardes ? Lani, l'agent de DefenseCorp qui a volé avec nous hors monde ? dit Aurora. Nous ne savons pas où ils sont.

— C'était tout ? dit l'officier. Personne d'autre ?

Aurora aurait pu être évasive avec les informations, mais elle ne jouait pas à un jeu compliqué ici. Elle n'avait pas d'arme, était en infériorité numérique et désarmée, et n'avait rien à cacher. Si donner à l'homme ce qu'il voulait lui permettrait de sortir de cette pièce et de faire sortir son escouade de ce vaisseau vivante, eh bien, elle lui dirait tout.

— Anaskya. Kashmal, le père de Kaia. C'est vraiment tout. Aurora se renversa dans la chaise dure, lança un regard noir à Deepak pour s'assurer qu'il comprenait qu'elle ne lui pardonnerait pas de ne pas avoir mentionné cette petite embuscade. Vous avez l'air d'être un homme paranoïaque, alors laissez-moi vous dire que nous ne sommes pas dans le business de nous faire des amis.

L'homme, au moins, rit à cela.

— Non, non vous ne l'êtes pas. Nous avons eu du mal à trouver quelqu'un sur ce vaisseau à part Deepak qui se souciait même que votre escouade ait déserté. C'est assez difficile de faire un profil de personnes quand personne ne sait qui elles sont.

Aurora ne dit rien. Il n'y avait rien à dire.

Le sourire de l'officier trembla dans le silence. Deepak, prenant la chaise à côté d'Aurora, baissa les yeux sur ses genoux comme un enfant sur le point d'être grondé.

— Savez-vous pourquoi DefenseCorp ne poursuit pas beaucoup de déserteurs ? dit l'officier en décrochant ses mains jointes pour les poser à plat sur la table, comme s'il s'apprêtait à révéler une surprise. La plupart ne valent pas un clou. Pour les quelques-uns qui en valent la peine, une récompense assez alléchante nous apporte ce que nous recherchons.

— Personne ne se soucie autant de nous, dit Aurora. Ceux qui s'en soucieraient ne sauraient pas où nous trouver.

Sai et Rovo avaient de la famille. Ils avaient envoyé des messages sur Wexer, mais quelques jours ne suffiraient pas pour que ces faisceaux parcourent la moitié du chemin vers leur destination.

— C'est vrai. Lani, en revanche, se soucie beaucoup d'elle-même, dit l'officier. Elle ne voulait pas mourir, et elle ne voulait pas retourner sur Dynas. À la place, elle nous a donné votre position.

La colère montait facilement, Aurora l'étouffa plus facilement encore. Lani avait acheté sa vie en aidant Rovo à survivre à l'évasion de Dynas, en cédant l'armure de combat d'Aurora. L'Escouade Sever aurait pu éjecter l'agent de DefenseCorp dans l'espace, mais ils avaient bien joué.

Si jamais elle revoyait Lani, Aurora appuierait sur la gâchette. Cette pensée suffit à l'empêcher de laisser transparaître quoi que ce soit sur son visage, et une fois de plus, le sourire de l'officier vacilla et s'effaça quand Aurora ne lui donna pas satisfaction.

— Rien ne vous surprend, dit l'officier. Je suppose que c'est le signe que nous formons bien nos soldats.

— Lui l'a fait, dit Aurora en hochant la tête vers Deepak. Pas vous.

— Lui ? L'officier rit à nouveau, un bruit agaçant et criard qu'Aurora attribua aux opérations faciales évidentes de l'homme. Il fait ce qu'on lui dit, tout comme vous le ferez. Lani a mentionné la fille, cette Kaia. Vous savez où elle se trouve.

— Je n'en sais rien.

L'officier leva un doigt. Les deux officiers dégainèrent leurs pistolets et les pointèrent sur Aurora.

— Selon Lani, vous le savez, dit l'officier. Et Lani a eu raison sur tout le reste jusqu'à présent.

— Nous les avons largués sur Wexer, répondit Aurora.

Ils ont pris un transport pour aller quelque part. Ce n'est pas mon problème.

— C'est votre problème, parce que j'en fais votre problème. Soit vous me donnez une solution, soit ils vous effaceront maintenant, tout comme j'efface tous vos collègues en ce moment même.

Attends. Quoi ?

Presque tous les membres de l'Escouade Sever avaient quitté le *Prisa* après la présentation de Deepak. Aurora pouvait les voir se disperser. Elle pouvait voir d'autres agents comme ces deux-là les traquer, un par un. En infériorité numérique, attaqués par surprise dans le seul endroit que Sever considérerait comme sûr ?

— Répétez ça, dit Aurora.

— Vous me dites où est Kaia, et peut-être que j'annulerai les missions, dit l'officier, obtenant enfin sa chance de jubiler. Dépêchez-vous, cependant, car votre temps est compté.

Bluffait-il ? Arrêterait-il ces attaques, même si Aurora savait où trouver Kaia ?

Voulait-elle vraiment passer une minute de plus à écouter ce type ?

Le *Nautilus* maintenait, grâce à sa masse et ses champs magnétiques, une gravité suffisante pour garder les pieds au sol, pour que la plupart des choses fonctionnent comme la nature l'avait prévu. Essayez de vous y opposer, cependant, et vous vous retrouveriez à sauter au plafond.

— Deepak, dit Aurora, j'en ai assez de tout ça. Pas toi ?

Alors que l'officier ouvrait la bouche, probablement pour cracher une autre menace, Aurora renversa la table.

Le gros meuble en faux granit se souleva et bascula alors qu'Aurora le poussait, s'écrasant contre l'officier et le projetant contre le mur derrière lui. Deepak comprit la tactique d'Aurora et prouva qu'il ne jouait pas le jeu de l'officier en s'interposant entre les deux gardes et Aurora, faisant que leurs tirs rapides se dissipèrent dans le sol de la pièce.

— Désolée, dit Aurora en poussant Deepak contre le garde de gauche, puis en s'accroupissant alors que celui de droite alignait un autre tir qui passa au-dessus de sa tête.

La faible gravité l'aida à nouveau quand Aurora bondit de sa position accroupie, un mouvement qui lui aurait valu un joli petit saut sur la plupart des planètes, mais qui, sur le *Nautilus*, l'envoya comme une fusée dans la poitrine du garde de droite. Alors qu'Aurora repoussait le garde contre la porte, elle regarda et saisit de sa main gauche la main du garde qui tenait le pistolet.

L'autre garde poussa Deepak au sol, dégageant la voie pour son propre tir, mais se retrouva face à son camarade qui, grâce à la prise rapide d'Aurora, lui tirait dessus. Aurora appuya sur la gâchette deux fois de plus tout en enfonçant son coude dans le ventre de sa victime, obtenant des grognements qui se mêlaient plutôt bien aux cris du garde touché trois fois.

La quatrième détonation mit fin aux hurlements.

Aurora, immobilisant l'autre garde, appuya son pied au sol à l'intersection de la porte et du plancher. Pivotant l'épaule, utilisant sa taille, Aurora fit basculer le garde par-dessus elle, lui arrachant le pistolet dans le mouvement et l'envoyant au sol. L'homme heurta le sol avec un hoquet alors que l'air quittait ses poumons, les yeux écarquillés en voyant son propre pistolet pointé droit sur ses yeux.

— Bouge encore, dit Aurora, je te mets au défi.

Le garde resta parfaitement immobile.

— Homme intelligent, poursuivit Aurora. Deepak, tu veux bien voir si notre ami est toujours en vie là-dessous ?

L'amiral, après avoir pris le pistolet du garde abattu,

hésita avant de dégager la table. Il lança à Aurora un regard qui disait que c'était le moment propice aux erreurs.

— Ne lui tire pas dessus, avertit Deepak.

— Mais j'en ai vraiment envie.

— Je sais, mais Renard est le seul qui pourrait nous sortir de là vivants.

Un nom enfin, mais pas un qu'Aurora reconnaissait. Pas un cadre ou un officier public de DefenseCorp, bien qu'Aurora n'étudiât pas exactement les rangs de l'énorme entreprise. Peu importe. Les noms n'avaient pas d'importance, les actes comptaient davantage.

Aurora pencha la tête, — Je suis à peu près sûre que c'est lui qui essaie de nous tuer, Deepak.

— Il y a une histoire plus grande ici, répliqua Deepak. Juste, ne le fais pas frire. Pas encore.

Aurora agita le pistolet vers la table, — Plus tu me fais attendre, plus il est probable que je commence à y faire des trous pour voir ce qui se passe.

Cela, au moins, mit Deepak en action. L'homme enjamba le garde qui s'était rendu et tira la table en arrière. Renard, si arrogant un instant auparavant, avait une main sur son nez essayant d'arrêter le sang qui coulait, tandis que l'autre tenait sa propre petite arme de poing comme un poisson qui se débat. Même Deepak grimaça à cette vue.

Aurora adopta sa meilleure imitation de requin.

— Lâchez-la, dit Aurora, gardant son pistolet sur le garde à terre, ou votre copain ici prend une balle dans le cœur.

Elle estimait qu'il y avait une chance sur deux que Renard se soucie du garde, mais Aurora s'inquiétait plus que le garde tente quelque chose si la mort disparaissait de son avenir immédiat que de l'officier réussissant un bon tir avec son petit pistolet mou.

— Vous n'êtes que des brutes, grogna Renard, l'épice arrogante mourant rapidement pour devenir un mélange larmoyant. Comme si la violence pouvait résoudre tous vos problèmes.

— On dirait qu'il les a créés, dit Aurora. Autant les faire disparaître aussi. Tu disais que mes amis pourraient être en danger ? Tu ferais mieux d'élaborer, avant que je ne te fasse fondre et que je tente ma chance.

— Aurora, avertit Deepak, et Aurora avait terriblement envie d'envoyer quelques répliques acerbes à l'amiral, mais elle garda son attention sur Renard.

Pourquoi diable Deepak défendait-il cet officier ? Que savait Deepak qu'il ne partageait pas ?

— Tu veux sauver tes amis ? dit Renard en laissant tomber son arme de poing. Très bien. Emmène-moi sur la passerelle et je diffuserai le message codé. Partout sur le vaisseau, ils s'arrêteront. Tes amis survivront.

— Tu ne peux pas faire ça d'ici ? dit Aurora, puis elle jeta un coup d'œil à Deepak. Il ne peut pas faire ça d'ici ?

— Le *Nautilus* ne permet pas de diffuser dans tout le vaisseau depuis n'importe où. Deepak, sans demander la permission à Aurora, aida Renard à se lever. Du moins l'amiral gardait son pistolet prêt. Ce serait le chaos. La passerelle est l'endroit le plus proche que nous puissions utiliser.

Bon. Les faits étaient les faits, et Aurora n'allait plus se battre contre ça.

— Et ce type ? dit Aurora, en faisant un signe de tête vers le garde qui avait fait un excellent travail en respectant son ordre de ne pas bouger. Et son ami grillé ?

Deepak proposa une solution acceptable. Tous les trois quittèrent la salle de conférence, Deepak utilisant son autorité d'amiral pour verrouiller la pièce derrière eux tout en envoyant une alerte de sécurité pour résoudre la situation.

— Garde ton arme dans son étui, dit Deepak à Aurora alors qu'ils quittaient la pièce. Si quelqu'un te voit te promener avec un pistolet à la main, il y aura des problèmes.

— Parce qu'il n'y a pas déjà de problèmes.

Renard rit, un rire faible. — Pour toi ? Ce n'est que le début.

Aurora leva les yeux au ciel vers Deepak. — Tu es sûr qu'on ne peut pas simplement lui tirer dessus ?

— Aurora, soupira Deepak, si tu tues cet homme, il n'y aura rien que je puisse faire pour te garder en vie. Pour me garder en vie.

Et le visage dur d'Aurora se relâcha aux paroles de Deepak, non pas à cause de ce qu'il avait dit — toute mission mettait la vie de Sever en danger, celle-ci n'était pas très différente — mais à cause de la façon dont il parlait, dont il avait l'air.

Bien qu'ayant désarmé Renard, ensanglanté et sous leur garde, Deepak semblait très, très effrayé.

7

COMBAT AU COUTEAU

La conversation civilisée dura jusqu'à ce que la porte des quartiers des invités se referme derrière eux. Un lit double se trouvait à droite de la porte, avec une petite alcôve de bureau surmontée d'un écran sombre un peu plus loin. À la gauche de Sai, un placard étroit était fermé. Le gris dominait.

Le *Nautilus* n'était pas un hôtel de luxe. C'était cependant un bon endroit pour un combat.

Au clic de la porte, le jeune homme qui avait suivi Sai tout ce temps fit glisser un couteau court et fin d'une poche dans sa manche. Sai recula tandis que l'homme avançait, l'assassin prenant son temps pour s'assurer que Sai n'avait nulle part où aller.

Derrière l'uniforme cramoisi, l'homme semblait en forme. Ses cheveux étaient un peu plus frisés que prévu pour un membre régulier de DefenseCorp, mais les bandes noires qui couraient sur les côtés semblaient maintenant signifier autre chose qu'un simple soldat. Certainement aucune recrue ordinaire ne porterait un fin poignard comme celui-ci.

Plus inquiétant encore, le sourire de l'homme restait léger et fixe. Ses yeux brillaient. Comme si tuer Sai était l'événement principal de sa journée.

Eh bien, l'homme allait être déçu.

La poussée vint avec un spasme, un coup droit visant le cou de Sai qui aurait mis fin aux choses d'un seul coup. Aurait, sauf que les yeux de l'homme le trahirent, quittant le visage de Sai juste avant la frappe, vérifiant la cible, la visée, la vitesse.

Sai fit un pas de côté pour charger l'épaule, sentant la lame entailler son cou. Le coup de bélier de Sai fut plus fort, projetant l'homme hors de ses pieds. Alors qu'il tombait, Sai saisit le poignet de l'homme qui tenait le couteau et le tordit, sentant les tendons se tendre et voyant la lame tomber au sol. Avec son pied, Sai écrasa la lame, la piégeant.

Une douleur traversa le ventre de Sai, et il baissa les yeux pour voir l'homme se replier pour un autre coup, sa main gauche aplatie comme une flèche.

Pas question.

Sai se redressa d'un coup, faisant tournoyer le bras qu'il tenait et envoyant l'homme s'écraser contre le plafond de la pièce, courtoisie de la faible gravité du *Nautilus*. Le dos en premier, l'homme grogna en heurtant le plafond, sa tête se cognant alors que Sai lâchait la main captive pour sceller l'élan du mouvement. Lorsque l'assassin retomba, un peu plus lentement que ce que Sai aurait vu sur des mondes plus denses, il n'avait aucun moyen de contrôler sa descente. Aucun moyen de faire quoi que ce soit d'autre que de tomber droit. Directement sur son propre couteau.

L'assassin avait manqué le cou de Sai.

Sai ne l'avait pas manqué.

Il s'assit sur le lit. Regarda le rouge humide sur sa main, puis l'essuya sur l'uniforme de l'homme mort. Le cramoisi ne correspondait pas tout à fait au sang, mais c'était suffisamment proche. Sai sentit son rythme cardiaque ralentir, sa respiration revenir à un rythme normal. Le combat avait été si rapide que l'adrénaline arriva en trombe après qu'il soit terminé, atteignant un pic alors que Sai essayait de trouver la prochaine étape à suivre.

De tous les endroits de la galaxie, pendant des années, le *Nautilus* avait été sûr. Personne n'oserait attaquer un croiseur de DefenseCorp, et même si des assassinats ou des manœuvres obscures balayaient le monde civilisé, l'Escouade Sever n'avait jamais eu l'importance suffisante pour justifier une cible dans leur dos.

Jusqu'à maintenant, apparemment.

Le bracelet de l'homme n'offrait aucun indice. Son écran s'était éteint, et quoi que Sai fasse, l'appareil ne se réveillait pas. Parfois, les plus fanatiques liaient leurs bracelets à leurs signatures biologiques, effaçant la machine si son propriétaire mourait. Peut-être que c'était arrivé, ou le bracelet s'était verrouillé. Dans les deux cas, Sai n'obtiendrait pas de réponses là.

Le minuscule lecteur dans la poche de Sai, cependant, offrait une meilleure chance. Sai pouvait le brancher directement sur l'écran, mais rester dans une pièce avec un cadavre semblait être une mauvaise idée. Quelqu'un entrerait, que ce soit pour utiliser la pièce ou pour la nettoyer, et voir Sai utiliser un ordinateur au lieu de chercher de l'aide pourrait susciter une mauvaise réaction.

— Merci pour l'aide, dit Sai au cadavre en se levant.

Un coup d'œil dans le couloir des chambres d'invités confirma qu'il était vide, alors Sai traversa le couloir et descendit d'une pièce, laissant le corps enfermé derrière lui. Une vilaine surprise pour quelqu'un.

Sai grimaça. Une vilaine surprise ? Était-ce ainsi que

Sai considérait les corps maintenant ? Avait-il vraiment vu tant de morts qu'elles glissaient sur sa conscience comme l'eau ruisselait sur la lame de son katana ?

Au milieu d'une mission, équipé avec des ennemis tout autour, des alliés à secourir et des objectifs à accomplir, Sai pouvait se tourner vers ces distractions et continuer. Pousser jusqu'à la fin et puis passer à la suivante avant de replacer ce qu'il avait fait et vu dans le bon contexte mental. Même pendant ces semaines après Dynas, cherchant une destination parmi les étoiles, Sai et Sever avaient passé le temps ensemble à parler, rire, survivre.

Debout dans la chambre d'invités, impeccable et sans personnalité, Sai réalisa qu'il était vraiment seul pour la première fois depuis trop longtemps.

Il vacilla.

Les doutes s'insinuaient dans le silence, disant à Sai que ses choix l'avaient rattrapé. Que tout son plan – prendre le rôle mieux payé de Sever pour garantir la subsistance de sa famille – ne fonctionnait plus, pas quand il avait laissé derrière lui l'indemnité de décès de DefenseCorp et le meilleur équipement pour éviter cette mort en premier lieu.

Le voilà qui poignardait des assassins, considéré comme un criminel par un puissant ennemi, et assis seul avec un lecteur contenant Dieu sait quoi.

Sai plongea la main dans sa poche et en sortit le petit objet. Deepak voulait que lui, ou au moins quelqu'un de l'Escouade Sever, le trouve. Il passa son doigt sur la surface plastique du lecteur, les yeux attirés par l'écran éteint.

Il ne pouvait pas partir maintenant. Ces choix avaient été faits. Mais si Sai s'en sortait cette fois-ci ?

Il prendrait tout l'argent qu'il pourrait tirer de ses comptes et retournerait auprès de sa famille. Voir quel temps il pourrait récupérer, si tant est qu'il en reste.

L'écran accepta le lecteur sans problème et afficha son contenu. Des fichiers s'étalèrent les uns après les autres, par dizaines. Sai supposa que quelqu'un avait déversé tout ce qu'il pouvait là-dessus. Les noms des fichiers eux-mêmes n'offraient aucun indice : tous cryptiques, des séries aléatoires de lettres et de chiffres qui évoquaient un code que Sai n'avait pas le temps de déchiffrer.

En cliquant sur quelques-uns au hasard, Sai resta bouche bée. Le premier présentait des équations, une série de formules menant à ce qui semblait être une configuration de composants, comme ce à quoi Sai s'attendrait s'il construisait un nouvel explosif. Le suivant montrait les plans d'une étrange nouvelle combinaison, nom de code *Casparian*. Contrairement à la plupart des armures assistées, celle-ci semblait petite. Légère.

Le dernier présentait une hiérarchie. Sai reconnut le visage, l'un des deux au sommet. L'officier de la vidéo sur Wexer. L'autre, une femme aux cheveux noirs que Sai ne reconnaissait pas. En dessous d'eux, une demi-douzaine sur la deuxième ligne. Il n'y avait aucun titre, aucune disposition officielle de DefenseCorp.

Quelle que soit cette organisation, elle existait en dehors des canaux habituels.

Il arracha le lecteur. Le glissa de nouveau dans sa poche. Sai aurait pu continuer à parcourir les fichiers, et le ferait, mais un endroit plus sûr pour le faire serait de retour sur le *Prisa*, où il pourrait s'assurer qu'aucun autre assassin ne l'attendrait.

Ni personne d'autre.

L'assassin avait suivi Sai depuis l'Intendant, mais il ne cherchait pas Sai spécifiquement. Du moins, ça ne semblait pas être le cas. Sai avait été la cible parce que Sai était apparu là où la cible devait être. Si quelqu'un l'avait traqué, il y avait de fortes chances qu'il y en ait d'autres.

La femme lui avait dit d'être prudent.

Si Sai s'était précipité vers l'Intendant, il prit son temps pour retourner vers le *Prisa*. Guettant les uniformes cramoisis avec ces bandes noires, Sai emprunta les trottoirs roulants lentement et observa. Le *Nautilus* et son agitation continuelle qui avaient été si agréables à l'arrivée prenaient maintenant une tournure différente, hurlant un ennemi caché dans chaque son, chaque action.

Cet appel aux services médicaux pour répondre à un événement critique dans l'infirmerie était-il un accident ou un acte intentionnel ? Qu'en était-il de l'annonce bruyante une minute plus tard appelant à un contrôle de sécurité pas si loin du quai d'amarrage du *Prisa* ?

Et le menu du dîner qui clignotait sur tous les écrans ? Les boulettes de viande étaient-elles un signe codé pour une mutinerie ?

Sai secoua la tête, rit, et attira quelques regards curieux. Pas moyen que les assassins utilisent les menus pour communiquer entre eux. Il y avait des gens dangereux sur le *Nautilus*, mais peut-être qu'ils voulaient juste éliminer l'Escouade Sever en tant que déserteurs. Rien de plus qu'un complot pour ramener l'équipage là où DefenseCorp pourrait leur tirer dessus.

Pas besoin d'une vaste conspiration.

Sauf que le quai d'amarrage du *Prisa* avait du sang sur le sol. Ça sentait les vêtements carbonisés et la chair brûlée. Sai se tenait dans l'embrasure de la porte et vit un vaisseau qui avait ses rampes relevées. Qui, à en juger par les bris de verre sur le sol autour du vaisseau, avait reçu quelques coups de quelque chose.

— Eponi ? appela Sai, en entrant dans la baie et laissant la porte se refermer derrière lui. Tu es là ?

Sai pouvait voir le cockpit du *Prisa* depuis le sol, son pare-brise ne montrant personne dans ces sièges. Peut-être qu'Eponi était partie. Peut-être qu'elle avait été enlevée.

Se précipitant vers le montant principal, Sai souleva un petit panneau caché qui révéla un pavé numérique carré. La plupart des vaisseaux en avaient, des codes d'entrée d'urgence pour entrer si on perdait son bracelet. Sai tapa le code, qu'Eponi avait réglé sur la fréquence de bande de l'escouade Sever. Le panneau bipa et la rampe du vaisseau descendit.

Sai aurait aimé avoir fouillé l'assassin pour trouver des armes et les prendre. Le corps et sa fin désordonnée l'avaient déstabilisé. Maintenant, il regardait la rampe nervurée et se demandait s'il ne courait pas droit vers un autre combat.

Eh bien, il n'allait pas partir sans son épée. Pas pour retourner dans ce fichu *Nautilus*.

Sai gravit la rampe, prenant le métal lentement. Quiconque faisant attention dans le vaisseau aurait senti la rampe descendre, mais cela ne signifiait pas qu'ils devaient savoir exactement où était Sai, ni à quelle vitesse exacte il se déplaçait.

En haut de la rampe, Sai entra dans la chambre centrale du *Prisa*. L'espace rectangulaire n'était pas énorme, mais les canapés étaient agréables. Les voir fit démanger sa peau à cause des brûlures qu'il avait subies sur Wexer, celles qui n'étaient pas encore tout à fait guéries, même avec la crème à action rapide qu'on lui avait appliquée. Ce truc faisait des miracles, allait-

Un autre homme en uniforme cramoisi tomba des quartiers de l'équipage au-dessus, atterrissant avec assurance devant Sai, son fusil dégainé, visé et prêt à tirer.

Puis l'homme explosa.

Sai se jeta au sol alors que des tirs laser traversaient les restes de l'homme, les brûlant. Quelques tirs perdus frappèrent l'intérieur du *Prisa*, abîmant la couleur cuivrée propre. Debout derrière l'homme, dos au cockpit et tenant son fusil levé, se trouvait Eponi.

— Salut, dit Eponi alors que Sai la regardait depuis le sol. Quoi de neuf ?

— Je crois qu'on a des ennuis, dit Sai, avant de se souvenir qu'il avait abaissé la rampe. Se précipitant, Sai frappa le bouton pour la faire remonter. Et, joli tir.

— Ça aide quand ils sont immobiles, dit Eponi. Il a dû croire que tu étais moi. Alors, merci pour ça.

— Je fais ce que je peux. Sai se pencha, ramassa le fusil de l'homme. C'est toi aussi qui as causé le désordre là-dehors ?

Eponi esquissa un sourire, — Ils ont essayé de prendre mon vaisseau. Pas question.

— Ouais, eh bien, ils ont essayé de me tuer dans le *Nautilus*, donc je ne pense pas que ce soit le vaisseau qu'ils veulent, dit Sai. Tu as eu des nouvelles des autres ?

— Pas un mot.

— D'accord, Sai passa le fusil de l'homme mort par-dessus son épaule et entra dans le *Prisa*, se dirigeant vers son casier. On ferait mieux de se préparer alors.

— Pour aller sauver nos amis d'une bande de tueurs étranges ?

— Tout à fait.

8

LA SEULE RÈGLE

Gregor n'avait pas fait dix pas depuis le lit de Rovo qu'un des robots lui barrait déjà la route vers la sortie des anneaux descendants de l'infirmerie. Le robot, une machine de secrétariat, assaillit Gregor de questions sur le nom de Rovo, son âge et diverses habitudes personnelles auxquelles Gregor répondit par un hochement de tête, un haussement d'épaules ou un *Je ne sais pas* après l'autre.

— Cherche dans les dossiers, finit par dire Gregor lorsque le robot commença à l'interroger sur l'historique médical de Rovo. Je t'ai donné son identifiant.

Rovo devait forcément avoir un dossier médical chez DefenseCorp. C'était obligatoire. On n'arrivait pas jusqu'à l'embauche dans une escouade comme Sever sans la moindre égratignure. Pendant une seconde, tandis que le robot réfléchissait à sa déclaration, Gregor se demanda s'il détenait toujours le record du *Nautilus* pour le plus grand nombre de visites à l'infirmerie sans mourir.

Deepak avait bricolé une médaille pour Gregor avec l'inscription « Prompt rétablissement » pour l'occasion. Elle était dans la combinaison de combat perdue sur Wexer. À l'exception de son marteau, les possessions de Gregor avaient tendance à brûler ou à être emportées.

— Dossier localisé, merci, gazouilla le robot, et Gregor réprima un soupir face à ce résultat évident. Comment devrions-nous vous contacter concernant son état ?

Encore une fois, il hésita. Pas de bracelet, pas de quartiers privés sur le *Nautilus*.

— Il y a un vaisseau, le *Prisa*. Je serai là-bas.

— Enregistré. Passez une bonne journée !

Tandis que le robot s'éloignait en bourdonnant, Gregor se dirigea vers les escaliers. Il jeta un dernier regard en direction de Rovo, le corps de la recrue caché par les murs de sa chambre. Les médecins et les robots chirurgicaux continuaient d'entrer et de sortir, le rouge sur leurs gants accentuant le froncement de sourcils de Gregor.

C'étaient les meilleurs des meilleurs. La blessure de Rovo avait semblé grave — les lasers aux poumons avaient tendance à être rudes — mais si une équipe pouvait arracher la recrue des griffes de la mort, ce serait celle-ci.

Et ils auraient d'autres victimes à soigner si Gregor ne prévenait pas rapidement Sever.

Gregor atteignit le hall, frôlant une autre civière qui entrait. Un drap recouvrait un corps. Gregor aperçut une jambe, l'uniforme cramoisi, la bande noire.

— Où avez-vous trouvé celui-là ? demanda Gregor tandis qu'ils transportaient le corps dans l'infirmerie.

— Quartiers des invités, répondit l'un des brancardiers.

— Seul ?

— Si vous voulez savoir, allez voir la sécurité. Le brancardier lança sa réponse et continua son chemin, le chariot disparaissant dans la rampe de l'infirmerie.

Il ne servait à rien d'accepter les coïncidences. Pas sur

ce vaisseau, pas maintenant. Si un autre corps à bande noire arrivait, alors Gregor devait supposer que quelqu'un d'autre de Sever avait été attaqué. Et, d'après ce qu'il avait vu, avait gagné.

Bien. Ça apprendrait à ceux qui avaient envoyé ces salauds.

Le hall semblait s'en moquer. L'extrémité de l'infirmerie, sous le pont et au-dessus du centre d'armement que Gregor venait de quitter, était remplie de gens se dirigeant vers les salles d'entraînement de la zone et peu d'autres choses. Des escouades, vaguement formées, entraient au pas de course dans des centres désignés pour des exercices physiques ou des simulations, tandis que des officiers discutaient à l'extérieur, certains regardant les événements sur des écrans conçus pour montrer ce qui se passait à l'intérieur.

Le public regarde toujours. Un autre slogan de DefenseCorp martelé par la pratique.

Une autre chose martelée ? Quand les lumières changent, arrêtez-vous et écoutez.

L'éclairage blanc et doux du hall vacilla, passant à un bleu tendre. Gregor, par habitude, arrêta sa marche — courir semblait susceptible d'attirer l'attention indésirable — comme tout le monde dans le couloir. Le bleu n'était pas une couleur dangereuse comme le rouge ou le jaune, mais cela signifiait un message du pont, quelque chose auquel il fallait prêter attention.

— Ici votre amiral, la voix de Deepak résonna lourdement dans les haut-parleurs, comme s'il annonçait la mort d'un ami proche. Comme beaucoup d'entre vous le savent, le *Nautilus* a accueilli de nombreux nouveaux arrivants la semaine dernière. Notre itinéraire a été modifié. Maintenant, notre rôle au sein de DefenseCorp l'est également. Pour faciliter cette transition, nous demandons à toutes les troupes actives de retourner dans leurs quartiers et d'attendre de nouvelles instructions. Pour le reste d'entre vous, continuez vos activités et attendez-vous à recevoir plus de détails bientôt.

Les lumières bleues redevinrent blanches, le changement s'accompagnant de cris bruyants tandis que les officiers commandants ordonnaient à leurs soldats de quitter les salles d'entraînement et de former des lignes de course vers leurs quartiers. Gregor se retrouva coincé alors que le hall se remplissait de soldats salariés exécutant l'ordre de Deepak.

Un ordre étrange et suspect. L'ordre débarrasserait les couloirs du *Nautilus* des soldats armés, ceux qui pourraient connaître Sever, qui pourraient aider en voyant quelqu'un se faire attaquer. Ou, d'un autre côté, il pourrait s'agir d'un simple rappel avant un changement majeur dans l'organisation de la force du vaisseau.

Gregor, ayant tout juste survécu à une attaque surprise, choisit l'hypothèse la plus dangereuse. Et avec le hall qui se vidait, il —

Deux mains, différentes, se posèrent sur ses épaules par derrière. Deux sensations de picotement frappèrent sa taille, remontant et descendant le long de ses nerfs. Des tasers, destinés à faire convulser ses muscles jusqu'à ce qu'ils abandonnent et laissent Gregor mou. Une attaque qui aurait dû mettre à terre la plupart des soldats en quelques secondes.

Gregor s'écrasa au sol, observant les dernières troupes en retraite disparaître le long du hall tandis que ses paupières tressaillaient, que ses bras et ses jambes se frappaient contre le sol. Puis ces mêmes mains se posèrent à nouveau sur Gregor, le retournant. Deux personnes, un Casparien et un homme, tous deux vêtus des uniformes médicaux de DefenseCorp, le regardaient.

Une autre attaque. Une autre embuscade. Combien d'ennemis Sever avait-il sur ce vaisseau ? Ces deux-là ne portaient pas les uniformes noir et cramoisi, mais ils avaient le même regard que Zaydi : des gens en mission, suivant des ordres auxquels ils croyaient fermement.

— Résiste, dit le Casparien, son corps blanc et élancé semblant se flétrir et se reformer sous ses vêtements, comme un nuage pris dans un filet, et nous finirons ce que Zaydi n'a pas pu accomplir.

Les yeux de l'homme s'illuminèrent à la mention de Zaydi, et il s'agenouilla près de la tête de Gregor.

— Donne-moi une raison, Gregor.

Le Shocker avait son utilité, mais les effets s'estompaient rapidement si la victime avait assez de volonté, assez de force pour résister. Gregor s'abandonna aux tremblements même si les pulsations s'atténuaient, gardant ses bras en mouvement et ses jambes tressautant du mieux qu'il pouvait. Aurora disait toujours que Gregor n'était pas doué pour la discrétion, mais quand il le fallait, Gregor savait jouer les morts.

— Ne l'encourage pas, dit le Casparien. Déplaçons-le à l'intérieur avant que quelqu'un ne revienne.

Gregor garda son regard fixé sur le Casparien tandis que les deux essayaient de le soulever. Les extraterrestres avaient des spécialités, aucune ne se manifestant dans un combat ouvert. Pour autant que Gregor le sache, les Caspariens de DefenseCorp jouaient des rôles auxiliaires, soutenant les escouades ou travaillant dans le bras clandestin de l'entreprise.

Le bras clandestin. Les agents sur Dynas. Gregor repassa en revue son bref séjour avec le trio d'agents sur ce bourbier de monde. Ils avaient été si intéressés par l'idée d'un virus réussi. Ils avaient forcé Gregor à voler pour leur montrer, et avaient été terriblement déçus quand ça n'avait pas fonctionné.

Un seul agent avait quitté Dynas avec Sever. Lani, qui avait dit ne pas avoir l'intention de retourner à Defense-Corp quand ils l'avaient déposée à la station commerciale.

Mais les plans pouvaient changer.

Le Casparien et l'homme essayèrent de soulever Gregor et échouèrent. Il s'éleva de quelques centimètres au-dessus du sol avant que le Casparien ne lâche ses pieds et jure.

— Il est lourd, admit le Casparien. Traînons-le.

Deepak avait dit qu'il échangerait la liberté de Sever contre l'emplacement de Kaia. Abandonner le seul exemple vivant du virus fonctionnel. Deepak lui-même n'avait jamais montré d'intérêt pour les améliorations génétiques. C'était un amiral qui suivait les règles, remplissant des contrats en attendant une retraite confortable sur un monde paradisiaque.

Il y avait des trous que Gregor ne pouvait pas combler. Le message sur Wexer suggérait que DefenseCorp voulait savoir à qui Sever avait parlé de Kaia, de Dynas. Ils n'obtiendraient pas cette information en tuant Gregor, Rovo et les autres.

Quelque chose avait changé, et tandis que le Casparien et l'homme le traînaient dans l'infirmerie, Gregor essayait de comprendre quoi.

Plutôt que de le traîner vers le centre bondé de l'infirmerie, les deux tirèrent le grand homme sur le côté, dans un niveau inférieur destiné aux longues convalescences. La plupart des lits ici n'étaient pas occupés, signe que le *Nautilus* n'avait pas effectué beaucoup de missions importantes récemment. Les deux traînèrent Gregor devant trois lits vides, l'éloignant bien de la rampe principale, avant de le tirer dans une pièce et de le lâcher.

— Surveille-le, ordonna le Casparien. Je vais confirmer si nous pouvons l'éliminer.

— Compris.

L'homme sortit un pistolet et se tint dans l'embrasure de la porte pendant que Gregor était allongé sur le sol. Il observait Gregor, un nuage s'accrochant à un visage qui oscillait entre des dents serrées et un profond froncement de sourcils.

— Tu peux arrêter ton numéro, dit l'homme. Un gars de ta taille, le choc devrait être passé maintenant.

— Vous avez piégé une bête, répondit Gregor, cédant à l'ordre de l'homme et s'asseyant. Pouvez-vous la garder en cage ?

— Je préférerais la tuer.

— À cause de Zaydi ?

Les yeux de l'homme se plissèrent.

— Elle ne méritait pas ce que tu lui as fait, mais non. C'est plus que ça.

— Dis-moi ?

Un rire appartenant aux damnés s'échappa des lèvres de l'homme.

— Je ne crois pas. Tu seras mort dans une minute de toute façon.

— Alors pourquoi ne pas expliquer ?

L'homme sembla presque, presque sur le point de commencer à parler. Sa bouche passa du froncement de sourcils à un petit sourire, le regard du vainqueur. Le Casparien, cependant, revint à ce moment-là et gâcha tout. Le visage spectral grimaça en direction de Gregor.

— Tu as de la chance, dit le Casparien. Ton commandant ne sait pas où trouver la fille. Nous ne tuons encore aucun d'entre eux.

L'homme jura. Gregor secoua la tête. Non seulement

ces gens étaient dangereux, mais ils étaient idiots. Qui tuerait ceux qui savaient ce que vous aviez besoin de savoir ?

— Et toi ? demanda l'homme à Gregor. Tu sais où est la fille ?

— Peut-être ? Gregor n'en avait aucune idée, mais l'homme avait toujours son pistolet braqué sur lui. Pourquoi vous le dirais-je ?

Les imbéciles avaient déjà gâché leur meilleure menace. En montrant qu'ils étaient prêts à tuer Sever, toute envie de donner des informations s'était envolée. Ils tueraient Gregor de toute façon, alors pourquoi parler ?

— Je peux ? demanda l'homme au Casparien, détournant les yeux de Gregor pendant une seconde cruciale. On dira simplement qu'il a essayé de s'échapper.

Gregor se recroquevilla et bondit vers le Casparien, se déplaçant sur le côté suffisamment pour que le tir du pistolet de l'homme le manque de quelques millimètres. Gregor ne se soucia pas d'essayer une prise, de tenter quoi que ce soit de sophistiqué. Il frappa simplement l'extraterrestre avec force de sa main droite, se soulevant en même temps. Avec la gravité du *Nautilus*, le Casparien fut projeté en arrière et en l'air par la force du coup, tombant au niveau inférieur et atterrissant sur une autre pièce.

L'homme se reprit suffisamment pour viser son pistolet vers Gregor, juste au moment où les murs de la pièce virèrent au rouge. Un bip strident retentit, perturbant la visée de l'homme juste assez pour que Gregor continue sa course après son coup de poing sur le Casparien. Le bouton d'urgence fit son travail, plongeant la pièce dans une panique clignotante. Des robots envahirent l'espace alors que Gregor se dirigeait vers le couloir du niveau, les hôtes mécanisés volant, marchant, roulant et bloquant tous les tirs que l'agent aurait pu tenter dans le dos de Gregor.

Gregor n'était pas du genre à fuir un combat, mais l'homme avait des armes. Il avait l'avantage de la position.

Arriver sur la rampe principale de l'infirmerie offrait un choix. Gregor pouvait remonter vers le hall, reprendre sa course vers le *Prisa* et son marteau. Mais faire cela laisserait Rovo seul en bas, dans la fosse de l'infirmerie. Quelle était la règle principale de l'Escouade Sever ?

Ne jamais abandonner son coéquipier.

Les agents étaient armés, mais tandis que Gregor tournait à droite en descendant la rampe, puis se précipitait sur un autre niveau, se cachant entre les lits, les robots et l'équipement suspendu, le grand homme savait qu'il avait quelque chose de presque aussi précieux :

L'effet de surprise.

9

À LA RESCOUSSE

Du sang éclaboussait le sol de son vaisseau. Ses murs. À vrai dire, ce désordre était l'œuvre d'Eponi elle-même, qui avait appuyé sur la gâchette transformant l'intrus en une sorte de bouillie.

Pourtant. Eponi n'avait récuré ce vaisseau que quelques jours auparavant, avant l'assaut sur Wexer.

Chacun avait ses déclencheurs. Certains n'aimaient pas être embarrassés. D'autres ne supportaient pas de perdre à un jeu. Eponi se fichait comme d'une guigne de son apparence personnelle, mais son vaisseau ?

— Je sais que tu vas me dire qu'on ne peut pas nettoyer ça maintenant, dit Eponi à Sai alors qu'ils contemplaient le carnage. Mais est-ce que je peux nettoyer ça maintenant ?

— Non.

— Merde.

Ils avaient entendu le message de Deepak pendant que Sai lui montrait l'énigme du disque. Eponi n'avait pas non plus vraiment compris les trois lignes, et la diffusion générale avait chassé l'énigme de son esprit. Aucun des autres n'était encore revenu, et Deepak qui dégageait les couloirs de toute partie neutre susceptible d'aider lors d'une attaque par l'un des tueurs aux rayures noires ?

Sai ouvrait la marche en descendant la rampe, katana sorti et prêt tandis qu'Eponi levait son fusil pour couvrir. En atteignant le sol de la baie, Eponi fit remonter la rampe en vitesse, verrouillant le *Prisa*.

— Je reviendrai te chercher, murmura Eponi alors qu'ils se dirigeaient vers la porte de la baie.

— D'abord la passerelle, dit Sai. On sait qu'Aurora est avec Deepak, ou il saura où elle se trouve. Gregor et Rovo devraient pouvoir se débrouiller.

— Tu penses que le bleu pourrait tenir tête à ces types ?

— Je pense que Gregor peut assurer.

C'était juste, bien que Gregor n'ait pas son marteau. Se battrait-il quand même, même sans lui ? Était-ce même une question ?

Gregor se battrait avec tout ce qu'il aurait sous la main. Poings, dents, orteils. S'il y avait bien quelqu'un capable de survivre à une tentative d'assassinat, c'était lui.

À l'extérieur de la baie, le hall des quais d'amarrage avait son dispositif habituel de robots. Le personnel non-militaire poursuivait ses rondes, bien que tous s'arrêtèrent à la vue de Sai avec son katana dégainé. Au début, cette pause déconcerta Eponi : les soldats de DefenseCorp avaient régulièrement des armes visibles sur le vaisseau.

Oh. Les uniformes. Ni Eponi ni Sai n'en portaient. Ils ressemblaient à des civils, couverts d'armes, et Sai, du moins, avait du sang partout sur ses vêtements.

— Euh, dit Sai, sa prise sur le katana faiblissant sous les regards.

— Ignorez-nous, annonça Eponi. Il y a une menace sur le vaisseau dont nous nous occupons sur ordre de Deepak. Continuez vos activités.

Elle avait déjà utilisé cette voix auparavant, en parlant aux fans après des victoires de courses de karts. Insufflant de l'autorité et un peu de bluff pour que les gens l'écoutent, faisant confiance à ses paroles. Seulement cette fois, au lieu de promettre de futures victoires pour son équipe, elle espérait obtenir un laissez-passer pour porter des armes jusque dans le *Nautilus*.

— Bouge, chuchota Eponi à Sai. Et range peut-être cette épée.

Le démolisseur fit ce qu'Eponi demandait, ses mots perçant son voile paralysant. Sai avança et Eponi suivit, remontant le hall et dépassant les premiers travailleurs. Eponi croisa des regards, échangea des hochements de tête de solidarité, et, quand personne ne mourut, les équipes des quais retournèrent à leurs occupations.

— Je suis impressionné, dit Sai alors qu'ils avançaient, passant sur un tapis roulant au-delà des quais pour accélérer les choses. Comment savais-tu qu'ils t'écouteraient ?

— Parce que je suis incroyable, et je le sais.

— Bien sûr...

Au-delà des quais, le hall s'aplanissait en une étendue plus vide. Les troupes manquantes auraient dû remplir ces couloirs, destinés aux salles de briefing et aux réunions stratégiques pour les contrats en cours et à venir. Au lieu de cela, des panneaux à côté de chaque porte déclaraient les espaces ouverts et les robots de nettoyage régnaient en maîtres. Au bout du corridor, des banques d'ascenseurs les emmèneraient vers la passerelle, ou vers le bas à l'infirmerie et au mess.

— Une idée de qui sont ces gens ? dit Sai en marchant. Je n'ai pas eu beaucoup de chance de parler avec le mien.

— Je vais me risquer à deviner qu'ils sont de Defense-

Corp, répondit Eponi. Et aussi, que ce sont des connards. Ils ont détruit les caméras du *Prisa*.

— Et ils ont essayé de nous tuer.

— Oui, ça aussi, fronça Eponi. On sait qu'ils portent des uniformes officiels. Ils sont sur le vaisseau et peuvent se déplacer librement. Je pense qu'ils ont aussi maîtrisé une équipe de sécurité.

Cela lui valut un regard de Sai, — Donc ils ne vont pas juste nous faire du mal ?

— Je ne pense pas qu'ils s'en soucient.

— Sans distinction. Ce n'est pas dans nos livres.

Sai faisait référence aux règlements de DefenseCorp pour les escouades. Les pertes inutiles, en particulier civiles, devaient être évitées sauf si, et c'était un gros sauf si, tout accident soutenait les objectifs de DefenseCorp. Eponi ne pouvait pas répondre à la question de savoir si leurs ennemis considéraient l'élimination d'une équipe de sécurité comme excusable.

— Nous n'avons plus de livres, tu te souviens ? dit Eponi. Tu dois juste vivre avec ta conscience.

— Peut-être plus pour longtemps.

L'ascenseur propulsa le duo vers la passerelle, les éjectant dans un autre corridor. Presque vide à nouveau, à l'exception des robots de nettoyage en forme de disque, toujours présents, se précipitant sur les sols. Pour ces machines, les personnes manquantes devaient représenter une énorme opportunité.

— Content que quelque chose profite de la situation, marmonna Eponi alors qu'ils tournaient vers la passerelle.

— Quoi ?

— Rien.

Si les niveaux intermédiaires du *Nautilus* étaient fonctionnels, maintenus simples pour que les troupes et les travailleurs du hangar puissent se concentrer sur leurs tâches, et que les niveaux inférieurs comme le mess et l'infirmerie adoptaient un certain caractère individuel, le pont et les installations du niveau supérieur jouaient sur leur double rôle de centres opérationnels et de vitrines.

Tout visiteur important passerait son temps ici — il y avait des quartiers spéciaux pour les invités trop importants pour être relégués aux baraquements — donc Deepak avait fait décorer les murs avec de véritables œuvres d'art. Des lignes de couleur entrelacées, une combinaison de rouge, bleu, crème et noir représentant les principales branches de DefenseCorp, parcouraient le milieu du mur tout le long du couloir. Les grands acteurs de DefenseCorp avaient leurs portraits affichés çà et là, mêlés aux vaisseaux cruciaux du passé de l'entreprise.

L'entrelacement de couleurs captivait l'attention d'Eponi. Les quatre travaillaient de concert. Le rouge, les escouades en service actif de DefenseCorp, s'occupait des contrats et des missions importantes. Le bleu représentait les forces de stabilisation de DefenseCorp, un groupe dans lequel Sai et Gregor avaient tous deux passé du temps, prenant des contrats pour maintenir les mondes sous contrôle. Le noir regroupait les agents, la branche d'espionnage de DefenseCorp, prenant des contrats plus subtils et aidant à trouver des renseignements pour les grandes missions.

Le crème englobait tous les autres. Tout ce personnel de soutien dans les couchettes, les intendants, les cuisiniers.

— Regarde ça, dit Eponi alors que Sai se dirigeait vers le pont. Tu vois quelque chose d'intéressant ?

— Les couleurs ?

— Ouais, les couleurs, répondit Eponi. Cramoisi et noir. C'étaient les uniformes.

Sai regarda les lignes.

— Tu penses qu'ils sont des agents.

— J'ai toujours su que tu étais intelligent.

— Eponi, bien sûr que ce sont des agents, dit Sai en secouant la tête avec un roulement d'yeux. Allez. Qui d'autre aurait pu monter à bord du *Nautilus* et agir ainsi ?

Sai repartit et Eponi le suivit.

— Attends, tu le savais et tu n'as rien dit ? Eponi accéléra pour rattraper Sai, qui semblait vouloir compenser chaque seconde perdue en parlant par une nouvelle enjambée.

— Je pensais que tu avais fait le lien.

— Mais, en bas, tu...

— La question est de savoir qui sont les agents, dit Sai. Qui dirige cette opération ?

— Oh. La prochaine fois, sois plus clair.

— Je ferai de mon mieux.

Le pont ne respectait pas leur urgence. Les grandes portes, avec leurs angles inclinés vers le bas et l'extérieur, restaient fermées alors que Sai et Eponi approchaient, les lumières de sécurité rouges clignotantes déclarant des verrous qu'aucun membre de Sever ne pouvait ouvrir.

Sai et Eponi fixèrent l'obstacle, attendant que quelqu'un entre ou sorte. Le pont aurait dû être une ruche, même pendant l'urgence que Deepak avait évoquée dans son annonce. Les gens auraient dû entrer et sortir en courant, transportant des messages, de l'équipement ou simplement eux-mêmes d'un endroit à un autre. Au lieu de cela, rien ne bougeait.

— C'est étrange, dit Eponi. Remarque, tout est étrange en ce moment.

Sai leva la main, tapota la garde de son katana.

— Je me demande si je pourrais trancher...

— Si tu fais ça, je vais me tenir bien loin d'ici pour pouvoir dire que ce n'était pas mon idée quand tu te feras abattre.

Sai retira sa main et acquiesça. Il devait y avoir un autre moyen d'entrer, une façon d'ouvrir ces portes. Le démolisseur s'en approcha et frappa plusieurs fois avec son poing. Les échos métalliques résonnèrent dans le corridor.

Les lumières s'éteignirent à nouveau. Tout le blanc disparut, plongeant tout dans l'obscurité sauf pour les carrés réfléchissants d'urgence le long des bords du couloir.

— Regarde ce que tu as fait, dit Eponi.

Sai n'eut pas le temps de répliquer. Les lumières se rallumèrent, mais passèrent à un rouge profond et intense. Si l'ordre de Deepak avait préparé le *Nautilus* à un verrouillage, c'était la suite logique : invasion.

— Vraiment, Sai, je pense qu'on avait déjà assez de problèmes, dit Eponi, en mettant son fusil en position prête et en scrutant rapidement à gauche, à droite et derrière pour observer le couloir central. Il fallait que tu déclenches ça ?

— En frappant à la porte du pont ? dit Sai en dégainant son katana. Tu penses qu'ils sont aussi paranoïaques ?

— Quelqu'un a peur, répondit Eponi. Peut-être que c'est toi qui leur as fait peur.

— Alors peut-être que je vais le mériter.

Passer en mode invasion signifiait que ces mêmes troupes qui étaient passées en verrouillage recevraient de nouveaux ordres. Elles se rendraient aux points critiques du vaisseau pour s'assurer que le *Nautilus* restait sous le contrôle de DefenseCorp. L'un de ces points, naturellement, serait le pont, où se tenaient actuellement deux personnes armées sans identification ni uniformes.

Sai inversa sa prise sur le katana, puis le plongea dans la porte. La lame frappa le métal, produisit des étincelles et rebondit. Il s'avéra que DefenseCorp avait mis une vraie force dans la barrière protégeant l'espace le plus précieux du *Nautilus*.

— Ça ne va pas marcher, dit Sai, regardant son katana comme si l'épée l'avait déçu de la manière la plus dévastatrice qui soit.

— Alors on court, dit Eponi. Maintenant.

Elle n'attendit pas Sai, mais s'élança droit dans le couloir central. Plus vite ils mettraient de la distance entre eux et le pont, moins ils risqueraient de se faire tirer dessus par un escadron de leurs propres alliés.

— Et Aurora ? dit Sai, martelant le sol derrière elle alors qu'ils passaient devant des bureaux administratifs verrouillés. Elle est toujours là-dedans !

— Et elle y restera un peu plus longtemps, répliqua Eponi. On ne peut pas l'aider si on est morts.

Bien qu'ils n'allaient pas non plus aider leur capitaine en fuyant. Ils avaient besoin d'un objectif, quelque chose qui pourrait les aider à entrer sur le pont.

— On pourrait faire sauter la porte, dit Sai, si on trouvait assez d'explosifs.

— Oh ouais, ça a du sens. Eponi jetait des coups d'œil aux panneaux qu'ils dépassaient, marquant les zones du vaisseau avec de grandes lettres. Ils étaient sur le point de quitter la zone administrative du pont pour entrer dans les résidences VIP. Des bombes sur des vaisseaux spatiaux. Je croyais que tu savais comment ça marchait ?

— Écoute, fais-moi confiance, dit Sai. Je peux l'arranger pour qu'on s'en sorte très bien.

— Ce ton me fait peur.

— Il devrait.

S'ils voulaient obtenir des explosifs, il n'y avait qu'un seul endroit sur le *Nautilus* qui en aurait. L'Intendant.

Ils arrêtèrent de courir aux ascenseurs centraux, Sai frappant le bouton d'appel pendant qu'Eponi restait vigilante. Le couloir, cependant, était silencieux. Les robots auraient été rappelés à leurs stations d'origine lors d'un verrouillage, et tous les membres de l'équipe crème auraient dû retourner à des positions abritées. Les soldats envoyés des baraquements pourraient mettre un certain temps à arriver.

— Le bouton d'appel ne fonctionne pas, dit Sai. Je n'ai pas de bracelet, et les ascenseurs ne sont plus gratuits. On doit attendre que quelqu'un arrive.

— On aura peut-être de la chance, dit Eponi, osant espérer que quelque chose dans ce désastre pourrait enfin tourner en leur faveur.

Avant même qu'une minute ne s'écoule, alors que Sai cherchait un autre moyen d'atteindre l'intendant, l'ascenseur sonna, les portes s'ouvrirent, et une douzaine de soldats armés les fixèrent du regard.

Tant pis pour la chance.

10

TRAITEMENT POST-OPÉRATOIRE

Rafistolage. S'il devait choisir un mot pour définir l'attitude de DefenseCorp envers les soins médicaux, Rovo choisirait celui-là. Agrafer le soldat jusqu'à ce qu'il puisse tenir un fusil et le renvoyer au front. Il avait lu les études, les analyses dans son ancien rôle, et Rovo avait vu les données brutes indiquant que la plupart des troupes de DefenseCorp prendraient leur retraite ou mourraient avant que les effets cumulatifs de leur retour précipité sur le front ne se fassent réellement sentir.

En d'autres termes, produire et consumer.

Pourtant, allongé sous une légère anesthésie pendant que les robots et les médecins faisaient leur travail, Rovo appréciait la rapidité avec laquelle les médicaments anéantissaient sa douleur, les gels cicatrisants éliminaient et remplaçaient la peau brûlée, et les chirurgiens avec leurs lasers portatifs excisaient et reconstruisaient ses poumons carbonisés.

— Tu seras plus faible pendant une semaine environ. Je te recommande du repos pendant cette période, expliqua l'un des médecins, sa voix filtrant de manière trouble et onirique dans la conscience de Rovo. D'ici là, ton corps devrait avoir retrouvé son état de fonctionnement. Pas à cent pour cent, note bien, et je te déconseille fortement de prendre un autre coup non protégé sur tes voies respiratoires, mais tu pourras reprendre le service sur le terrain.

Rovo aurait voulu dire quelque chose en réponse, aurait voulu rassembler la force de remercier les chirurgiens pour leurs efforts, mais la connexion entre son cerveau et sa bouche s'était égarée.

— Si tu essaies de parler, ne t'inquiète pas. Tu devrais retrouver ta voix bientôt. Nous te garderons ici pour la journée pour nous assurer que tout se passe bien. Tu seras de retour dans les baraquements demain, ce qui, j'en suis sûr, te réjouit, dit le chirurgien, Rovo apercevant les extrémités d'un sourire sur les joues de l'homme.

Des baraquements qui n'avaient pas de place pour Rovo. Le personnel médical finirait par découvrir qui il était. Un criminel potentiel méritait-il le même traitement qu'un soldat DC en service actif ?

Cette question persistait alors que les soignants terminaient, les membres humains s'amenuisant jusqu'à ce que seuls des robots planent au-dessus du corps de Rovo. Ils finirent de le recoudre, et lorsque le dernier contrôle des signes vitaux revint positif, le lit trembla alors qu'un robot infirmier attachait sa civière à son lien et le fit rouler.

Toute l'opération avait pris moins de trente minutes du début à la fin. Avec un simple stimulant, Rovo pourrait être jeté au combat maintenant, bien qu'il pourrait le regretter plus tard. Une procédure efficace destinée à maintenir les soldats à prendre et à donner des tirs de laser autant que possible.

Le robot infirmier emmena Rovo au deuxième niveau, à un étage du centre et des patients les plus critiques de l'infirmerie. Le trajet fut doux, surnaturellement doux, comme tout ce qui était fait par des robots. Pas d'hésitations, pas de questions, pas d'inquiétudes de la part du soignant de Rovo, même pas quand un visage qui semblait avoir mal tourné rattrapa le lit.

— Dis-moi que tu es Rovo, dit l'homme, l'amertume qui accompagne le fait d'avoir été lésé imprégnant sa voix. L'uniforme de l'homme, ces rayures rouge cramoisi et noires, donnaient des raisons pour lesquelles cela pourrait être le cas. Ne mens pas, maintenant, parce que je suis doué pour repérer les mensonges.

Rovo cligna des yeux. Sa gorge le grattait maintenant, et ses mains et ses jambes frémissaient d'un potentiel nerveux, mais il y avait des chances que l'homme ne le sache pas. Si Rovo devait choisir un côté du spectre de l'intelligence pour le gars, il pencherait vers l'idée que l'homme avait été recruté pour donner des coups.

— Ça marchera, dit l'homme, si tu ne peux pas parler. Cligne des yeux. Une fois pour oui, deux fois pour non.

Rovo cligna des yeux.

— Maintenant on avance, continua l'homme alors que le robot infirmier trouvait la chambre de Rovo et le faisait rouler à l'intérieur. Écoute attentivement maintenant, parce que je ne vais pas vouloir répéter ça. Je n'ai pas le temps.

De petites piqûres ponctuaient les mots de l'homme alors que le robot infirmier attachait diverses perfusions aux bras de Rovo. Les moniteurs autour de la pièce s'allumèrent avec des chiffres que Rovo ne pouvait pas déchiffrer, mais les différents verts, rouges et jaunes suggéraient que le novice n'était pas tout à fait au sommet de sa santé.

Pas encore.

— Voilà le truc, l'homme s'assit au bout du lit de Rovo, berçant un pistolet sur ses genoux. On m'a dit que tu es celui qui pourrait avoir la réponse qu'on cherche. Tu vois ce que je veux dire ?

Rovo cligna deux fois des yeux.

— Je m'en doutais. Vous, les types de la piétaille, n'avez jamais été rapides à comprendre ce qui se passait sous vos pieds tout ce temps. L'homme fit un geste vers Rovo avec son pistolet. Toujours tellement concentrés sur le combat que vous avez manqué ce pour quoi vous vous battiez vraiment.

Rovo ne cligna pas des yeux, ne fit rien sauf tester les nerfs de ses doigts, de ses orteils. La perfusion réchauffait Rovo, mais les picotements aux extrémités lui disaient qu'il pouvait bouger, pouvait faire quelque chose si nécessaire.

Bien que Rovo ne voulait vraiment, vraiment pas se faire tirer dessus à nouveau. Une fois aujourd'hui suffisait.

— Tu es ici parce que nous avons besoin de savoir certaines choses, l'homme adopta un ton de discours, comme si Rovo était un élève et l'homme un sage professeur. Il y a une petite fille que nous cherchons. J'oublie son nom pour le moment mais je crois que tu sais de qui je parle.

Mentir, ou pas ? Malgré tous ses mots, l'homme semblait toujours malmené. Il avait l'air un peu comme ça, maintenant que Rovo y regardait de plus près, adossé à la tête de lit inclinée. Comme si l'homme avait reçu un coup de poing ou deux. Risquer un tir frustré ne semblait pas en valoir la peine si l'homme avait déjà les bonnes informations.

Rovo cligna une fois des yeux.

— Bon gars, bon gars, l'interrogateur se pencha vers Rovo. Entre toi et moi, je m'appelle Conyers. J'ai pensé que ce serait juste, vu que je connais le tien. Conyers se gratta le nez, regarda à l'extérieur de la chambre dans l'obscurité baignée de néon de l'infirmerie. La prochaine partie de cette session, et c'est la plus importante, concerne la localisation de la fille. Tu l'as ?

Rovo cligna deux fois des yeux.

Conyers hocha la tête, — Je m'en doutais. Ils ont envoyé Zaydi après vous deux parce qu'elle est une effaceuse, et ils n'auraient pas fait ça si tu avais clairement dit que tu savais où était la fille. Malheureusement, cela signifie que nous ne sommes plus en bons termes.

L'agent, l'assassin, Rovo n'était pas tout à fait sûr de comment appeler Conyers, tenait le pistolet vertical devant son visage et soupira. Rovo essaya de cligner une fois des yeux. Puis deux fois. Conyers, cependant, ne regardait pas.

Conyers pointa lentement le pistolet vers le visage de Rovo. Il déplaça un doigt vers la gâchette.

C'était maintenant ou jamais.

Rovo essaya de bouger, tenta de bondir hors du lit, mais ses jambes ne firent que s'agiter mollement, ses bras ne parvenant qu'à tressaillir suffisamment pour arracher un rire à Conyers.

— Mon ami, il va te falloir plus de temps que ça pour te remettre, dit Conyers. Ne t'inquiète pas, si je te rate, ils te rafistoleront. C'est le meilleur endroit pour se faire tirer dessus dans tout le vaisseau, ici même.

Une fois de plus, le pistolet se stabilisa, ce canon noir fixant Rovo droit dans les yeux.

Avec Zaydi, l'attaque avait été rapide. Une lutte instinctive pour survivre qui avait empêché toute réelle introspection jusqu'après coup. Pas de vie défilant devant les yeux de Rovo à ce moment-là, et ici ? Rovo n'en avait pas le temps.

Il continuait d'essayer de forcer ses muscles à bouger, et les nerfs répondaient qu'ils faisaient de leur mieux, mais les muscles manquaient de motivation. Aucune chance. Rovo ferma les yeux, prit une dernière inspiration d'air aseptisé et savoura l'odeur médicale qui descendait jusqu'à ses poumons brûlés.

Conyers ne tira pas.

Rovo entrouvrit un œil. L'homme avait toujours le pistolet pointé sur sa tête, mais Conyers jetait des coups d'œil autour de lui, restant silencieux. En attente, ou à la recherche de quelque chose.

— En haut ! cria une voix venant de l'extérieur, meurtrie et teintée de la brume caractéristique des Caspariens.

Conyers leva les yeux vers le plafond de la pièce, le pistolet suivant son regard. Une détonation secoua la pièce, faisant trembler le lit de Rovo et balancer les poches de perfusion. Le *Nautilus* était-il attaqué ? Un des robots infirmiers était-il devenu fou en voyant le pistolet et venait-il à la défense de Rovo ?

La deuxième détonation s'accompagna d'un craquement, le mince plafond de la pièce se fissurant et s'effondrant. Conyers tira, le coup se perdant dans le plafond qui s'écroulait.

Créant une entrée dans un jaillissement d'étincelles.

Gregor chevaucha les débris en descendant, atterrissant sur Conyers, sur Rovo, et faisant basculer le lit, envoyant les trois hommes s'entasser à sa base.

Rovo culbuta, sentant les perfusions s'arracher, et roula par-dessus Gregor pour atterrir sur le sol de la pièce. Juste dans l'embrasure de la porte, sa tête dépassant d'un côté et ses pieds de l'autre. Gregor luttait contre Conyers, tous deux échangeant des coups de poing alors qu'ils s'emmêlaient avec le lit, les draps et les morceaux de plafond.

Ses mains et ses jambes reprenant vie, Rovo se retourna, observa la lutte et remarqua que le pistolet de Conyers avait glissé près de sa tête. S'il pouvait l'atteindre, alors peut-être...

— Abandonne, espèce de monstre, dit le Casparien,

enjambant le corps étendu de Rovo et tenant un autre pistolet pointé sur Gregor. Si tu arrêtes de te battre maintenant, nous ne tuerons pas ton ami.

Gregor asséna un autre bon coup à Conyers, puis s'arrêta, lançant au Casparien le regard froid d'un guerrier qui connaissait sa prochaine victime. Rovo continuait d'essayer d'atteindre le pistolet. Conyers se poussa à un mètre de là contre le mur latéral de la pièce, haletant à travers quelques respirations malmenées.

— Tu ne tueras pas mon ami parce que tu n'en auras pas l'occasion, dit Gregor.

— Des paroles audacieuses, répliqua le Casparien. Conyers, qui est celui qui connaît la fille ? Ce n'est pas lui, n'est-ce pas ?

Rovo tressaillit. Un centimètre de plus. Son bras gauche était maintenant armé. Il suffisait juste de lever l'épaule et il aurait le pistolet.

— Tire-lui dessus, dit Conyers. C'est un connard.

— Ce n'est pas ce que j'ai demandé, dit le Casparien. Je sais que c'est un connard. Ce que je veux savoir, c'est si nous aurons des problèmes s'il finit mort.

Encore un tressaillement. Ses doigts avaient la crosse.

— On n'en aura pas. Conyers fut pris d'une quinte de toux, parlant entre les spasmes. Il ne sait rien.

— Bien.

Le Casparien alla pour appuyer sur la gâchette, et Rovo tira. Son tir partit bas, manquant tout sauf les draps froissés au pied de son lit, qui absorbèrent l'énergie brûlante du laser et s'enflammèrent d'un feu bleu-orange. Le Casparien sursauta, Gregor non.

Les Caspariens, en tant qu'espèce, sont des êtres légers, maintenus ensemble plus par une substance éthérée que par des os. Quand Gregor décocha un de ses fameux crochets, son coup passa presque à travers le Casparien comme un poing dans de la gelée.

Presque.

L'alien vola en arrière à travers la porte, ses pieds frappant Rovo au passage. La créature ne parvint même pas à crier. Un KO en un coup qui aurait arraché une acclamation à Rovo si sa bouche avait pu le gérer. Gregor se tourna vers Conyers, les draps brûlant maintenant vraiment et dégageant de la fumée, déclenchant les alarmes de l'infirmerie. Les robots médicaux, le personnel de sécurité, tous ceux qui étaient dans les parages seraient là rapidement.

— La prochaine fois, dit Gregor, puis il poussa le lit sur Conyers, piégeant l'homme. Rovo, il est temps de partir.

Rovo aurait hoché la tête, mais à la place, il s'accrocha fermement au pistolet tandis que Gregor le soulevait, quittait la pièce et courait vers la rampe de sortie de l'infirmerie. Ce n'était pas exactement suivre les ordres de son médecin, mais Rovo était vivant, et parfois, c'était suffisant.

11

INFESTATION

Le briefing commença exactement à l'heure prévue, alors qu'Aurora avait encore le burrito du petit-déjeuner synthétisé en laboratoire dans la bouche. Les autres officiers de DefenseCorp avaient tendance à être désinvoltes avec leurs horaires, particulièrement quand il s'agissait de Sever. L'escouade serait larguée au cœur du désastre avec des objectifs simples et dangereux. Ils n'avaient pas besoin des soins et de l'attention que nécessitaient les autres escouades et les autres flottes.

Mais Deepak, lui, était toujours enchaîné à l'horloge.

Aurora réprima un sourire tandis que Deepak passait à la mission suivante, un contrat de nettoyage sur une planète-décharge dont les propriétaires voulaient se débarrasser avant de la mettre en vente. Suffisamment de gens ne voulaient pas bouger, suffisamment de robots étaient devenus sauvages avec une programmation corrompue, pour que DefenseCorp soit appelée pour tout nettoyer.

Sever serait, bien sûr, envoyée dans la gueule du loup. Une enclave remplie de dissidents mécontents, avec des armes fabriquées à partir des débris laissés après l'exploitation minière de la planète.

Alors que Deepak exposait les itinéraires, il fit un clin d'œil à Aurora, puis plaça l'Escouade Sever carrément à l'arrière. Un devoir de réserve, une position à faibles enjeux et faibles récompenses qui promettait du temps passé à regarder les combats de loin. Ce n'était pas ce pour quoi Aurora s'était engagée, ni le rôle qui remplirait ses comptes avec les primes en espèces que DefenseCorp accordait pour les performances.

Le capitaine de Sever, à côté d'elle, souffla sous son souffle, et Aurora ne pouvait qu'être d'accord. Deepak vit son regard, prit une grande gorgée au milieu du briefing, et quand il se termina, quand Deepak resta pour parler, Aurora ne le fit pas.

Le pont s'avéra être une mauvaise idée. Deepak et Aurora escortèrent l'officier mécontent à travers la grande double porte menant à l'espace étincelant du *Nautilus*. Une gigantesque bulle incurvée sculptée dans le flanc de l'astéroïde, le pont brillait avec sa vue panoramique sur l'espace. Comme tant de vaisseaux, le pont projetait son plancher vers l'avant, avec des côtés descendants offrant de l'espace pour des milliers d'officiers et d'ingénieurs chargés de gérer tout le travail minute par minute nécessaire pour que le *Nautilus* reste en vol.

À l'avant du pont, la barre se dressait imposante. Deux pilotes travaillaient en synchronisation pour maintenir le *Nautilus* en mouvement, leurs écrans se fondant dans la bulle de verre, avec des données projetées sur la barrière transparente. Les niveaux d'énergie, les corrections de trajectoire et qui sait quoi d'autre défilaient devant leurs yeux.

S'éloignant de la séparation centrale sur laquelle Aurora

et les autres marchaient, le pont s'étendait en niveaux échelonnés, disposés selon leur importance pour l'amiral. Les communications venaient en premier, avec leur design en mezzanine qui se déployait. En dessous, des niveaux dédiés à divers systèmes faisaient la transition vers des sections spécifiques aux missions, conçues pour gérer les questions et les demandes entrantes des escouades en action.

Sever en avait probablement un de ceux-là pendant qu'ils étaient sur Dynas, pas qu'Aurora ait eu un moyen de contacter le *Nautilus* pendant la majeure partie de cette mission.

Peu de regards se tournèrent pour observer le trio entrant, et ceux qui le firent prirent rapidement la décision de ne pas s'en mêler, retournant à leurs tâches sans un cri, une question ou la moindre préoccupation.

L'air frais tourbillonnait dans l'espace plus large, comblant les silences tandis que Deepak et Aurora accompagnaient l'officier vers le centre du pont, où plusieurs consoles étaient disposées à hauteur d'homme pour l'amiral. Le bavardage des communications s'intensifia, des questions traversant le pont laissant entendre que le *Nautilus* n'était pas tout à fait dans son état normal. Un corps avait été trouvé dans les quartiers des invités, et une équipe de sécurité avait disparu.

Rien de tout cela ne fit monter les nerfs d'Aurora.

Non, cela arriva quand Deepak poussa l'officier contre les consoles, où l'homme se stabilisa. Deepak sortit le pistolet qu'il tenait encore des gardes et le pointa sur Aurora.

— Désolé, dit Deepak, braquant l'arme sur elle tandis que l'officier se redressait. J'ai trop de vies sur ce vaisseau pour les sacrifier pour toi.

— Tu es déjà en train de les perdre si tu penses qu'il va oublier ce que tu as fait là-bas, rétorqua Aurora.

— Je n'ai pas besoin d'oublier, dit Renard en se relevant, s'appuyant sur une console pour se soutenir. Deepak comprend d'où vient sa carrière et qui peut la garantir. Il secoua la tête quand Deepak commença à parler, et l'amiral garda le silence. Si vous voulez bien rester tranquilles un moment, vérifions si j'ai fait une terrible erreur.

Pendant que l'officier se retournait vers les consoles, faisant apparaître l'écran de communications et dictant des noms à contacter, Aurora revint à ce qu'elle avait fait dans la salle de réunion. Analyser la situation, trouver les faiblesses et les exploiter.

Le pistolet sorti de Deepak avait attiré les regards, mais pas l'alarme soutenue qu'une arme sur le pont aurait dû provoquer. Aurora vit des froncements de sourcils, vit quelques hochements de tête, mais la plupart restaient concentrés sur leurs tâches. Soit Deepak leur avait dit ce qui pourrait se passer, soit ils avaient déjà décidé de rejoindre l'équipe de Renard.

Mais après tout, tout le monde sur le pont était officier. Pas un membre d'escouade largué pour des contrats sur des mondes dangereux. Deepak avait dit qu'il devait sauver la vie de ses gens. Peut-être qu'il parlait de ce groupe, peut-être qu'il parlait de ces vies.

— Cinq personnes, Aurora, dit Deepak. C'est tout. Quand il est venu sur le *Nautilus* et nous a demandé de te poursuivre, qu'étais-je censé faire ?

— Ils ne tueraient pas tout le monde, répliqua Aurora.

Deepak avait le pistolet, mais il n'avait pas désarmé Aurora. Elle ne pouvait pas dégainer et tirer pendant qu'il la tenait en joue, mais avec une distraction ou un changement soudain, Aurora pourrait peut-être tenter quelque chose. Il lui suffirait de rester attentive.

— C'est un côté différent de DefenseCorp. Je ne sais pas de quoi ils sont capables, dit Deepak. Je ne sais même pas combien ils sont sur mon vaisseau. Sur cette passerelle. Il m'a menacé de s'en prendre à la vie de mon équipage, et je le crois.

— Alors tu fais exactement ce qu'il veut.

Deepak secoua à moitié la tête, quand Renard se retourna, un air renfrogné dominant son visage.

— De mauvaises nouvelles ? dit Aurora.

— Tout à fait, répondit Renard. Apparemment, votre escouade est très compétente. Vous devriez en être fière.

— Je le suis.

L'officier hocha la tête, puis tendit la main vers Deepak : — Votre arme, amiral.

Deepak hésita.

— Ne m'obligez pas à le redemander, dit Renard. La situation change. Le *Nautilus* doit être considéré comme une zone de guerre jusqu'à ce que l'Escouade Sever soit neutralisée. Vous allez verrouiller cette passerelle et ordonner à vos soldats de retourner dans leurs quartiers pendant que mes hommes accomplissent la mission.

Cette fois, Deepak n'attendit pas. Il passa devant l'officier pour se rendre aux consoles et déclencha le processus de verrouillage. Une seule alarme poussa un cri strident tandis que les lumières au plafond clignotaient. Cela attira suffisamment l'attention pour que Deepak doive dire à tout le monde de ne pas s'inquiéter, une déclaration qui, avec Renard pointant le pistolet sur Aurora, contenait si peu de vérité qu'elle ne put réprimer un rire.

— Vous trouvez tout ça drôle ? dit Renard. Parce que moi, je trouve ça mortellement sérieux.

— J'en suis sûre, dit Aurora, et croyez-moi, vous le penserez toujours quand on vous expulsera par un sas.

— Sans aucun doute.

Deepak fit suivre le verrouillage d'une diffusion ordonnant à tous les soldats de retourner dans leurs quartiers pour attendre les affectations, un ordre ridicule mais qu'Aurora savait qui serait suivi. Tous ces gens dépendaient de DefenseCorp pour leur argent, et qui risquerait cela en remettant en question un ordre ?

— Maintenant, continua Renard, j'aimerais que vous fassiez quelque chose pour moi.

Tu parles.

— S'il vous plaît, dites-moi ce que c'est pour que je puisse vous dire d'aller...

— Aurora, dit Deepak, coupant court depuis la console. Pour une fois, pense au vaisseau. Fais ce qu'il demande, et tu pourrais t'en sortir vivante. Toutes ces personnes pourraient s'en sortir vivantes.

Qui aurait cru que Deepak était un tel lâche ? Aurora n'aurait jamais imaginé que l'amiral ait si peu de colonne vertébrale.

— Écoutez votre amiral, dit Renard.

— Ce n'est plus mon amiral.

— Je vois pourquoi. Vous manquez clairement de la discipline nécessaire pour faire un bon soldat de DefenseCorp, mais peut-être pouvez-vous quand même aider votre escouade. Renard pointa vers la console. Vous allez faire une diffusion dans tout le vaisseau ordonnant à votre escouade de se positionner devant ces portes. Une fois qu'ils seront arrivés, nous aurons une discussion, déterminerons l'emplacement de la fille et mettrons fin à ce conflit.

D'après l'expérience d'Aurora, rien de ce que Renard venait de dire ne s'approcherait de près ou de loin de la fin du conflit. Sever sentirait ce piège venir. Mais donner à Aurora l'accès au communicateur lui donnerait du pouvoir. Elle ne pouvait pas laisser passer ça.

— Vous ne tuerez pas mon escouade ? demanda Aurora.

— Visiblement, ce n'est pas très facile, répondit Renard, gardant toujours le pistolet à niveau. Pas du tout comme la prise molle dans la salle de briefing. Soit Renard avait joué les faibles, soit il s'était remis du renversement de table. Ma mission concerne la fille. Vous n'êtes rien.

— Très bien. Aurora regarda au-delà de l'officier. Hé, Deepak. Tu as fini là-bas ?

L'amiral s'écarta, et Renard laissa un passage à Aurora vers le communicateur. Elle fit un pas, puis un autre qui l'amena au niveau de l'officier. Ses yeux croisèrent ceux de Deepak, et il dut reconnaître ce feu, cette détermination, car ceux de l'amiral s'écarquillèrent, sa tête commença à secouer.

Trop tard.

Aurora partit brusquement vers la gauche, se tordant en tournant pour éloigner son corps de la ligne de mire du pistolet. Renard ne tira pas. Le doigt de l'homme sur la détente n'était pas prêt, son esprit pensant toujours qu'il avait gagné cette manche. Aurora attrapa le poignet de l'officier, envoya un coup dans la gorge de l'homme qui le fit suffoquer.

D'un coup de pied puissant, Aurora envoya Renard voler hors de la passerelle, tombant les deux mètres jusqu'au niveau inférieur. Alors que l'officier tombait, Aurora laissa sa main glisser le long du poignet de l'homme, arrachant le pistolet et le retournant dans sa propre prise tandis que l'officier s'écrasait sur les consoles en contrebas. Poursuivant le mouvement, Aurora braqua le pistolet volé sur Deepak tout en dégainant celui qui était encore à sa ceinture.

Égalisant sa visée pour mettre une arme sur chacun, bien que Renard semblât avoir perdu conscience, Aurora se permit un petit sourire d'effleurer son visage : — Désolée, Deepak. L'ouverture était là.

— Aurora, dit Deepak lentement. Regarde autour de toi.

Les chaises bougèrent, quelques jurons fusèrent alors que les membres du personnel à travers la passerelle se levaient de leurs postes. Plusieurs sortirent leurs propres pistolets, et au moins deux tirèrent des fusils de sous leurs consoles. Alors qu'Aurora balayait la passerelle du regard, elle compta au moins un tiers tenant des armes pointées sur elle ou les autres membres d'équipage.

— Comme je l'ai dit, soupira Deepak, ce n'est pas qu'un seul gars. C'est une infestation.

Pas de couverture. Nulle part où fuir.

— Lâchez les pistolets, dit une femme armée d'un fusil, montant les marches autour de la plateforme principale de la passerelle vers son centre. Je ne le demanderai pas deux fois.

Fais-le, Aurora, dit Deepak. Ils prennent le contrôle du *Nautilus* depuis des mois. Il n'y avait rien que je puisse faire.

Aurora avait été désarmée avec une arme pointée sur elle deux fois déjà aujourd'hui, et une troisième fois rendait l'expérience exaspérante. Elle voulait se retourner, tirer une rafale et abattre celle qui tenait le fusil, puis courir et tirer à travers la passerelle pour avoir tous les autres.

C'est ce que ses émotions lui disaient. La partie qui analysait la situation avec l'esprit d'un capitaine d'escouade disait qu'Aurora ne vivrait pas plus de quelques secondes.

— Tout ça pour une fille ? dit Aurora, abaissant les pistolets.

— Tout ça pour ce qu'elle est, répondit Deepak. Tout ça pour ce que tu as vu sur Dynas.

— Dynas était un désastre. Un échec.

La femme s'approcha d'Aurora, lui prit les pistolets. D'autres commencèrent à s'occuper de l'officier, qui gémit alors qu'ils le tiraient du bureau qu'il avait utilisé comme coussin d'atterrissage improvisé. Aurora espérait qu'il avait encore quelques éclats de verre plantés en lui.

— C'est ce que tu as dit, Deepak posa une main sur l'épaule d'Aurora. Apparemment, ils voient les choses différemment, et ils te considèrent comme une menace pour leurs plans.

— Bien. Aurora regarda vers le communicateur. Je suppose que je peux faire mon annonce maintenant ?

Un toussotement se fit entendre d'en bas. Renard se tenait debout, aidé par l'un des autres renégats. Il lança un regard glacial à Aurora en boitant vers les escaliers. Aurora ne pouvait rien faire d'autre que regarder Renard se déplacer lentement. Pour se remonter le moral, Aurora examina longuement le fusil pointé sur son visage, puis croisa le regard de l'agent qui le tenait, et secoua la tête lentement.

Le regard perplexe de l'agent réchauffa le cœur d'Aurora. Avec un peu de chance, l'agent penserait qu'il y avait un problème avec son fusil, ou même avec la façon dont elle le tenait. C'était toujours amusant de jouer avec ses geôliers.

Au moment où Renard les rejoignait, plusieurs coups forts retentirent contre les portes scellées de la passerelle, attirant le regard d'Aurora et de tous les autres. Un homme d'en bas annonça que deux civils armés se tenaient à l'extérieur.

— N'approchez pas de ces portes, coassa Renard, sa voix

en piteux état après le coup d'Aurora. Ils sont hostiles et seront traités quand nous serons prêts. Quant à celle-ci, j'ai changé d'avis. Emmenez-la au sas et jetez-la dehors.

en piteux état après le coup d'Aurora. Ils sont hostiles et seront traités quand nous serons prêts. Quant à celle-ci, j'ai changé d'avis. Emmenez-la au sas et jetez-la dehors.

12

VIEUX AMIS

Deux contre dix, ce n'était pas un bon rapport de force. Surtout quand ces dix soldats portaient leurs gilets, leurs fusils étaient prêts et qu'ils semblaient ne rien désirer de plus que d'en découdre avec une force d'invasion. Sai et Eponi, armés mais sans armure, n'étaient pas une force d'invasion. Ils n'étaient même pas un duo d'invasion.

Ils étaient juste malchanceux.

— Sai ? dit une voix près de l'avant tandis que les troupes levaient leurs fusils et que les deux de Sever baissaient les leurs. Qu'est-ce que tu fais ici ?

Le commandant de l'escouade, un homme grisonnant et épuisé qui avait été secoué par un millier de batailles et qui en redemandait toujours, émergea de son groupe en plissant un œil. Jarret Jones, ou JJ pour ceux qu'il n'avait pas jugé bon de faire fondre avec son fusil, s'était fait un nom parmi les officiers de DefenseCorp comme un gars du rang.

JJ aimait la boue. Il y resterait toute sa vie.

— Longue histoire, commandant, dit Sai. Disons qu'on s'occupe d'un problème.

— Ce problème a quelque chose à voir avec l'alarme ? dit JJ, puis il remarqua les armes levées de son escouade. Escouade Beacon, déployez-vous. Vérifiez le corridor et tenez le chemin vers la passerelle. Ces deux-là ne sont pas l'ennemi.

Beacon, un groupe plus important que Sever et désigné pour des missions nécessitant plus de bottes au sol, prit les paroles de JJ comme parole d'évangile et s'y mit. Pendant un instant, Sai eut l'impression d'être un rocher placé en plein milieu d'un courant de rivière alors que les troupes se déversaient de l'ascenseur et se dirigeaient vers la passerelle.

— Dis-moi que je ne fais pas une erreur avec cet ordre, dit JJ, les mains à plat contre sa taille, regardant Sai. Ensuite, continue à parler, parce que la dernière fois que j'ai entendu parler de toi, tu étais mort lors d'une mission sur laquelle je n'avais aucun droit de regard.

— Tu connais ce type ? intervint Eponi, les yeux passant rapidement de Sai à JJ.

— Le premier officier sous lequel j'ai servi avec DC, dit Sai, et un sacré bon.

— C'est pour ça que tu es parti ? JJ avait l'air d'avoir besoin d'un cigare. Beacon était trop bien pour toi ?

— Beacon ne payait pas assez pour nourrir mes enfants, rétorqua Sai. Ça n'avait rien à voir avec toi.

JJ hocha la tête, les yeux brillants alors qu'il les passait sur les armes de Sai et Eponi, — Voilà le deal. Vous deux allez marcher jusqu'à la passerelle avec moi. Beacon a pour mission de s'assurer qu'on la tienne à l'écart de ces plaisantins qui attaquent notre vaisseau. Vous me racontez votre histoire en chemin, et assurez-vous d'inclure pourquoi vous tenez cette épée en vêtements civils.

Il y avait des gens chez DC en qui Sai n'aurait pas confiance pour la vérité. Ceux qui prendraient tout ce que

Sai déballerait et trouveraient un moyen de le transformer en plus d'argent pour eux-mêmes, ou une possible promotion, ou juste pour clouer un déserteur. Sai, cependant, avait partagé les tranchées avec JJ. Avait chevauché aux côtés du commandant lors de la rébellion au plasma sur Condor Trois. Avait réprimé une insurrection des espèces indigènes sur Reader Quatre.

On ne survit pas à des engagements comme ceux-là sans en apprendre beaucoup sur l'homme à côté de soi.

Avec Eponi qui suivait derrière et offrait des commentaires occasionnels, principalement sur la quantité de travail qu'elle aurait à faire pour réparer et nettoyer le *Prisa*, Sai décrivit les attaques qui s'étaient produites depuis que Sever avait retrouvé son chemin à bord du *Nautilus*.

— Donc tu me dis que nos agents, des agents de DC, sont après votre escouade, réfléchit JJ alors qu'ils descendaient le hall clignotant de rouge. Avant que tu n'arrives au pourquoi, je ne veux pas le savoir.

— Tu ne veux pas savoir ?

Les yeux de JJ se portèrent vers l'avant et il fit un petit signe de tête vers les soldats devant, — On garde sa place dans une entreprise comme celle-ci en ne dépassant pas son grade. Tous ces gars et ces filles comptent sur moi pour les garder en sécurité, Sai. Je ne vais pas le faire en apprenant la chose qui vous met des cibles dans le dos.

— Mais on n'a pas essayé de l'apprendre non plus, dit Sai. DefenseCorp nous a envoyés sur Dynas, JJ. Ce n'est pas comme si on avait eu le choix.

— Malchance, alors, dit JJ. L'important, c'est que vous semblez être dans une situation délicate. Tu sais que je n'ai aucun amour pour les fouineurs, Sai. Personne ici n'en a, mais ils ont infesté notre vaisseau comme des rats stellaires ces derniers temps. C'est soit on travaille avec eux, soit on se retrouve avec un couteau dans le cou.

Sai pouvait comprendre ça. Aurora avait mentionné la même philosophie à Sai de nombreuses fois. Garder l'escouade en vie avant tout, une responsabilité qui incombait au commandant plus qu'à n'importe quel soldat individuel. Sauf que, parfois, garder l'escouade en vie signifiait faire plus que ce qui se présentait immédiatement devant vous.

À l'époque des missions contre de l'argent, Sai avait embrassé le moule de DefenseCorp et s'en était tenu à ses lignes. Sever offrait des missions plus difficiles pour plus d'argent, mais gardait sinon les choses identiques : on s'entraînait avec ses coéquipiers, on se soignait pendant le transit, puis on plongeait dans quelques jours de combat infernal avant de recommencer. Il n'y avait eu aucune raison de regarder au-delà de l'objectif actuel, aucun besoin de réfléchir aux machinations plus larges de DefenseCorp.

— Ça ne va plus marcher, JJ, dit Sai. Que tu veuilles le croire ou non, DefenseCorp est en train de changer.

— Ah bon ? Parce que tu te trouves à l'extérieur maintenant ?

— Ouais, dit Sai, parce que je peux réellement le voir maintenant.

— Éclaire-moi, répliqua JJ. Si tu peux le faire sans me faire tuer.

— DC veut que vous soyez de meilleurs soldats, mais ils ne veulent pas le faire avec de l'équipement, dit Sai. Ils veulent vous changer, vous transformer en armes biologiques plutôt que mécaniques.

JJ rit, — Tu viens juste de lire un livre ou quoi ? Le projet Raider s'est terminé il y a longtemps.

Sai en avait entendu parler, le super soldat original qui avait complètement dérapé. Toute la violence maniaque, aucun contrôle. Difficile de dire si Dynas visait quelque chose de similaire, mais Helix et DefenseCorp voulaient définitivement jouer avec le code génétique de leurs forces.

— Je n'en sais rien, dit Sai. Je ne peux pas t'en dire plus sans gâcher ton ignorance, mais je commence à penser que DC se prépare à faire un coup qui changera tout.

— Et quand ça arrivera, j'y réagirai, dit JJ. D'ici là, que diriez-vous de rester avec moi et nous allons régler toute cette histoire avec l'amiral ?

JJ l'avait formulé comme une question, mais le véritable sens planait dans l'ombre de la phrase : ancien coéquipier ou non, si Sai essayait de s'échapper, il se retrouverait avec un laser dans le dos.

Ils atteignirent la porte scellée de la passerelle, plusieurs membres de l'escouade se formant autour de JJ tandis que les autres membres de Beacon continuaient à fouiller les pièces le long des autres coursives à gauche et à droite. JJ dit à Sai et Eponi de s'asseoir au centre de l'intersection, et de garder leurs fusils baissés, pendant qu'il allait au panneau de communication à l'extérieur de la passerelle et y tapota son bracelet.

— Alors, ton pote va nous tirer d'affaire ? dit Eponi. Parce que d'après sa façon de parler, on dirait qu'il pourrait saigner aux couleurs de DC.

— C'est un homme bien, répondit Sai, mais je garderais le doigt sur la détente si j'étais toi.

— Oh génial. Regarde ces chances. J'aurais dû rester sur le *Prisa.*

Sai n'avait pas grand-chose à répondre à cela. Il n'eut pas non plus le temps de dire grand-chose, car lorsque JJ s'éloigna du panneau et de sa conversation discrète, les portes de la passerelle tremblèrent, puis s'ouvrirent en glissant alors que le verrouillage se désengageait.

Aurora se tenait au milieu de l'embrasure, deux agents aux rayures cramoisies et noires derrière elle, les pistolets prêts. Boitant autour d'eux venait un officier que Sai ne reconnut pas jusqu'à ce qu'Eponi siffle que le visage venait de la vidéo qu'ils avaient vue sur Dynas : en plastique et, comme l'avait dit Gregor, masquant un sacré paquet de peur.

L'amiral gardait ses distances. Deepak se tenait un peu en retrait sur la passerelle, parlant à certains membres du personnel. Sa voix maintenait les choses mesurées, ses paroles indiquant que Deepak était plus préoccupé par l'état du système du *Nautilus* et sa direction actuelle que par la prise d'otages qui se déroulait juste à l'extérieur de sa passerelle.

JJ connaissait Aurora, peut-être pas aussi bien qu'il connaissait Sai, mais les commandants d'escouade avaient tous leurs propres événements, leurs propres rencontres pour maintenir l'harmonie entre les officiers du vaisseau. Sai voulait, espérait, voir une explosion de la part de JJ, mais le commandant stoïque resta silencieux. Il recula près de Sai et Eponi et jugea la situation avec sa passivité de granit.

— Commandant Jones, dit l'officier boiteux. Je ne crois pas que nous nous soyons déjà rencontrés ? Je m'appelle Renard Phyce.

JJ prit la main tendue, la serra une fois, puis la lâcha.

— Je ne peux pas dire que je vous ai vu dans les parages, monsieur. Vous voulez bien nous expliquer ce qui se passe ici ? C'est un excellent capitaine d'escouade que vous tenez en joue.

Il y avait maintenant six soldats de Beacon autour d'eux, tous les mains sur leurs fusils. Deux agents plus l'officier. Sai et Eponi. Sans savoir quel côté JJ et ses soldats prendraient, Sai ne pouvait pas bouger pour libérer Aurora. De son côté,

Aurora semblait un peu malmenée mais bien, et elle offrit à Sai un regard discret qui disait qu'elle allait bien.

Pour le moment.

— Rien de moins que de l'insubordination, de l'insurrection et de la désertion, déclara Renard. Aurora a emmené son escouade après avoir accompli leur mission, et maintenant ils sont revenus pour prendre le *Nautilus* avec eux.

— Quoi ? dit Eponi. Prendre le *Nautilus* ? Vous êtes fou.

Renard regarda Eponi, étira un sourire luisant sur ses lèvres.

— Le suis-je ? Aurora a essayé de m'agresser sur la passerelle. Elle a déjà assassiné l'un de nos hommes. Il n'y a pas de folie ici, juste des preuves.

Renard se retourna vers JJ.

— J'imagine, commandant, que vous avez une bonne raison pour avoir laissé ces deux traîtres armés ?

— Je ne savais pas qu'ils étaient des traîtres, officier, dit JJ. On va arranger ça. Sai, Eponi, vous voulez bien poser vos armes ? On ne veut pas rendre les choses épicées maintenant.

— JJ, avertit Sai. Ce n'est pas le bon choix à faire.

L'intersection semblait figée dans l'espace, les visages s'estompant à l'arrière-plan tandis que Sai verrouillait son regard avec celui de JJ. Il essaya, en vertu de la télépathie qui existait entre les amitiés profondes, de transmettre à quel point se ranger du côté de Renard serait mauvais. À quel point ce serait mal.

— Ce n'est pas mon choix, Sai, dit JJ. Pas que ça me fasse plaisir, mais un soldat est un soldat. Je ne suis pas là pour prendre ce genre de décisions.

Les soldats de Beacon s'avancèrent, le visage suffisant de Renard observant tout le temps pendant que la force de JJ désarmait Eponi et Sai. Une fois de plus, Sai regarda le katana de sa famille être volé de son fourreau, pris dans les mains d'un soldat qui regardait et tenait la lame comme s'il n'avait aucune idée de ce qu'il fallait en faire.

— Merci, commandant, dit Renard. J'ai encore une requête pour vous. Si vous pouviez envoyer quelques-uns de vos soldats les plus loyaux pour assister mes agents, ici, j'aimerais envoyer ces trois-là par le sas. Un jugement sommaire pour leurs crimes.

— Pas de procès ? dit JJ. La plupart-

— Jugement sommaire, commandant, répéta Renard. Au cas où vous l'auriez oublié, le *Nautilus* est menacé. Ce n'est pas le moment de s'embourber dans les détails. Défendez votre vaisseau, défendez votre amiral et défendez votre employeur.

— Bien sûr, monsieur, dit JJ, faisant signe à plusieurs soldats de Beacon. Je vais les escorter moi-même.

— Oh, je ne pense pas que ce soit nécessaire, dit Renard. Le sas n'est pas loin. Je préférerais que vous restiez sur la passerelle avec l'amiral et moi pour nous assurer d'être aussi en sécurité que possible. Il y a, je crois, deux autres membres de Sever quelque part sur ce vaisseau.

Sai vit JJ lutter contre la demande de Renard. JJ se redressa, lança à Renard un regard de niveau qui disait qu'il n'était pas stupide, puis aboya l'ordre aux quatre soldats de Beacon qui s'étaient formés autour de Sai et Eponi.

— Sai, dit JJ alors que les soldats prenaient les bras de Sai dans les leurs. Ça a été un honneur. Désolé que les choses doivent se terminer comme ça.

— Moi aussi, JJ. Moi aussi, dit Sai alors que les soldats les alignaient avec Aurora.

Ensemble, les trois marchèrent vers un sas d'urgence proche, destiné à aider à évacuer les officiers si le *Nautilus* tombait sous le feu ennemi. Un sas sur le point d'être utilisé pour envoyer Sever vers une mort froide et éternelle.

— Au moins, ça ne fera pas mal, marmonna Eponi. C'est mieux que ce à quoi je m'attendais en venant ici.

Sai, cependant, ne prêtait pas beaucoup attention aux grommellements d'Eponi. Il avait plutôt les yeux fixés sur les mains d'Aurora. Elle les gardait détendues devant elle, ses doigts travaillant très légèrement dans un langage que peu connaissaient, envoyant un message que Sai n'était que trop heureux de lire :

Sois prêt.

13

DIPLOMATIE

Gregor se tenait à l'intérieur des toilettes, attendant à gauche de la porte pendant que l'escouade dehors se précipitait, retournant vers l'infirmerie. Rovo était assis sur la cuvette, respirant lentement. Les inspirations rapides et profondes faisaient mal aux poumons réparés de la recrue, d'après lui.

Portant Rovo comme un enfant, Gregor avait réussi à s'éloigner des robots médicaux, des médecins curieux — un chirurgien, apparemment, réalisant que Gregor n'allait pas s'arrêter, avait crié « Faites attention ! » — et des deux agents à leurs trousses. Le couloir éclairé de rouge laissait présager ce qui allait se passer, et après quelques secondes à avancer bruyamment dans le couloir vide, le *whoosh* d'ouverture d'un ascenseur poussa Gregor à se diriger vers des toilettes exiguës.

— Se cacher dans des toilettes, dit Rovo en toussant. Je ne peux pas dire que j'avais imaginé ça.

— On fait ce qu'on doit pour survivre. Gregor se regarda dans le miroir, hochant la tête devant son apparence éraflée. Il avait mérité ces bleus. Maintenant, on doit faire un plan.

— Un plan ? Rovo posa un bras sur sa poitrine. Au cas où tu n'aurais pas remarqué, tout le vaisseau est en confinement. Les escouades fouillent les couloirs. Il n'y a aucun moyen qu'on retourne au *Prisa*. Si tout le monde est encore en vie.

— Ils le sont.

— Comment tu le sais ?

— Parce que nous sommes Sever, dit Gregor. Nous sommes meilleurs que ceux qui nous pourchassent.

— Je le répète, on se cache dans des toilettes.

— Plus intelligents, aussi.

La recrue, cependant, avait raison sur un point. Gregor portait des vêtements civils usés, tandis que Rovo arborait toujours une blouse bleue ciel de l'infirmerie. La recrue n'avait pas d'arme, pas même de chaussures. Aller quelque part sans être interrogés serait difficile. Répondre à des questions sans se faire tirer dessus serait impossible.

À moins que.

— On retourne chercher la combinaison, dit Gregor. En bas.

— Pardon ?

Rovo fixait le sol, et Gregor se demanda si la recrue allait vomir sur le carrelage gris lisse.

— Retour aux laboratoires, dit Gregor. Juste en dessous de nous. On prend l'ascenseur le plus proche pour descendre d'un niveau, et on y est.

— On n'a pas de bracelet ni d'identifiant, lâcha Rovo d'un coup avant de fermer brusquement la bouche.

— Laisse-moi m'en occuper, répondit Gregor. Toi, tu restes ici.

— Ça marche.

Gregor, qui n'était pas un homme de subtilité, s'approcha de la porte des toilettes et cligna des yeux lorsqu'elle s'ouvrit toute seule. Le couloir baigné de rouge accueillit Gregor, rempli des sons d'un vaisseau en léger état de panique. Des bottes résonnaient le long du couloir, leurs échos saccadés se mêlant aux tons métalliques alors qu'ils se confondaient avec les ordres criés et les annonces occasionnelles appelant les escouades à leurs postes.

Le grand gaillard devait faire un choix en sortant des toilettes. Soit essayer de se faufiler, faisant des sprints d'un endroit à l'autre en espérant que personne ne le verrait, soit embrasser le moment et agir comme si Gregor était exactement là où il devait être.

Derrière lui, Rovo gémit.

Ce n'était pas le moment d'apprendre l'art de l'espionnage.

Gregor entra dans le couloir, gardant ses bras dégagés, ses épaules droites, et son visage recouvert d'un sourire détendu et nerveux. Comme ce à quoi pourrait ressembler un civil pris hors de sa section pendant un raid. Du moins, aussi bien que Gregor, un gaillard costaud qui avait l'air d'appartenir à un uniforme, pouvait le faire.

Le panneau lumineux de l'ascenseur proche brillait d'un vert naturel, rayonnant près du plafond du couloir. En dessous, deux soldats se tenaient prêts, fusils en main. Leurs yeux scrutaient le couloir, leurs bras tendus.

Gregor pouvait leur pardonner cette attention. L'alarme d'invasion n'avait pas encore été levée, et l'annonce de Deepak laissait penser que les ennemis pouvaient être n'importe où.

— Bonjour, dit Gregor, se dirigeant vers l'ascenseur et accentuant son salut d'un geste amical de la main. Je suis un peu perdu. J'étais dans ces toilettes là-bas, et quand je suis sorti, tout était rouge ?

Les deux soldats le regardèrent, celui le plus éloigné

quittant son poste pour rejoindre son partenaire dans une inspection visuelle. Gregor sentit les yeux qui le scrutaient, l'analyse prenant en compte sa chemise déchirée, sa tenue abîmée. Les soldats allaient bientôt avoir des soupçons que Gregor ne pouvait pas les laisser avoir.

— Je sais ce que vous pensez, dit Gregor. Que j'ai l'air d'une merde. C'est vrai, on ne peut pas le nier, mais parfois on a des mauvaises journées dans les labos.

— Les labos, répéta le soldat le plus proche. Tous deux étaient de bas rang, leurs gilets de protection et leur équipement standard les plaçant dans les escouades terrestres de DC. Celles destinées aux engagements plus importants. Pas tout à fait de la chair à canon, mais pas loin. Que faites-vous ici alors ?

— Je devais rendre visite à un ami à l'infirmerie, dit Gregor. Mauvais timing.

— J'ai vu mieux. Avez-vous une pièce d'identité ? Le soldat dirigea un regard pointu vers les poignets nus de Gregor.

— Désolé, pas de bracelets avec les tests qu'on fait. Ce qu'on fait les grillerait.

Pas un mauvais mensonge, ça. Peut-être que Gregor devrait essayer ça plus souvent.

— D'accord, traîna le soldat, comme s'il jouait à imaginer comment Gregor serait venu ici sans l'appareil. Qui fait les tests avec vous ? Quelqu'un qu'on peut appeler pour vérification ? Le vaisseau est en confinement pour de potentiels intrus. On ne peut pas vous laisser vous promener.

— D'accord. Gregor avait besoin d'un nom, n'importe lequel. Son esprit se vida. Gregor, Gregor Evanoff.

Le soldat leva son bracelet, commençant à taper le nom. Gregor fit un pas de plus, marmonnant qu'il pouvait aider à trouver le bon. L'autre soldat fit exactement ce que Gregor espérait, profitant de l'occasion pour regarder le long du couloir.

Alors que le soldat tapait le nom — celui de Gregor, le seul qui lui était venu à l'esprit sur le moment — une question différente surgit. Gregor avait prévu d'asséner un ou deux coups rapides pour assommer les soldats, suivi d'une fuite à toute vitesse avec Rovo vers l'ascenseur pour descendre.

Ces soldats, cependant, n'étaient pas ses ennemis. Gregor n'était pas payé pour tabasser des troupes aléatoires de DefenseCorp, qui ne faisaient que leur travail comme on le leur avait ordonné. Comme Gregor l'aurait fait des années plus tôt, lors de ses premières missions avec DC.

Sur Wexer, les forces de DefenseCorp étaient venues pour éliminer Sever. Gregor s'était battu pour sa vie et celle de ses amis sur ce caillou. Ici, cette même menace existait, mais pas de la part de ces deux-là.

— C'est ça ? demanda le soldat, tirant Gregor de ses pensées.

Chaque lettre était à la bonne place.

— Oui, dit Gregor.

Le soldat tapota son bracelet. L'écran changea alors que le bracelet cherchait dans l'annuaire du *Nautilus*, à la recherche de quelqu'un portant le nom de Gregor. Après plusieurs secondes, l'écran vira au rouge. Personne dans les registres ne portait le nom de Gregor.

Un soldat actif de DefenseCorp depuis plus d'une décennie, et maintenant Gregor n'existait plus.

Avant que Gregor ne puisse répondre, derrière lui et plus bas dans le couloir, un bruit de *whoush* accompagné du bruit sourd d'un corps tombant au sol se fit entendre. Tous les regards se tournèrent vers la silhouette de Rovo alors que le bleu se redressait sur un bras, regardait dans leur direction et toussait.

— Désolé, dit Rovo, sa voix portant et trahissant suffisamment de faiblesse pour pousser les soldats à avancer. Ce n'était pas l'entrée que j'avais prévue.

— Je croyais que tu avais dit que tu étais seul dans ces toilettes ? dit le premier soldat à Gregor alors qu'ils se dirigeaient ensemble vers Rovo.

— Je me suis trompé, dit Gregor, apparemment.

Le deuxième soldat s'arrêta, fit un pas pour s'éloigner de Gregor et leva son fusil.

— Écoute, mec, ce petit jeu a assez duré. Tu vas rester là pendant que j'appelle quelqu'un qui pourra me dire si je dois te tirer dessus ou non.

— Vous avez déjà entendu parler de l'Escouade Sever ? demanda Gregor, tirant sur des fils pour voir si quelque chose accrochait.

Pendant qu'il posait la question, le premier soldat s'agenouilla près de Rovo. Le soldat examina attentivement le coéquipier blessé de Gregor, et coupa court à toute réponse à la question de Gregor en disant à son camarade d'appeler une aide médicale.

— Je ne sais pas de quoi tu parles, dit le deuxième soldat, qui semblait tiraillé entre poursuivre l'interrogatoire de Gregor et suivre l'ordre de son camarade, et Gregor profita de cette indécision.

Il reconnaissait un bleu quand il en voyait un.

Un grand pas mit Gregor hors du champ de tir du deuxième soldat. Avant que le soldat ne puisse reculer, Gregor saisit le canon du fusil et arracha l'arme de la poigne du soldat. Les sangles, laissées lâches dans la précipitation pour se mettre en position, laissèrent l'arme glisser des épaules de l'homme et tomber dans les mains de Gregor.

— Ne bouge pas, dit Gregor alors que le premier soldat, réagissant plus vite que son ami désarmé, essayait de braquer son propre fusil. Nous ne sommes pas l'ennemi. On ne veut pas vous faire de mal. On a juste besoin de l'ascenseur pour une minute.

Gregor avait maintenant sa nouvelle arme pointée dans la bonne direction, avec une horloge qui tournait dans sa tête lui disant que ce ne serait pas long avant qu'une autre escouade n'arrive et n'interrompe cette charmante réunion. Il était temps que Rovo se remette en marche.

— Aidez-le à se lever, dit Gregor au premier soldat. Il ira bien.

— Qui diable êtes-vous ? demanda le deuxième soldat, étant malin et ne cherchant pas à atteindre son arme de poing.

— Je vous l'ai déjà dit. Gregor recula, mettant de l'espace entre lui et les deux soldats pendant que le premier suivait les ordres et aidait Rovo à se tenir debout, chancelant. L'Escouade Sever. Nous faisions partie de DC.

— Faisiez partie ?

— La mission a mal tourné. On s'est tirés. Gregor commença à marcher à reculons, vers l'entrée de l'ascenseur. Il gardait ce fusil pointé là où les affaires devaient se faire. Si un jour on vous demande de choisir entre ce qui est juste et ce qui rapporte du fric, choisissez ce qui est juste et vous finirez ici.

Maintenant, les soldats semblaient confus, bien que le premier fasse un travail capable en aidant Rovo à avancer pas à pas.

— Ici ? Le *Nautilus* ? demanda le deuxième soldat.

— Non... commença Gregor, puis le deuxième soldat, utilisant la réponse de Gregor comme une opportunité, tenta d'atteindre cette foutue arme de poing.

Gregor tira. Il appuya sur la gâchette et envoya un jet d'énergie brûlante droit vers les pieds du deuxième soldat avant que la main de l'homme n'ait libéré son arme. Le deuxième soldat réagit comme une personne intelligente le ferait : il laissa sa main s'éloigner et garda les bras écartés.

— Un autre conseil, dit Gregor, sentant les portes de l'ascenseur contre son dos. N'utilisez pas le même truc que je viens d'utiliser sur vous. C'est ennuyeux. De sa main gauche, Gregor fit un geste vers le panneau de l'ascenseur. Appelez-le, s'il vous plaît.

Le premier soldat, toujours avec son fusil attaché sur sa poitrine, toujours en train d'aider Rovo à marcher, bien que le bleu ait maintenant les yeux ouverts, tapota son bracelet contre le panneau de l'ascenseur. Il avait une bouche qui semblait respirer, même si parler semblait au-delà des capacités du bleu.

Pas une mauvaise chose. Rovo parlait toujours trop.

— Vous n'irez pas loin, vous savez, dit le deuxième soldat, déterminé à s'en tenir à sa bravade. Le *Nautilus* est réveillé maintenant. Il y a des escouades partout. On vous trouvera.

— Comme je l'ai dit, nous ne sommes pas le problème. Gregor sentait l'ascenseur vibrer dans son dos. Bientôt. Ceux en rouge et noir sont vos vrais ennemis. Ils rampent partout sur ce vaisseau, et vous poignarderont dans votre sommeil.

L'ascenseur s'ouvrit derrière lui. Gregor observa les yeux du soldat pour voir si l'ascenseur contenait quelqu'un, mais leurs regards restèrent fixés sur lui. Un vaisseau vide. Gregor étendit son bras gauche.

— Passez-moi le garçon, dit Gregor, et le premier soldat s'exécuta. Rovo profita de sa liberté pour mi-marcher, mi-tomber vers Gregor, qui recula dans l'ascenseur.

Le premier soldat joua la carte de la prudence, ne saisissant pas l'occasion d'atteindre son fusil. Une tête plus froide qui vivrait pour voir un autre jour. Ou au moins une autre minute.

— Souvenez-vous de ce que j'ai dit. Gregor dériva vers le côté gauche de l'ascenseur, où un autre panneau attendait qu'il choisisse une destination. Rouge et noir. Ce sont ceux-là qu'il faut surveiller.

Quand les portes de l'ascenseur se fermèrent, les deux jeunes soldats étaient toujours là, regardant toujours Gregor, comme si lui et Rovo étaient des fantômes dans une histoire qu'ils ne comprenaient pas tout à fait.

14

TORSION DU VIDE

On pourrait penser qu'en grandissant dans l'espace, en sautant vers les étoiles, en bondissant entre les mondes et en surfant sur les nébuleuses, le vide ne serait pas si effrayant. Comme un danger omniprésent, il s'estomperait à l'arrière-plan de sa vie, un murmure informant chaque action d'un peu plus de prudence. Ne pas rater cette réparation, appuyer sur ce bouton ou ouvrir cette écoutille sous peine de voir tout son air aspiré et ses entrailles jaillir comme un ballon dans un film d'horreur.

Et pourtant. Et pourtant.

Eponi sentait encore son cœur s'emballer chaque fois qu'elle repensait au moment au-dessus de Dynas, à sa progression le long du tunnel gris reliant sa navette kidnappée au vaisseau d'Anaskya et à son salut. Le tube oscillant, le crépitement du conduit d'oxygène reliant son vaisseau à celui d'Anaskya qui s'emmêlait et menaçait de l'arracher.

Alors elle gardait la bouche fermée, les jambes comme verrouillées tandis qu'elle marchait au pas avec les quatre soldats, deux agents, Sai et Aurora vers le sas d'amarrage le plus proche du *Nautilus*. La sentence standard pour les déserteurs : bannis dans le froid et l'obscurité pour flotter jusqu'à ce qu'un puits gravitationnel vous réduise en cendres. Un risque qu'Eponi avait accepté lorsqu'elle avait suivi l'Escouade Sever dans leur désertion après Dynas, un risque qui, dans l'euphorie quelque peu alimentée par l'adrénaline après s'être échappée de ce maudit marécage de planète, semblait ne jamais devoir se concrétiser.

— Et si on échangeait les punitions ? lança Eponi, comme ni Sai ni Aurora ne semblaient vouloir parler. Vous pourriez jeter ces deux-là par le sas. Je suis sûre qu'ils adoreraient ça. Allez-y. Mais moi ? Je pense que vous avez encore besoin d'une pilote qualifiée. Des navettes à faire atterrir et tout ça.

Personne ne répondit. Les agents et les soldats ne prirent même pas la peine de la regarder. Ils gardaient leurs pistolets braqués là où il fallait tandis que leurs pas bottés résonnaient dans le corridor aux lumières rouges. L'escouade Beacon étendait son emprise autour de la passerelle, nettoyant une pièce après l'autre, et finalement le petit peloton d'exécution dépassa leur rayon d'action assigné. Seuls, maintenant, dans leur marche.

— Vous ne parlez pas, ou quoi ? dit Eponi. C'est une nouvelle règle, que pendant une exécution les victimes n'existent pas ?

— Ordres, répondit l'une des soldates à la droite d'Eponi, et elle, au moins, n'avait pas l'air ravie de faire ça. La seule raison pour laquelle tu nous parles est pour plaider pour ta vie ou nous faire changer d'avis. En ne nous engageant pas, nous pouvons préserver l'objectif.

— Oh, c'est quoi ces conneries ? dit Eponi alors que le panneau du sas apparaissait. T'es un robot ou quoi ?

— Je ne fais que répéter les mêmes directives que tu as acceptées en rejoignant DefenseCorp.

— Eh bien, elles sont nulles. Et tu es nulle de les écouter. Si vous allez me jeter dans les toilettes cosmiques, le moins que vous puissiez faire est de me donner une dernière conversation à apprécier.

Un autre soldat ricana, un rire qui blessa Eponi. Oui, elle savait qu'elle avait joué sur un certain ton avec ses mots, un certain désespoir insouciant à la fin de son voyage, mais entendre ce rire perça le voile.

Si elle devait mourir, autant que ça en vaille la peine.

Eponi s'en prit d'abord à un agent. L'action ne se forma pas comme un plan cohérent, plutôt comme une ruée instinctive, guidée par les bandes cramoisies et noires qui marchaient un peu devant et à sa gauche, pistolet sorti et pointé vers Sai. Les soldats qui marchaient derrière étaient l'assurance, les agents les moteurs.

L'entraînement dirigea son attaque, un coup simultané de son bras gauche tandis que sa main droite tirait sur le second pistolet de l'agent dans son étui. L'agent cria — couina, plutôt — lorsqu'Eponi le toucha, son bras gauche donnant un coup sale dans le côté de l'agent tandis que son corps servait à bloquer le pistolet de l'agent pour l'empêcher de bien viser.

Les fusils se levèrent, se concentrèrent sur elle alors qu'Eponi plaquait son nouveau pistolet sous le menton de l'agent. L'agent lui-même se figea au contact du canon sur sa peau nue, une réaction qu'Eponi jugeait éminemment sensée et totalement inutile. Elle s'attendait à une mort ardente et se retrouvait à la place dans une situation de prise d'otage, une situation qu'Eponi n'avait aucune chance de gagner.

Sept visages l'observaient, dont cinq avec des armes

pointées sur elle, chacun essayant de juger s'ils pouvaient tirer entre ses yeux sans transformer l'agent en ruine fumante. Un vrai dilemme épineux.

— Désolée, les amis, dit Eponi, se blottissant contre l'agent et laissant le moins d'espace possible entre son uniforme et ses vêtements civils miteux. Je n'ai jamais été connue pour partir sans faire de bruit. Je ne pouvais pas faire exception cette fois-ci.

Son regard sardonique, un demi-sourire et des yeux espiègles, peut-être maniaques, dansèrent parmi son public. Eponi remarqua un léger accroc lorsqu'elle arriva à Aurora et Sai, ceux qui auraient dû être de son côté, mais qui avaient maintenant l'air de penser qu'elle avait enfreint les règles d'un jeu. L'agacement se lisait sur leurs traits, et cette dose de sobriété fit ce qu'elle put pour tempérer l'enthousiasme d'Eponi pour sa méchante échappatoire.

— Tu vas le lâcher, dit l'autre agent, d'une voix qui disait qu'il avait fait bien trop d'interrogatoires avec des prisonniers dociles. Eponi devrait céder, disait cette voix. Devrait accepter son sort parce qu'elle le méritait. Tu vas lâcher le pistolet tout de suite, et quand tu le feras, tu auras ce qui t'attend et rien de plus.

— Ce n'est pas une mauvaise façon de partir, dit la soldate qui avait parlé avec Eponi. Je l'ai vu assez souvent. Rapide, sans douleur.

— Oh, tu sais que c'est sans douleur ? dit Eponi, choisissant de s'adresser à la soldate, à celle qui semblait, un peu, avoir une âme. Tu as déjà interviewé quelqu'un qui a été exposé au vide ?

— Tu sais ce que je veux dire.

— Vraiment ? Eponi enfonça davantage le pistolet sous le menton de l'agent, lui arrachant un grognement de douleur. J'ai l'air de quelqu'un qui sait ce que tu veux dire ?

L'autre agent ajusta sa visée, déplaça son corps vers sa droite, et Eponi fit un écart dans cette direction avec l'agent. Le mouvement exposa son côté droit aux soldats, et ils le savaient. Le temps était écoulé.

— Laissez tomber le pistolet ou nous tirons, dit un autre soldat, cette fois sur un ton de commandement.

Explosion sur le côté ou vide spatial ? Eponi devait choisir ici et maintenant et, face à ces options, il n'y avait qu'une seule voie possible.

Alors Eponi repoussa l'agent loin d'elle, laissant tomber le pistolet du menton de l'homme et, dans le même mouvement, visa l'autre agent et appuya sur la gâchette. L'éclair rouge vif jaillit, atteignant l'autre agent à l'épaule. Il s'effondra au sol en brûlant.

Aucun tir ne toucha Eponi dans la fraction de seconde qui suivit, alors elle dirigea son arme vers la droite et tira dans le dos de son ancien otage, l'envoyant s'écrouler sur le pont. Deux pour le prix d'un jusqu'à présent, pas un mauvais résultat. Maintenant, il était temps d'affronter les chances écrasantes et de se faire expédier dans l'au-delà.

Sai abaissa le bras d'Eponi, la laissant face à quatre fusils levés sans arme.

— Arrête, espèce de folle, dit Sai, maintenant le bras d'Eponi le long de son corps. Ne les force pas à te tirer dessus.

— Les forcer à me tirer dessus ? N'est-ce pas leur boulot ?

Eponi lutta contre la prise de Sai jusqu'à ce qu'Aurora s'interpose entre la pilote et les soldats. Au lieu de se précipiter de manière paniquée sur les armes des soldats ou de se lancer dans une bagarre en espérant un miracle, Aurora semblait parfaitement calme.

— Merci d'avoir retenu vos tirs, dit Aurora alors

qu'Eponi se détendait, commençant à penser qu'elle ne serait *peut-être pas* réduite en cendres dans les prochaines secondes. C'est une étincelle.

— Tu parles de moi ? dit Eponi.

— En effet, et tu vas te taire maintenant, avant que je ne laisse ces soldats te tirer dessus, répliqua Aurora, avant de se retourner vers le quatuor. Vous comprenez ce que vous faites ?

— Le *Nautilus* ne leur appartient pas, commandant, dit la femme qui faisait des allers-retours avec Eponi. Il est à nous. Nous allons retourner voir JJ et lui dire que la mission est accomplie.

— Et si Renard pose des questions sur les agents ?

— Ils sont partis, répondit le soldat. Sans dire où.

— Exactement, dit Aurora. Allez-y.

Trois des soldats ramassèrent les agents et les transportèrent vers le sas, après qu'Aurora se fut réarmée avec leurs pistolets. Un soldat rendit son épée à Sai. Eponi observa toute cette danse avec une confusion croissante jusqu'à ce que Sai et Aurora la dirigent le long du corridor, loin de la passerelle et vers les hangars de chasseurs du *Nautilus*, situés au-dessus des plus grandes baies pour les vaisseaux comme le *Prisa*. Le quatrième soldat les suivait, son fusil décontracté et arborant le même sourire que l'homme.

— D'accord, dit Eponi en marchant. J'ai gardé le silence aussi longtemps que je pense raisonnable. Qu'est-ce que c'était que ce bordel ?

Aurora et Sai se regardèrent, avant qu'Aurora ne prenne la parole, — Tu n'es pas dans DefenseCorp depuis très longtemps, Eponi. Et tu as tout de suite commencé comme pilote, n'est-ce pas ?

— Exact. La paie était bien meilleure en faisant ça qu'en passant par la voie du fantassin.

— Exactement. DC a ses divisions, et elles travaillent ensemble quand c'est nécessaire, mais il n'y a pas beaucoup d'amour entre les traîtres et nous.

— Les traîtres ? Vraiment ?

— Vraiment, dit Sai. Ces salauds ont toujours quelque chose de terrible en tête.

— Donc, tu es en train de dire...

— Beacon, comme la plupart des autres escouades sur ce vaisseau, sait qu'il vaut mieux ne pas faire confiance à ce qui se passe ici, dit Aurora. Deepak m'a dit que des agents infestent le *Nautilus* depuis un moment, avant même qu'on aille sur Dynas. Ce qui signifie que toute cette histoire de Renard ne concerne pas seulement nous, mais quelque chose de plus grand. Les soldats ne veulent pas jouer à son jeu.

— N'est-ce pas de l'insubordination ? dit Eponi. Ne pourraient-ils pas être jetés par le sas, comme nous ?

— Deepak est leur amiral, répondit Sai. Renard n'est même pas dans leur chaîne de commandement. Il peut dire ce qu'il veut, mais les soldats n'ont à faire que ce que Deepak dit. C'est écrit dans l'accord que nous avons signé. Sai inclina la tête alors qu'ils atteignaient un ascenseur. Ou tu n'as pas lu les petits caractères ?

— Tu l'as fait, toi ?

— DefenseCorp n'est pas un gouvernement, c'est ça le truc. Nous sommes des employés privés, qui s'engagent à travailler dans une branche de notre choix, expliqua Sai, avec cette voix patiente qu'il utilisait chaque fois qu'il voulait jouer le rôle de père en chef de Sever. Eponi détestait normalement ce ton, mais ici, prise dans le tourbillon après avoir failli être aspirée dans l'espace, les faits doux l'enveloppaient comme une couverture chaude et raisonnable. Aurora et moi ne savions pas si les soldats resteraient fidèles à cela ou non, mais quand ils ne t'ont pas tiré dessus immédiatement ?

— Nous avons choisi notre camp, intervint enfin le soldat. JJ l'a clairement dit dans les baraquements. Nous travaillons pour Deepak, pas pour ces fichus agents. Le soldat tapota son bracelet contre l'ascenseur, appelant le transport à leur niveau. Vous vous en sortez d'ici ? Je ne peux pas m'absenter longtemps ou ça se remarquera.

— On s'en sortira, dit Aurora. Merci pour l'aide.

Le soldat esquissa rapidement le salut de DefenseCorp et repartit en courant dans le corridor. Coïncidant avec ce départ, la porte de l'ascenseur s'ouvrit, offrant à Sever leur propre échappatoire. Les trois s'y entassèrent, et Aurora pressa le bouton du niveau des hangars d'amarrage.

— D'accord, donc nous ne sommes pas morts, dit Eponi. Ce que j'approuve. Et il y a une sorte de rébellion en cours ici, ce qui est génial. Je dois quand même demander, pourquoi retournons-nous aux hangars d'amarrage ?

— Parce que le *Nautilus* est attaqué, dit Aurora. Il est temps de rendre ça convaincant.

15

MINCE COMME DU PAPIER

Des genoux écorchés. Un poignet cassé lors d'une mauvaise chute à vélo en pédalant dans le quartier. Rovo n'avait jamais subi de blessure plus grave jusqu'à ce qu'il arrive à DefenseCorp, où en quelques mois, il avait reçu des tirs laser lors d'entraînements puis de vrais combats, à la poitrine, au dos, aux genoux, aux bras et au visage. L'armure motorisée et les gilets de protection avaient amorti la plupart d'entre eux, et ce qui avait réussi à passer avait été soigné par le personnel médical du *Nautilus*, tout comme cette fois-ci.

Sauf qu'il n'avait jamais reçu de tir dans les poumons comme celui-ci. Sans autre protection que sa chemise, la blessure faisait plus mal que les débris qui lui étaient tombés dessus lors de l'effondrement de la tour sur Wexer. Les médicaments de l'infirmerie atténuaient la douleur pendant un moment, mais leurs effets secondaires tordaient les autres organes de Rovo, brouillant sa vision au point que chaque regard semblait avoir été barbouillé d'huile.

Chaque respiration était comme un grattement et une

brûlure, comme si l'oxygène que Rovo inhalait devait traverser une forêt carbonisée et spongieuse.

Ce dont Rovo avait besoin, ce qu'il voulait, c'était un lit et une longue semaine pour récupérer.

Au lieu de cela, Rovo avait le bras musclé de Gregor passé sous ses épaules, le soutenant alors que leur ascenseur s'ouvrait sur l'étage même qui lui avait valu ses blessures.

— Oh, youpi, dit Rovo alors que les portes révélaient le couloir familier rempli de panneaux d'avertissement.

Comme celui du dessus, comme tous les couloirs du *Nautilus*, celui-ci était baigné d'une lueur rouge. Les envahisseurs pourraient descendre jusqu'ici aussi, voler quelque grand secret de DefenseCorp et s'enfuir avec. Ces maudits pirates, prenant ce qui ne leur appartenait pas.

Bien sûr, les pirates, c'était eux. L'Escouade Sever, une bande de mécontents voleurs. Voilà à quoi Rovo avait été réduit, sa glorieuse-

— Concentre-toi. Gregor tira Rovo hors de l'ascenseur, dans le couloir et vers la porte d'une pièce très particulière, *Armes* 3. On y est presque.

— Pour toi, peut-être, dit Rovo. Pour moi, c'est un marathon.

— Alors cours-le.

Pas de sympathie de la part de ce type. Gregor semblait toujours si obsédé par la mission. Il ne pouvait pas se permettre un iota de compassion.

— Tu me détestes, Gregor ? dit Rovo. Parce que, genre, je ne suis pas fan de cette attitude bourrue.

Gregor ne s'arrêta pas. Bien que Rovo ait du mal à distinguer les formes avec sa vision déformée, il semblait que personne n'avait encore réclamé ce couloir. Pas d'escouade en vue. Peut-être parce que les laboratoires d'armement étaient au plus profond du *Nautilus* : si des envahisseurs arrivaient jusque-là, ils avaient probablement déjà pris le contrôle du vaisseau.

— Tu délires, dit Gregor. Marche. Ce sera plus facile.

Bien sûr, plus facile pour lui peut-être. Lorsque Gregor atteignit la porte, il laissa Rovo se tenir debout tout seul pendant que le grand homme examinait la porte *Armes* 3. Une note était déjà accrochée à l'extérieur, fermant la salle en raison d'un accident. Le scanner de badge, cherchant un bracelet, leur envoyait son rouge colérique, une teinte qui s'accordait bien avec la couleur actuelle du couloir.

Rovo se demanda s'ils avaient coordonné ça, ceux qui avaient conçu tout ça.

— Hé, dit Rovo, en titubant vers le mur et se rattrapant d'un bras flasque. Tu crois que tout ça était planifié ?

— Oui, dit Gregor. Dès le moment où nous nous sommes échappés de l'installation sur Wexer, je pense que celui qui commande ces agents a décidé de nous attirer sur le *Nautilus* avec le meilleur appât possible. Peut-être qu'ils veulent vraiment Kaia, mais plus encore, je crois qu'ils veulent notre mort.

— Ouais, c'est ce que je voulais dire, dit Rovo, poursuivant les connexions que Gregor faisait comme un chien sautant après des feuilles qui tombent. Il en attrapa une ou deux et laissa tomber le reste. Il n'y a aucun moyen qu'ils pensent pouvoir garder Dynas secret. Trop de gens sont au courant.

— Pas pour toujours, dit Gregor. Juste assez longtemps. Nous avons déserté, ils ont paniqué.

— Parce qu'on gâcherait leur fête ? Rovo s'appuya complètement contre le mur du couloir, regardant de l'autre côté une affiche qui exigeait la sécurité avant tout avec un scientifique en gilet levant le pouce vers la caméra. Genre, pourquoi ?

— La peur pousse les gens à faire des choses stupides.

Rovo pouvait être d'accord avec ça. Non pas qu'il ait connu la vraie peur, pas vraiment. Même sur Dynas, le chaos et l'aliénation de toute la mission l'avaient emporté sur toute peur pour lui-même. Wexer, eh bien, Wexer avait été une course désespérée pour le Talpa. Même ici, même en sentant ses poumons lutter à chaque respiration, la peur n'était pas en tête de sa liste d'émotions.

Ça ne voulait pas dire que Rovo ne pouvait pas faire des choses stupides, cependant.

— Tu vas réussir à ouvrir cette porte un jour ? demanda Rovo alors que Gregor continuait à fixer le panneau.

— Je ne suis pas sûr, répondit Gregor. J'espérais trouver quelqu'un d'autre ici à manipuler.

— Pourquoi ne pas utiliser ce fusil ?

— Tirer sur le panneau ne marchera pas, dit Gregor. Ils sont protégés.

— Tu sais ça, hein ?

— Les films sont les films. C'est la réalité, bleu.

Rovo hocha la tête, un mouvement qui projeta sa tête en avant et en arrière plus loin qu'il ne s'y attendait. Le contrôle musculaire lui faisait encore défaut. Il plaqua ses deux paumes contre les murs du couloir pour se stabiliser.

— Alors pourquoi ne pas tirer sur la porte ? dit Rovo. Essaie bien au milieu.

Gregor recula du panneau. Inspecta la porte. Semblait sceptique.

— Écoute, mec, dit Rovo. Il y a des budgets pour tout. Ils ne vont pas blinder chaque porte du vaisseau, et pourquoi le faire pour celles-ci ?

— Parce que ce sont des laboratoires d'armement ?

— Ouais, et on peut sécuriser ces portes avec des blindages, mais je ne les vois pas activés pour le moment. Les pensées jaillissaient d'une sorte de brume intérieure, une série d'épiphanies rendues possibles parce que Rovo ne considérait plus aucune idée comme stupide ou trop farfelue. — Genre, qui s'embêterait s'il n'y a pas d'expérience en cours à l'intérieur ?

Gregor émit un mélange de grognement et de soupir chargé d'un mépris cinglant à l'égard de Rovo, mais le bleu, enveloppé dans l'aura invincible des quasi-morts et des drogués, l'ignora et se traîna un mètre plus loin de la porte. Gregor recula vers le centre du hall, visa avec son fusil et, après un dernier roulement d'yeux en direction de Rovo, appuya sur la gâchette.

Dix rayons bleus fusèrent dans le corps argenté de la porte, s'y enfonçant et laissant des trous carbonisés. Le métal fin, non conçu pour résister à l'énergie et à la chaleur, se recroquevilla le long des bords des impacts, laissant un portail criblé qui ne demandait qu'à être enfoncé d'un coup de pied.

— Qu'est-ce que je t'avais dit ? lança Rovo.

— Peut-être que je te sous-estime. Gregor s'approcha de la porte et lui asséna un coup de pied franc.

Le panneau affaibli s'effondra et bascula vers l'intérieur, ses attaches gauches tenant suffisamment pour empêcher son effondrement total. Malgré tout, on ne pouvait plus qualifier cette ruine de barrière.

— Tu vois ? dit Rovo, reprenant sa position sur l'épaule de Gregor. J'ai toujours raison.

— Ah bon ? le questionna Gregor quelques secondes plus tard alors qu'ils se tenaient dans un sas qui, croyant la porte principale ouverte — une croyance correcte, en fait — maintenait son portail intérieur fermé. Alors, que dis-tu de ça ?

— Si ça a marché une fois, ça marchera deux fois ?

Rovo ne se qualifierait pas de génie — du moins, pas à voix haute — mais quoi que ces chirurgiens lui aient donné, ça avait transformé son cerveau en véritable brasier. Il s'assit sur le sol de la petite chambre et regarda Gregor tirer quelques nouveaux rayons laser au-dessus de lui, laissant échapper un rire rauque alors qu'ils perforaient la porte intérieure comme ils l'avaient fait avec son homologue extérieure. Gregor donna un autre coup de pied solide et ils étaient à l'intérieur.

L'énorme armure motorisée pendait au milieu de la pièce, inchangée. Des marques d'impacts jonchaient le sol derrière elle, là où Rovo s'était battu pour sa vie. Le centre de contrôle arborait ses propres ajouts, noircis et crépitants alors que les tirs de Gregor avaient percé la porte et continué leur chemin.

— Je ne peux pas dire que je voulais revoir cette pièce, dit Rovo.

— Alors ne regarde pas.

Gregor, un vrai comédien né.

Le revirement survint lorsque Rovo, qui s'attendait pleinement à être le fardeau traîné par Gregor pour cette aventure, vit son acolyte musclé le soulever et le porter vers l'armure.

— Désolé de te décevoir, mon pote, mais je ne vais pas rentrer dans ce truc, dit Rovo alors que Gregor le calait devant la combinaison ouverte.

— Elle s'ajustera.

— Ça va demander beaucoup d'ajustements.

— Tais-toi, bleu, et reste immobile.

Bon, d'accord. Rovo attendrait que l'armure prouve que Gregor avait tort. Avec sa vision trouble, Rovo trouva les lumières de scan vertes particulièrement désagréables. L'armure siffla, cliqueta et craqua tandis que ses diverses lamelles, engrenages et boulons s'ajustaient pour s'adapter à la forme plus, euh, svelte de Rovo. Bien que la taille totale de l'armure restât la même, les couches intérieures se resserrèrent, finissant par clignoter pour signaler qu'elle était prête avec un bip joyeux en total décalage avec l'objectif de l'armure.

— Allez, entre, dit Gregor en le poussant.

Rovo n'eut pas le temps de protester. Il tomba dans l'armure, ses poumons encaissant un choc douloureux tandis que son corps se calait dans les replis. L'armure détecta son approche et se referma. La visière s'anima et d'étranges lignes commencèrent à défiler sur l'écran devant ses yeux. Des lignes parlant d'ajustements au pilote, compensant ses blessures, sa vision altérée.

La bouche aussi béante que le casque le lui permettait, Rovo sentit l'armure déployer ses propres soins médicaux. De nouvelles piqûres parsemèrent la peau de Rovo alors que la combinaison lui injectait des fluides d'urgence, de l'adrénaline pour le maintenir alerte, et d'autres analgésiques pour éloigner la douleur de sa récente opération.

— Comment ? demanda Rovo lorsque l'armure se stabilisa dans son état de fonctionnement normal, le laissant se sentir, sinon incroyable, du moins fonctionnel.

— J'ai remarqué l'évaluation avant, dit Gregor, debout exactement là où Rovo se tenait avant que Zaydi ne joue les assassins. L'armure, je pense qu'elle est conçue pour des opérations d'endurance. Long terme, peu de renforts.

— Garder le soldat opérationnel. Au début, Rovo admira l'ingéniosité, puis il réalisa ce que cela signifiait réellement. Pour qu'ils puissent nous envoyer plus loin, plus longtemps.

Gregor hocha la tête. — Peut-être que c'est une bonne chose qu'on ait pris notre retraite quand on l'a fait.

— Retraite ? Bien sûr.

Rovo et Gregor continuèrent à discuter des plans pendant que le bleu prenait ses marques dans l'armure. Les dégâts causés par les tirs au centre de contrôle n'empêchèrent pas Gregor de libérer l'armure motorisée de ses attaches, et Rovo se dandina, puis marcha, et finit même par bondir à travers la pièce avec. Malgré toutes ses améliorations sophistiquées pour sauver des vies, l'armure motorisée restait familière : des propulseurs cinétiques, des compensateurs de poids pour chaque membre, et une visière qui repérait les menaces potentielles et les affichait sur son écran.

Ce dernier aspect se manifesta alors que Rovo terminait un autre tour, s'assurant qu'il pouvait bouger à la fois les jambes et les bras simultanément sans s'évanouir. Malgré l'assistance de l'armure motorisée, ce satané truc restait lourd, et certainement pas dans les recommandations médicales du chirurgien pour la convalescence de Rovo.

La visière afficha du rouge derrière lui, puis, lorsque Rovo se retourna, devant. Le rouge avait tendance à signifier des armes sorties et pointées vers l'armure, ou suffisamment proches pour que les milliards de caméras de l'armure les considèrent comme des menaces.

Cette fois, ces menaces appartenaient à deux agents, leurs uniformes rouge et noir encombrant la petite ouverture que Gregor avait fait exploser.

— De la compagnie, dit Gregor alors que Rovo se plaçait carrément entre les agents et son coéquipier. Tu prends les devants ?

— Pour une fois, oui, acquiesça Rovo. Tu peux supporter que je te protège ?

Les agents, tous deux semblant trop jeunes pour savoir dans quoi ils s'embarquaient, avaient levé leurs pistolets. Alors qu'ils s'apprêtaient à entrer en courant dans la pièce, la vue de Rovo provoqua une retraite précipitée, suivie d'une menace criée de se désarmer et de se rendre.

— Je n'ai pas besoin d'être protégé, répliqua Gregor, mais ce serait amusant de te voir les écraser.

— Donc on ne se rend pas ?

— Je ne pense pas, non.

— D'accord alors.

Rovo s'avança lourdement vers le petit sas, se tournant de côté pour que l'armure puisse passer. Même avec cette rotation, il écrasa les restes de la porte, se frayant un chemin dans le hall avec la grâce d'un ivrogne maladroit.

Les deux agents s'étaient séparés, l'un faisant face au dos de Rovo, l'autre à son visage. Tous deux tirèrent avec leurs pistolets, les misérables rayons s'écrasant sur l'armure sans le moindre effet. Malgré ses poumons brûlés, ses os meurtris et un mal de tête atténué par les drogues, Rovo afficha un sourire arrogant, préparant les propulseurs cinétiques de l'armure pour le combat.

Il allait peut-être s'amuser aujourd'hui, finalement.

DERRIÈRE LA VITRE

Une semaine après la mission, le capitaine d'Aurora lui a finalement demandé de faire quelque chose à propos de Deepak qui traînait après leurs séances d'entraînement. Aurora a expliqué la situation à l'officier subalterne, disant franchement à Deepak que l'Escouade Sever, comme toutes les autres escouades, était là pour l'argent.

— Et nous sommes sacrément bons, a poursuivi Aurora alors qu'ils partageaient un autre déjeuner au mess. Donnez-nous ce que nous avons mérité.

Deepak n'a pas reculé face à la critique, n'a pas essayé de l'écarter, mais a répondu à la suggestion d'Aurora avec le même sérieux qu'elle y avait mis. Il a posé sa fourchette et son couteau, a tendu la main, et Aurora, après l'avoir examinée d'un œil perplexe, l'a serrée.

— Vous voulez un rôle principal, vous l'avez, a dit Deepak. Vous avez raison, vous pouvez le gérer.

La prochaine mission n'aurait lieu que dans quelques semaines, et l'Escouade Sever a passé ces semaines en effervescence, s'entraînant plus dur qu'avant. Entre les séances d'entraînement, Aurora peaufinait son armure assistée, assistait à des briefings supplémentaires pour ceux qui s'intéressaient au leadership d'escouade — et à l'argent supplémentaire qui l'accompagnait — et continuait à croiser Deepak.

Déjeuners, dîners, et quelques soirées passées sur le pont d'observation du *Nautilus*, à parler travail et un peu de tout le reste. Aurora n'avait même pas de mal à admettre qu'elle aimait bien Deepak, son dévouement joyeux au devoir, et l'homme avait le don de dénicher les meilleurs vins du croiseur. Elle a trouvé les itinéraires les plus rapides et les moins fréquentés entre sa cabine et la sienne, une mission pour deux.

Et quand la mission est arrivée, et que Deepak a déposé l'Escouade Sever exactement là où ils voulaient être, il n'a pas fait un clin d'œil à Aurora cette fois. Au lieu de cela, l'Escouade Sever a gagné le regard confiant de Deepak, et Aurora a soutenu son regard ferme.

Prête.

Enfin.

La marche vers le sas, où Aurora, Sai et Eponi devaient être jetés dans l'éther noir, s'est avérée être une opportunité fertile pour chercher des idées. Quand on est à deux pas de la mort, une liberté s'installe, façonnant les possibilités et laissant les plus créatives s'élever et prendre racine.

Renard, le salaud qui avait infiltré le *Nautilus* avec ses agents grouillants, pensait avoir le contrôle. Il pouvait claquer des doigts et faire surgir une cohorte de tireurs sous couverture pour exiger ses désirs sous la menace des fusils. Malgré tout, le *Nautilus* abritait des milliers et des milliers de soldats de DefenseCorp. Des soldats qui devaient leur allégeance à l'amiral et à la division des troupes au sol de DefenseCorp. La plupart des escouades avaient des commandants qui, comme Aurora, gardaient le bras clandestin de DefenseCorp à distance.

Trop souvent, les renseignements pré-mission s'étaient transformés en une stratégie consistant à noyer l'adversaire sous les corps jusqu'à ce qu'il abandonne. Ces corps n'étaient jamais des agents.

— C'est pourquoi, si nous expliquons clairement à ce vaisseau ce qui se passe, nous aurons les troupes de notre côté, a dit Aurora alors qu'ils se dirigeaient vers les postes d'amarrage le long du corridor éclairé de rouge. Nous serions plus nombreux que les agents, et nous pourrions les expulser de ce vaisseau.

— Je ne comprends toujours pas pourquoi tu penses qu'ils se battraient tous pour nous, a dit Eponi. Que fera Deepak quand Renard lui dira d'ignorer ton ordre ?

— Il n'en aura pas l'occasion, a répondu Aurora. Parce que tu ne vas pas laisser le choix à Deepak ou à Renard.

— J'ai l'impression que je ne vais pas être ravie de ce que tu vas dire ensuite.

Comme si Aurora s'en souciait. Eponi exécuterait ce dont sa commandante avait besoin, non pas parce qu'Aurora avait une quelconque autorité réelle dans leur hiérarchie post-DefenseCorp, mais parce que si Eponi faisait quoi que ce soit de différent, elle finirait morte.

Après avoir donné les détails à la pilote, Aurora a déposé Eponi et Sai à la couchette du *Prisa*. Aurora a pris leurs armes, à l'exception de l'épée de Sai, et avec la promesse de les contacter après avoir exécuté le plan, elle est partie seule.

Convaincre un vaisseau que les attaquants ne venaient pas de l'extérieur mais étaient, au contraire, semés de l'intérieur ne serait pas facile. Le changement devait être brutal, devait être total. Faire en sorte que chaque escouade traite tous les autres comme une menace.

Et parier que les agents, une fois menacés, se rendraient.

Le *Nautilus* avait son immense pont, et la plupart des communications passaient par là. Mais pas toutes. Les vaisseaux de cette taille avaient besoin d'une base de secours, un endroit qui pourrait devenir le pont de commandement de facto si le pont principal était mis hors service par des tirs ennemis ou un accident. Le *Nautilus* avait son centre de communication au deuxième niveau, près de l'intendance et au-dessus des moteurs.

À l'opposé du pont, avec une protection maximale.

En marchant dans le corridor, solitaire dans le rouge, elle se débattait avec les attentes de sa mémoire. Le *Nautilus* existait pour être bruyant. Pour être actif. Pour que ses couloirs bouillonnent d'activité. À chaque pas résonnant sur le sol transparent, l'anormalité du vaisseau s'accentuait. Comme si Aurora avait été transplantée loin de la réalité vers une fiction plus propre et plus terrible.

Les actions de Deepak lui-même ajoutaient à cette corrosion. Il avait été l'ami occasionnel d'Aurora, toujours un collègue respecté, et pourtant, il avait tourné le couteau de Renard. Il y avait mille choses que l'amiral aurait pu faire pour avertir Aurora, pour avertir l'Escouade Sever. Dans le corridor silencieux, Aurora les énumérait en marchant, des transmissions secondaires secrètes aux notes écrites, en passant par les mots de code d'escouade que les agents qui le surveillaient n'auraient peut-être pas compris.

— C'était vraiment parce que tu te soucies tant de ce vaisseau ? se demanda Aurora en passant devant la dernière couchette, là où le *Nautilus* passait du transport à tout ce qui soutenait le grand vaisseau.

L'idée n'avait aucun sens. Les agents avaient toujours été une force plus restreinte et plus petite. Ils ne pourraient jamais prendre le *Nautilus* à moins que Renard ne rappelle chaque agent de partout pour les mettre sur le vaisseau, ce qui était impossible. Deepak devait mal interpréter la situation, ou il savait quelque chose d'important qu'Aurora ne pouvait pas deviner.

Devant elle, après une brève section consacrée au raffinage rapide des matières volatiles prélevées sur les vaisseaux visiteurs, les lettres lumineuses du Quartier-maître attiraient Aurora. Toujours personne, ce qui semblait étrange, compte tenu de l'ordre d'invasion. Les escouades du *Nautilus* auraient dû presser les couchettes, sécurisant des endroits comme le Quartier-maître qui pourraient être précieux pour un ennemi attaquant.

Mais si les soldats n'étaient pas ici, où étaient-ils alors ?

Les dix fentes de fenêtre du Quartier-maître étaient fermées, présentant un long mur sans grand intérêt. Au bout, Aurora pouvait distinguer la transition, avec des bannières bleues, vers le centre de communication secondaire. Jusqu'à présent, la marche déserte avait été étrange, mais guère dangereuse. Après avoir failli être éjectée dans l'espace, Aurora ne se plaindrait pas.

La paix dura jusqu'à ce qu'elle passe devant la troisième fenêtre. Aurora gardait son pistolet dégainé, tenu bas contre sa taille, si fermement qu'il se releva prêt à l'emploi lorsque le store se rétracta. Son doigt sur la détente fit preuve de retenue quand Aurora vit une femme âgée debout derrière un robot d'assistance, utilisant les bras frêles de la chose comme couverture.

— Ne me dis pas que c'était un accident, dit Aurora d'un ton tranchant.

— Non, non, répondit la femme, je dois te parler avant que tu ne fasses une erreur.

— Alors parle.

La femme secoua la tête. — Pas ici. Ils t'attendent maintenant, mais ils viendront bientôt te chercher. À la gauche d'Aurora, entre la quatrième et la cinquième fenêtre, une porte de service s'ouvrit en glissant. — Viens derrière, où c'est sûr.

Derrière les comptoirs du Quartier-maître ? Même sans tenir compte de la situation actuelle, Aurora n'y était jamais allée. L'endroit avait tellement de garanties, de sécurité et d'audits que tout membre d'escouade assez bête pour aller fouiner se retrouverait rétrogradé au service de garde en quelques secondes.

La curiosité, et l'allusion de la femme à une embuscade beaucoup plus loin, poussèrent Aurora vers la porte de service et à travers celle-ci. La prudence maintint le pistolet d'Aurora levé.

Après un couloir d'entrée d'un mètre de long, Aurora découvrit le secret caché derrière les fenêtres fermées, les comptoirs et les robots : les espaces de stockage du Quartier-maître étaient magnifiques. Des marchandises empilées sur des étagères s'étendaient aussi loin qu'Aurora pouvait voir — ou du moins, c'est l'impression que donnait l'éclairage cristallin. La ménagerie d'articles nécessaires pour répondre aux innombrables besoins du personnel du *Nautilus* s'entassait en longues rangées, s'entrecroisant ici et là selon ce que les dieux qui contrôlaient ce paradis emballé jugeaient approprié.

Les compliments fluides qui s'avançaient dans les impressions d'Aurora naissaient de la brillance arc-en-ciel décorant chaque rangée, chaque section, chaque conteneur. Comme enveloppé de volutes scintillantes, chaque endroit s'étendant dans toutes les directions devant Aurora semblait prendre feu de manière luminescente, les étagères étincelantes, leurs articles de petits miracles à choisir par les robots chanceux.

— Un peu trop, n'est-ce pas ? dit la femme qui avait invité Aurora, maintenant libérée de son bouclier robotique. Je vois que tu as la même réaction que la plupart des gens quand ils viennent ici pour la première fois. Elle rit une fois, un rire minuscule. C'est joli quand on le voit une fois. Essaie de le regarder pendant des heures, des jours et des années.

— Mais... pourquoi ? ne put s'empêcher de demander Aurora. Qu'un espace si resplendissant ait été caché ici tout ce temps, et Aurora n'était pas une admiratrice de la beauté, semblait être un crime. Quel est l'intérêt ?

— Oh, c'est tout pour les robots. Les lumières réfléchies leur indiquent à distance précisément où se trouvent les articles parmi nos millions. C'est très sophistiqué.

Aurora reconnaissait une allusion quand elle en entendait une. La femme ne l'avait pas fait venir ici pour discuter des subtilités du Quartier-maître. Avec effort, Aurora détourna les yeux des scintillements et se concentra sur la femme, sur les robots immobiles derrière elle, attendant devant des fenêtres fermées des clients qui ne viendraient pas.

— Me voilà donc, dit Aurora, se rappelant qu'elle tenait toujours son pistolet et choisissant de ne pas le pointer sur le visage de la femme. L'employée du Quartier-maître portait son uniforme, avait les mains visibles, et semblait aussi menaçante qu'un Talpa poilu sur Wexer. Que vouliez-vous me dire ?

— Que ton plan ne marchera pas.

— Et comment connaissez-vous mon plan ?

La femme pencha la tête avec le regard que les patients donnent à leurs inférieurs. — Tu devrais être morte, et au lieu de ça, tu es ici, te dirigeant vers le centre de communication. Il ne faut pas beaucoup pour discerner tes intentions.

Aurora haussa les épaules. — Et alors ?

— Alors peut-être devrais-tu changer de tactique, dit la femme. J'ai donné un petit lecteur à l'un de tes associés. Il contient des informations qui pourraient t'aider. Par hasard, te l'a-t-il donné ?

— Un associé ? dit Aurora. Et non, je n'ai pas de lecteur.

— Bien sûr que non. La femme claqua sa langue, fit un geste vers l'inventaire brillant. Tout ceci va se retourner contre nous très bientôt. DefenseCorp apporte des changements, et quand ils auront fini, toi et moi et tous les autres soldats à bord de ce vaisseau serons inutiles.

Aurora recula d'un pas, gagnant de l'espace pour pointer son pistolet. — Vous n'êtes pas qu'une simple assistante du Quartier-maître, n'est-ce pas ?

— Regardez ce que nous avons là, dit la femme, plus au robot à sa gauche qu'à Aurora. Rares sont de tels esprits vifs dans les escouades.

Les escouades ? Chaque insulte avait ses origines, son foyer. Les escouades, dites de cette façon, ne faisaient pas exception.

— Agent, dit Aurora, cette fois-ci braquant son pistolet. Arrêtez vos paroles cryptiques et dites-moi pourquoi je ne devrais pas vous brûler ici même ?

Si la menace eut un effet quelconque, la femme n'en montra rien. — Dis-moi, Aurora. Pourquoi as-tu choisi de rejoindre l'Escouade Sever ?

— Ne jouez pas à des jeux, répliqua Aurora. Mes amis sont en danger, et je n'ai pas le temps.

Cela, au moins, sembla obtenir un hochement de tête respectueux. Peut-être que l'agent pensait qu'Aurora ne connaissait pas grand-chose d'autre que les armes et les missions, mais au moins Aurora restait fidèle à ses priorités.

— Bien. Nous ne voulons pas tous ce que Renard recherche, dit la femme. S'il y a une partie de DefenseCorp qui aurait un groupe caché travaillant contre elle, ce serait la nôtre. Le *Nautilus* est en première ligne d'un plan plus vaste, sur lequel tu es tombée par accident parce que ce scientifique ne pouvait plus supporter Dynas.

Aurora parcourut rapidement les mots, cherchant la substance derrière le superflu.

— Donc vous voulez que nous empêchions Renard, dit Aurora, de mener à bien ce qu'il prépare. C'est déjà ce que nous faisons, au cas où vous ne l'auriez pas remarqué.

— Oh, pas seulement Renard, répondit la femme. DefenseCorp est à un point d'inflexion. L'argent ne suffit plus à certains qui voient une opportunité dans une galaxie sans concurrence. Nous devons leur rappeler que le prix du pouvoir est trop élevé pour leurs ambitions.

— Parlez clairement.

La femme soupira. — Vous voulez votre objectif ? Vous voulez votre insurrection sur ce vaisseau ? Alors laissez-moi vous aider. Peut-être pourrons-nous toutes les deux obtenir ce que nous cherchons au final.

— Parfait. Ravie que vous soyez des nôtres, dit Aurora en se dirigeant vers la porte et le couloir de l'autre côté. Vous venez ?

— Un instant, dit la femme. Avant de nous précipiter vers l'ennemi, pourquoi ne pas nous assurer que nous sommes préparées ?

Aurora regarda son pistolet, un modèle standard avec

une batterie suffisante pour quelques dizaines de tirs avant de s'épuiser. L'agent avait peut-être raison.

— D'accord, mais faisons vite, dit Aurora, puis elle claqua les doigts de sa main gauche lorsque l'agent commença à retourner vers les rayonnages, attirant le regard de la femme vers elle. Et quel est votre nom ?

— Vana, répondit la femme. Mais vous ne trouverez rien si vous cherchez.

Aurora secoua la tête alors qu'elles se dirigeaient vers les rayonnages, à la recherche d'armes. Typique d'un agent de supposer qu'il y avait un agenda caché.

Vana n'avait pas tort, mais Aurora se moquait d'elle. Elle avait des agents plus importants à détruire, des coéquipiers à sauver.

SUIVRE LE PLAN

Le *Prisa* était là où Sai et Eponi l'avaient laissé. Une tache marquait encore le sol du hangar, allant des portes à la rampe d'embarquement du vaisseau, qui s'abaissait maintenant pour les accueillir après qu'Eponi eut entré le code de déverrouillage sur le montant avant du *Prisa*. Contrairement au hall, le hangar conservait son éclairage blanc argenté, ses bruits feutrés, son atmosphère vide.

— Pour un vaisseau en cours d'invasion, c'est plutôt calme, plaisanta Sai alors que la rampe du *Prisa* touchait le sol.

— N'est-ce pas censé être nous qui changions ça ?

Aurora avait mentionné la tactique d'intimidation comme plan, et le trio avait discuté d'une façon de le mettre en œuvre. Une méthode qui semblait difficile en théorie et qui paraissait encore pire maintenant qu'Eponi et Sai s'apprêtaient à la mettre en pratique.

— Ça ne va pas être facile, dit Sai en montant la rampe. Tu as déjà mené une attaque contre un vaisseau ?

— Sai, je suis pilote de kart. Eponi jeta un regard dégoûté aux débris carbonisés qui collaient encore au sol central du *Prisa*. D'ailleurs, quand est-ce que DefenseCorp nous a envoyés pour la dernière fois dans un conflit spatial ?

Pas depuis longtemps. L'Escouade Sever avait son rôle à jouer, un rôle lié aux assauts terrestres. Le *Nautilus* n'était pas un vaisseau agile partant à la chasse aux pirates ou réprimant des flottes d'entreprises audacieuses qui osaient défier la domination de DefenseCorp en matière de sécurité spatiale. Au contraire, le mastodonte de Deepak se traînait de monde en monde, restant en orbite et envoyant ses vagues mortelles sur les planètes.

— Je suppose qu'il va falloir apprendre vite, dit Sai. Quelle tourelle veux-tu que je prenne ?

— Aucune. Eponi continua vers le cockpit. C'est moins précis, mais tu peux les contrôler toutes les deux d'ici. Si on se retrouve dans un vrai combat spatial, on est fichus de toute façon, alors autant que tu restes là où je peux te blâmer quand les choses tourneront mal.

— Je suis ravi.

— J'en suis sûre.

Le cockpit du *Prisa* présentait quatre sièges disposés en deux rangées de deux, plaçant le pilote et le copilote au centre à l'avant, tandis que les deux sièges arrière offraient des vues et des consoles pour la gestion des systèmes. Venant d'une carrière dans les navettes de largage, où Sai passait son temps verrouillé dans un système d'artillerie à l'arrière, être assis quelque part où il pouvait voir quoi que ce soit semblait nouveau.

— Tu as déjà fait ça avant ? demanda Eponi alors que Sai tapotait sur les consoles, passant de la puissance des moteurs à la force des boucliers et aux armes.

— En fait, non. Je dois littéralement utiliser mes doigts pour viser et tirer ?

— Littéralement, oui.

— Ça va être terrible. La plupart des systèmes d'artillerie vous donnent des manettes, un mouvement fluide pour diriger vos canons là où vous le voulez. Sai essaya de viser là, dans le hangar, et il fallut plusieurs balayages saccadés pour obtenir une vue fixe de la porte. Comment pourrait-on toucher quoi que ce soit comme ça ?

— Je te rappelle ce que j'ai dit il y a une minute. Si on se retrouve dans un combat spatial, on va perdre, dit Eponi. Si ça arrive vraiment, je passerai les tourelles en contrôle automatique jusqu'à ce que tu retournes à l'une d'elles. Mais espérons que le plan d'Aurora fonctionne et qu'on n'ait pas à te faire jouer au tireur de laser.

— Ça me va.

Sai ne voulait pas envisager de passer en automatique. Laisser un ordinateur s'occuper du ciblage semblait être la meilleure chose à faire, avec ses réflexes rapides, ses calculs précis et tout ça. Au lieu de cela, confier le tir à une IA signifiait lui apprendre, en plein combat, si une cible était un ennemi ou un ami, s'il fallait viser pour tuer ou pour désactiver, quelle quantité d'énergie dépenser. Un nid de complications qu'il ne valait pas la peine d'aborder pendant que quelqu'un d'autre tirait des lasers brûlants sur votre coque.

Le *Prisa* s'éleva du sol du hangar quand Eponi activa les moteurs. Les béquilles se rétractèrent alors que le système de communication grésillait avec le premier contact du *Nautilus*. Eponi jeta un coup d'œil à l'appel entrant, et comme elle ne répondait pas, Sai le fit.

— Tu ne veux pas qu'ils nous piègent ici, n'est-ce pas ? dit Sai.

— Oh, tu vas les charmer avec ton éloquence ? rétorqua Eponi.

L'officier de l'autre côté du système de communication

toussa, un toussotement fort avec un seul but. Sai et Eponi se turent, bien qu'elle fît pivoter le *Prisa* pour que son nez fasse face au bouclier fermé du hangar menant à l'espace. Le mur de métal vierge représentait la principale barrière contre le vide, complété par le bouclier magnétique courant destiné à empêcher l'oxygène de s'échapper à chaque fois qu'un vaisseau entrait ou sortait.

— Euh, *Prisa*, nous sommes actuellement en confinement, dit l'officier à la radio. Nous devons garder les portes fermées jusqu'à ce que la situation revienne à la normale.

— Savez-vous quelle est la situation ? demanda Sai tandis qu'Eponi chargeait les armes, redirigeant l'énergie qui aurait dû alimenter les moteurs du *Prisa* vers les batteries qui la transformeraient en lumière brûlante. Parce que je vous garantis que ce n'est pas ce que vous pensez.

— Je ne suis pas sûr de comprendre ce que vous voulez dire, répondit l'officier après une longue pause. Les codes sont clairs. Il y a des éléments dangereux...

— Et si les gens qui donnent les codes étaient les éléments dangereux ? Encore une longue pause. Sai coupa son micro et se tourna vers Eponi. Tu penses qu'on devrait se frayer un chemin à coups de laser ?

— Je pense qu'on devrait donner à ce gars une chance d'éviter à son vaisseau quelques cicatrices douloureuses.

Sai hocha la tête et réactiva son micro alors que l'officier terminait une excuse embrouillée. Il y en avait toujours, des excuses. Quiconque ne voulait pas voir pouvait trouver des moyens de rester aveugle.

— Voici ce que vous allez faire, dit Sai, et vous allez le faire non pas parce que c'est dans votre liste de codes, ou parce qu'un officier supérieur vous l'a ordonné. Vous allez suivre mes instructions parce qu'un petit vaisseau comme le nôtre ne peut pas faire de mal au *Nautilus* de l'extérieur, mais ici ? Nous sommes plutôt dangereux.

Rien de tel que de menacer son ancien foyer.

L'officier, apparemment peu habitué aux assauts venant de l'intérieur de son propre hangar d'amarrage, disparut à nouveau. Sai lui laissa deux battements de cœur, puis retourna à ses tourelles.

— Tu es prête ? demanda Sai à Eponi. Il y a de fortes chances qu'ils nous envoient une escouade.

— Oh non, répondit Eponi. J'ai tellement peur.

— Je ne suis pas venu ici pour tuer des soldats de DefenseCorp, Eponi.

— Si seulement ils partageaient ton attitude. Eponi centra le *Prisa* sur le mur de sortie. Feu à volonté.

Sai mit fin à l'appel avec l'officier, tapota sur la console et regarda les tourelles du *Prisa* déchaîner un torrent vert et dentelé. Les lasers surchauffèrent et firent fondre la barrière métallique tandis que Sai dirigeait les canons pour creuser un trou suffisamment grand pour que le *Prisa* puisse passer. À l'intérieur de l'appareil, au-delà du spectacle lumineux, la destruction n'offrait ni son, ni odeur. Comme regarder un film.

— Voilà l'escouade, dit Eponi en fronçant les sourcils.

— Comment peux-tu le savoir ? Sai continuait de tirer. Les lasers étaient sur le point de découper une ouverture assez large. Il ne reste plus de caméras en état de marche ?

— Nos boucliers arrière sont touchés, dit Eponi. C'est mignon comme ils pensent pouvoir les percer.

— Ne leur donnons pas plus de chances que nécessaire. Sai pointa du doigt le trou béant, orange et noir qui brûlait devant eux. Tu penses pouvoir voler à travers ça ?

— Ça pourrait laisser une égratignure, mais si c'est tout ce que j'ai pour travailler ?

— C'est le cas.

Eponi poussa le *Prisa* en avant et le vaisseau bondit comme un ressort détendu. Sai ferma les yeux tandis que l'appareil fonçait à travers les dégâts qu'il avait causés, quelques grincements déchirants se répandant à l'intérieur alors que le travail des tourelles de Sai s'avérait médiocre.

Mais ils étaient dehors. Dans l'espace. Parmi les étoiles.

— Tu sais que ces réparations vont être prélevées sur tes comptes, dit Eponi en faisant pivoter le *Prisa* dans une longue boucle au-dessus du *Nautilus*. La nouvelle peinture n'est pas donnée.

— Si on vit assez longtemps pour faire repeindre ce truc, je paierai volontiers. Sai bascula sa console sur les scanners du *Prisa*. Net et clair. Le *Nautilus* filait en transit. Pas besoin d'escortes. Dans combien de temps vont-ils lancer quelqu'un à notre poursuite ?

— Je ne sais pas et je m'en fiche, dit Eponi, en retournant le *Prisa* de sorte que le *Nautilus* était suspendu au-dessus de leurs têtes, comme une gigantesque lune métallique dans un ciel étoilé. Je ne suis peut-être pas d'accord avec le grand plan d'Aurora, mais nous sommes sur les rails maintenant.

Engagés dans une mission. Combien de fois cela arrivait-il ? Sever avait tendance à recevoir un objectif et à trouver un moyen de s'engager dans une douzaine d'autres combats en cours de route, se débattant dans un pétrin après l'autre avant d'émerger à la fin avec le prix en main. C'est comme ça que ça s'était passé sur Wexer, sur Dynas, mais ici ?

Contrôlés et poussés dans des couloirs. Maintenant, Sai et Eponi n'avaient qu'une seule chance, un seul chemin, et s'ils n'exécutaient pas, il y aurait une autre étoile éphémère et brûlante autour du *Nautilus*.

Aurora devait réussir. Elle le devait. Le coup était osé, mais Sai n'avait pas pu trouver d'autre option. Il n'avait rien trouvé d'autre que de se frayer un chemin à travers quelques milliers de soldats pour assassiner Renard, et même si Sai mettait le katana là où il devait aller, ils ne sortiraient jamais vivants de ce pont.

Alors Eponi les avait placés à l'extérieur de ce grand bouclier de verre. Accélérant plus vite que le *Nautilus* pour survoler l'avant rocheux du gigantesque vaisseau, se dirigeant vers le pont, puis égalant la vitesse du *Nautilus* tandis qu'Eponi retournait le *Prisa*. Sans gravité dans ce désastre de l'espace profond, rien ne ralentissait le *Prisa*, permettant au vaisseau de se retrouver nez à nez avec le pont et ses milliers de personnes qui les regardaient.

— Fais coucou, dit Eponi, agitant lentement sa main d'avant en arrière.

Ils étaient petits. Si petits. Le *Prisa* n'était qu'un point devant le *Nautilus* et son pont, si grand que Sai ne pouvait pas voir autour. Comme affronter l'horizon. Comme menacer un dieu.

— C'est de la folie, dit Sai.

Si Sai se sentait dépassé, comme s'il était allé bien au-delà des règlements, des attentes, Eponi ne semblait pas le moins du monde perturbée. Toujours en train de faire signe, avec un sourire maniaque plaqué sur son visage, une forme qui autrement montrait une concentration imperturbable que Sai ne pouvait s'empêcher d'envier, Eponi semblait dans son élément.

— Oh oui, dit Eponi, sans quitter le pont des yeux. C'est aussi fou que ça puisse l'être, Sai. J'adore ça.

Ses mains bougeant, ouvrant le comm et commençant un appel direct vers le pont du *Nautilus*, Sai ne pouvait pas vraiment s'identifier à l'émotion d'Eponi. Adorer ça ? Ses nerfs étaient à vif, il déglutit difficilement, et Sai savait qu'il préférerait trancher mille soldats plutôt que d'affronter un vaisseau dans l'espace.

— C'est comme le karting, dit Eponi, apparemment inconsciente des nausées de Sai. Tu atteins un point où c'est tout ou rien. Tu dois y aller. Ça a l'air ringard, mais nous y sommes, mec. Nous y sommes, en train de tout risquer.

— Bien sûr, dit Sai d'une bouche sèche. L'appel se connecte.

— Tu veux être le messager ?

— D'accord, Sai ferma les yeux, chassa toutes ces petites taches qui les observaient sur le pont, et ouvrit son micro. Appel au *Nautilus*, ici le *Prisa* avec une simple requête. Si vous ne vous conformez pas, nous éperonnons le pont.

Sai prit une inspiration, garda un visage impassible, et avec Eponi qui l'encourageait d'un signe de tête, déclencha une guerre.

ALLIÉS

Le bleu avait fait son boulot. Gregor n'avait pas eu besoin d'appuyer sur la gâchette de son fusil, ni d'avancer au-delà de la couverture offerte par l'embrasure de la porte alors que Rovo utilisait l'armure motorisée dernier cri, bien que ses armes soient inoffensives, pour attraper et assommer les deux agents, les laissant inconscients sur le sol du hall.

— Je ne peux pas le nier, ça fait vraiment du bien, dit Rovo. C'est encore mieux, vu que le reste de mon corps se sent comme une épave.

— Oui, répondit Gregor. Cogner fait du bien à l'âme.

— Je n'y avais jamais pensé comme ça, mais tu tiens peut-être quelque chose.

Que les philosophies de Gregor fassent leur chemin ou non n'était pas la question du moment. À droite, le hall expérimental continuait vers la proue du *Nautilus*, présentant des salles qui pourraient offrir des armes, de l'équipement ou un indice sur ce qui se passait ici. À gauche se trouvaient le réfectoire, d'autres chambres de caserne, et finalement les moteurs.

Sans bracelet et sans identifiant fonctionnel, ils n'avaient pas de bon moyen d'utiliser les ascenseurs. Gregor examina le corps d'un agent, se demandant s'il pouvait utiliser les os flasques de l'homme et le bracelet qui y était attaché comme clé, mais le petit ordinateur s'était éteint. Verrouillé comme les autres.

— Alors, on a un plan maintenant ? demanda Rovo tandis que Gregor confirmait que les deux corps ne pouvaient pas être utilisés. Je croyais qu'on retournait aux baies d'amarrage ?

— Difficile de faire ça sans bracelet, dit Gregor. Tu entends quelque chose ?

Rovo avait toujours ce Bug, le petit appareil coincé dans l'oreille du bleu. Gregor ne pouvait pas voir le bleu l'écouter sans l'armure motorisée, ni lire une quelconque expression, mais quand les bras métalliques géants haussèrent les épaules, cela fournit une réponse suffisante.

— S'ils parlent, je ne capte rien, dit Rovo. Je pense qu'on est toujours livrés à nous-mêmes.

— Alors on se dirige vers les casernes. Gregor pesait les risques. On pourrait trouver quelqu'un qu'on connaît, ou quelqu'un qu'on peut convaincre de nous avoir un ascenseur.

Rovo ne s'y opposa pas, et les deux se dirigèrent à pas lourds dans la lumière rouge vers le réfectoire. Le dos de Gregor le démangeait sans le poids familier de son marteau, et il n'aimait pas la prise du fusil dans ses mains sans les gants de l'armure motorisée. Voir Rovo avancer en cliquetant semblait étrange à Gregor, une inversion des positions. Le bleu aurait dû être celui qui se cachait derrière les jambes blindées de Gregor.

Mais les missions se moquaient de l'ordinaire, et celle-ci

avait laissé la normalité si loin derrière que Gregor ne pouvait plus s'y accrocher.

— Comment je m'en suis sorti là-bas ? demanda Rovo alors qu'ils passaient devant les salles de préparation des laboratoires derrière eux. Des casiers remplis de combinaisons de protection, tous verrouillés avec des panneaux lumineux rouges. L'armure dit que je n'ai pas pris un seul vrai coup. Je suppose que ce n'est pas trop mal, non ?

— Pourquoi tu me demandes ça ?

— Parce que tu es le cogneur de l'équipe. Je ne fais pas beaucoup de travail rapproché. J'ai bien bougé les pieds ? Et la feinte suivie du coup sur le premier ?

— Je ne sais pas.

Rovo arrêta après ça. Gregor chassa un froncement de sourcils, gardant son expression impassible habituelle. Il n'était pas l'instructeur du bleu. En fait, le bleu n'était même plus un bleu. Après Dynas et Wexer, Rovo avait vu et fait assez pour mériter son statut de membre à part entière de l'Escouade Sever. Le gamin devrait tirer ses propres conclusions, apprendre ses propres leçons.

C'est ce que Gregor avait fait. De son premier déploiement à son dernier, Gregor avait fait le bilan de chaque coup de poing donné, de chaque coup de marteau, et examiné comment il pouvait frapper plus fort, plus vite la prochaine fois. Jusqu'à présent, ça avait marché.

— Hé, dit Rovo alors qu'ils approchaient du réfectoire. Je capte quelque chose sur le Bug.

Gregor jeta un autre coup d'œil derrière, confirmant qu'aucun autre agent, aucune autre escouade ne les suivait en douce. Le réfectoire était verrouillé comme toutes les autres chambres, mais avec l'armure motorisée de Rovo, ils pourraient le défoncer quand ils auraient besoin d'avancer.

— De qui ?

— Euh, dit Rovo. Pas de qui je m'attendais.

— Ce n'est pas une réponse.

— D'accord, dit Rovo. C'est de Kaia. Elle dit qu'ils ont atterri sur leur nouveau foyer.

Ces mots étaient chargés d'implications, mais Gregor les repoussa, se concentrant sur la question plus importante : — Tu en es sûr ?

— Absolument, dit Rovo. Le message date de quelques jours, ce qui correspondrait au moment où ils ont quitté Wexer. Il vient juste de me parvenir. Ça veut dire qu'ils ne sont pas allés très loin non plus.

— Je ne suis pas surpris.

Kashmal, le père de Kaia et l'homme douteux qui avait appelé Sever pour un sauvetage sur Dynas et ses plans marécageux, n'avait pas beaucoup d'argent quand ils avaient atterri sur Wexer et s'étaient séparés. Il avait prévu de vendre des secrets de Dynas pour les faire tenir jusqu'à ce que Kashmal trouve un autre emploi, moins mortel. Gregor ne savait pas ce qu'il fallait pour écouler des données sur des virus modifiant le corps, mais il pouvait deviner que ce n'était pas si facile.

— Deepak ne voulait pas savoir où était Kaia ? demanda Rovo, immobile dans l'armure motorisée. N'était-ce pas tout son plan ?

— Aurora pensait qu'on pourrait leur donner le nom du cargo, dit Gregor. DefenseCorp pourrait les traquer à partir de là. Peut-être que tu pourrais leur offrir quelque chose de mieux.

— Ouais, sauf qu'on a un problème.

— Ah bon ?

— Le Bug n'est pas exactement connecté aux satellites interstellaires. Il fouine dans les relais quand il s'en approche, scanne les ondes. Il a capté ce message parce que le *Nautilus* l'a trouvé en premier. Mon tag est toujours lié à ce vaisseau.

Les balises. Installez-vous n'importe où dans la galaxie avec une connexion satellite fonctionnelle et votre identité se propagerait à travers les étoiles, indiquant précisément à tous les endroits accessibles à l'humanité où l'on pouvait vous trouver. Tout satellite captant un message avec une balise inconnue le diffuserait à tous les satellites à portée, faisant circuler les données dans la galaxie comme un chien à la recherche de son maître. Pour Sever, le *Nautilus* avait longtemps été leur foyer. Gregor n'avait même pas pensé à réinitialiser la sienne, pas qu'il recevrait beaucoup de messages de toute façon.

Les missives de ses parents avaient cessé d'arriver depuis des années.

— Tu as dit que c'était un problème ? demanda Gregor.

— Deepak veut connaître la position de Kaia, non ? dit Rovo, les questions sonnant un peu ridicules venant de l'intérieur de cette grande combinaison. C'était notre bouée de sauvetage ici ? Eh bien, ce message pour moi est passé par le *Nautilus*. Quiconque prêtant attention à ses réceptions pourrait le voir.

— Crypté ?

— Bien sûr, mais sur un vaisseau infesté d'agents ? Rovo se retourna vers les portes du mess et recommença à avancer vers elles. Combien de temps penses-tu que ça va tenir ?

— La passerelle, alors ?

— Pas si on peut l'éviter. Rovo centra l'armure sur les portes du mess, se mit en position de charge. Le centre de communication aura, genre, dix fois moins de monde. On peut y récupérer le message et le supprimer. Si on a de la chance, la passerelle ne l'aura pas remarqué. Si on n'en a pas, alors tu pourras faire beaucoup de casse avant qu'on meure.

Il y avait toujours un bon côté.

— Montre le chemin, bleu, dit Gregor, se mettant à couvert sur le côté droit de la porte du mess.

— Oh, je mène. Rovo s'élança, envoyant l'armure dans une charge d'épaule contre les grandes portes traversant le hall.

Les propulseurs cinétiques de la combinaison firent leur travail, projetant la combinaison à travers les portes avec un bang dur et déchirant. Le métal tordu grinça et se brisa alors que Rovo plongeait, provoquant des étincelles. Gregor suivit rapidement, levant le fusil en entrant, baigné par les lumières d'avertissement rouges du hall.

Gregor s'était préparé à un accueil. Si une escouade, d'agents ou autres, n'allait pas se diriger vers le laboratoire d'armes après eux, alors attendre pour abattre les membres de Sever sous la couverture bondée du mess avait du sens.

Des tables renversées formaient des barrières de fortune, leurs dessus chromés brillant vers Gregor. Les lumières rouges jouaient des tours avec les œuvres d'art du mess, transformant les dessins en silhouettes d'horreur rendues encore plus sinistres par les canons de fusils pointés dans leur direction. D'un coup d'œil, regardant derrière les bras levés de Rovo, Gregor en compta plus de deux douzaines. Au moins quelques escouades envoyées ici.

Il devrait prendre ça comme un point de fierté : DefenseCorp estimait Rovo et Gregor suffisamment importants pour nécessiter autant de résistance. Pas mal.

Sans aucune couverture pour eux-mêmes, il n'y avait pas de combat à mener ici. Gregor suivit l'exemple de Rovo et laissa tomber son fusil, leva les mains. Attendit que les escouades décident qu'un ordre d'exécution avait plus de sens que de jouer gentiment.

Au lieu de cela, une femme fougueuse dans l'uniforme rouge vif donné aux escouades de rempart de première ligne, celles qui effectuaient les premiers largages difficiles dans les combats intenses pour tenir les positions à tout prix, se leva de sa couverture. Son fusil levé et pointé, elle s'avança vers le milieu du mess, se rapprochant de Rovo, ses bottes claquant sur le sol métallique, leur technologie d'adhérence la collant à chaque pas.

— Gardez ces bras en l'air, dit la femme en s'approchant. Si je les vois baisser d'un centimètre, on vous réduira tous les deux en cendres.

— Content de te voir, Lamya, dit Gregor. Dommage que ce ne soit pas une simulation, ou je mettrais ta menace à l'épreuve.

Lamya ne semblait pas partager l'opinion de Gregor. À part le plus rapide coup d'œil dans sa direction, elle garda sa concentration sur Rovo, — Sors de la combinaison, soldat. Je ne sais pas où tu as trouvé ce truc, mais ça ne tiendra pas quand on commencera à tirer.

— Ne suis pas ses ordres, dit Gregor, faisant un pari. Espérant que ça paierait. Lamya, on n'est pas là pour vous.

— Je me fiche de ce pourquoi vous êtes là, répondit Lamya, baissant l'œil vers la lunette de son fusil. *Nous* sommes là pour vous. Quitte la combinaison, maintenant. Je ne le demanderai pas une deuxième fois.

— Elle a l'air sérieuse, Gregor, dit Rovo. Je préférerais ne pas me faire tirer dessus à nouveau aujourd'hui.

— Tais-toi, bleu, dit Gregor, puis commença à marcher vers Lamya. Si tu nous arrêtes ici, alors on va tous perdre. Les agents vont gagner.

— Les agents ? Lamya rit. Gregor, tu as toujours l'air

fou, mais là tu es dans un autre monde. Dis au gamin de sortir de la combinaison.

Trois choix. Si Rovo quittait la combinaison, ils perdraient leur avantage. Gregor et le bleu se retrouveraient prisonniers, enfermés dans une cellule de détention et attendant que quelqu'un décide de les cuire ou de les jeter dans le vide spatial.

Gregor pouvait se battre. Peut-être qu'il atteindrait Lamya avant que les escouades ne le réduisent en cendres. Rovo, sans une seule batterie pour ses armes, pourrait donner quelques coups maladroits avant que les lasers ne le fassent fondre.

Ce qui laissait...

— Avant de tirer, dit Gregor. Appelle la passerelle. Vérifie auprès de l'amiral. Aurora devrait être là. Ils nous couvriront. Ils garantiront ce que je te dis.

— Et s'ils ne le font pas ? dit Lamya. S'ils me disent que vous êtes les mêmes fichus intrus dont on est censés s'occuper ?

— Alors on sera de retour ici. À une pression de gâchette près.

La diplomatie. Les mots avaient un goût visqueux dans sa bouche, faible et triste. Supplier pour sa vie, essayer des tactiques miracles pour survivre. Chaque minute sur le *Nautilus* sauf la bagarre à l'infirmerie avait été un sandwich de merde. Rovo, cependant, ne méritait pas de mourir si jeune. Gregor pouvait serrer les dents pour le bleu. Juste cette fois.

Lamya, tenant le fusil d'une main, porta le bracelet à sa bouche. Elle commença à parler dans l'ordinateur quand les lumières du plafond clignotèrent. Les avertissements rouges disparurent, revenant à leur habituel blanc argenté. Alors que le chef d'escouade qui aurait dû carboniser Gregor et

Rovo baissait son bracelet, une voix tremblante crépita sur les interphones du *Nautilus*.

— Cessez le feu, annonça Deepak. L'alerte intrusion a été annulée. Toutes les escouades ont l'ordre de désarmer et de reprendre leurs tâches habituelles. La menace contre notre vaisseau a été neutralisée.

L'amiral répéta l'ordre une seconde fois, et le visage incrédule de Lamya devint de plus en plus soupçonneux en entendant les mots. Gregor aurait ressenti la même chose, aurait pensé qu'un tour avait été joué. Mais quand quelque chose tourne en votre faveur, il faut saisir l'avantage.

— Tu as entendu l'amiral, dit Gregor. On n'est pas la menace, Lamya. Laisse-nous partir.

Le chef d'escouade lança à Gregor un regard assez dur pour fendre du granit, puis baissa son fusil.

— D'accord, Sever, dit Lamya. Vous avez votre chance, mais on vient avec vous. Si les choses tournent comme je le pense, il y aura des tirs.

Gregor ne pouvait qu'être d'accord.

MENACES ET PARIS

E poni s'accrochait à sa bravade comme à une étoile qui exaucerait tous ses vœux. L'adrénaline imprégnait ses mains nerveuses qui agrippaient les manettes de vol du *Prisa*, ses yeux qui passaient des scanners aux systèmes et inversement, cherchant une faille tout en sachant qu'ils n'en trouveraient aucune. Elle écoutait Sai prononcer les mots qu'Aurora avait choisis pour eux, donnant une tournure paternelle aux exigences que Deepak devrait exécuter, et chaque phrase poussait Eponi un peu plus près du précipice.

On ne désertait pas DefenseCorp sans conséquences. Celles-ci étaient déjà assez graves. Mais menacer d'éperonner un vaisseau de DefenseCorp ? Un croiseur de classe *Odin*, représentant des millions d'heures de travail et de tonnes de matériaux, rien que ça ?

Il n'y aurait pas de retour en arrière possible. Eponi ne piloterait plus jamais un kart, peu importe l'argent qu'elle gagnerait — pas qu'elle vivrait assez longtemps pour en gagner beaucoup. Aucune équipe de course, aucune marque prête à financer ne risquerait de contrarier DefenseCorp.

Un déserteur pouvait être laissé tranquille. Un ennemi serait tué.

— Je crois que c'est tout, dit Sai en poussant un long soupir alors qu'il terminait la liste. J'ai tout dit ?

Eponi passa en revue le discours de Sai à travers son propre brouillard mental.

— Voyons voir, tu leur as demandé de lever le confinement, de déclarer tous les agents comme hostiles et d'effacer nos dossiers ? Ça résume à peu près tout.

— Tu crois qu'ils vont faire combien de ces choses ?

— Ils ont intérêt à tout faire, dit Eponi, sinon je vais pousser ces moteurs et le pauvre petit Deepak ne sera plus que de la poussière spatiale.

Sai hocha lentement la tête, n'ayant pas l'air très enthousiaste à l'idée de ce résultat potentiel. Et pourquoi le serait-il ? L'homme avait une famille, il avait choisi de la quitter, dans une décision qu'Eponi n'arrivait jamais à comprendre. Elle avait été forcée de jouer à ce jeu, de balancer du porno laser à travers la galaxie sur ordre d'un dealer dangereux, mais Sai ? Il aurait pu rester à la maison. Il aurait pu border ses enfants tous les soirs et les réveiller en sifflotant avec la lumière du matin.

La jalousie d'Eponi s'était transformée en pitié au fil des missions, et elle ne pouvait pas se défaire de ce sentiment maintenant, en le regardant observer les visages trop petits sur le pont à travers son énorme bulle de verre. Il avait choisi de danser avec un diable qui ne laisserait jamais la chanson se terminer.

Peut-être que Sai le savait et s'en fichait.

La communication grésilla et Sai ouvrit la diffusion. Cette fois, la console gauche de Sai vacilla et se transforma en le visage net de Deepak. Pas de parasites de transmission ici, étant donné qu'Eponi calculait que le nez de Deepak se trouvait à cinquante mètres de son froid cockpit métallique.

— J'ai fait ce que vous avez demandé, dit Deepak, et Eponi aurait juré que l'homme avait vieilli de quelques années entre le moment où elle l'avait vu dans la baie et cet instant. Renard se tenait derrière l'amiral, libre et frustré sur le pont, en contradiction évidente avec l'affirmation de Deepak. Le léger soupir de Sai montrait qu'il avait aussi remarqué le salaud. Qu'allez-vous faire tous les deux ? Et où est Aurora ?

Sai semblait être à court d'idées. L'homme n'avait jamais été très innovant si le problème n'impliquait pas de relier deux fils pour faire exploser quelque chose. Eponi balaya l'état du système sur sa console, se joignant à l'appel et plaquant un sourire sauvage qu'elle utilisait pour déstabiliser ses adversaires lors des courses de karts.

— Voici le problème, Amiral, dit Eponi. Vous êtes un menteur.

Deepak ouvrit la bouche et Eponi agita un doigt.

— Ah ah ah, non. Gardez cette trappe fermée une minute. Vous voyez cet homme derrière vous ? Je ne sais pas si vous écoutiez quand Sai a lu les instructions, mais ce cafard spatial là est un agent, et il devrait être menotté. Si vous voulez vraiment marquer des points avec nous, vous devriez l'envoyer par le sas d'évacuation maintenant.

Deepak, et l'amiral gagna un soupçon d'estime d'Eponi ici, garda son sang-froid. Il donna à Eponi trois bonnes secondes pour considérer si elle voulait ajouter un appendice à sa démolition verbale.

— Avez-vous terminé ? demanda Deepak quand Eponi garda les choses concises. Renard, ainsi que les autres agents à bord de ce vaisseau, ne sont pas les miens à arrêter. Ils appartiennent à DefenseCorp autant que je...

— D'accord, je vais vous arrêter là, interrompit Eponi. On ne se soucie pas de qui a le droit de faire quoi. On cherche des résultats. Je n'en vois aucun.

Bien qu'Eponi voyait Renard devenir de plus en plus en colère, et cela lui procurait un plaisir pervers. Étant donné qu'Eponi serait réduite en miettes dès que le *Nautilus* déciderait de lancer ses chasseurs, elle prendrait ce plaisir. Elle s'en délecterait.

— Donc je vais compter jusqu'à cinq, et si cet homme n'est pas au sol avec des menottes aux poignets, alors on va faire la fête.

Les yeux de Sai avaient atteint la taille de la lune quand Eponi commença son décompte. Deepak balbutia, mais deux des soldats derrière lui eurent de meilleures idées. Renard ne se battit pas quand ils glissèrent les menottes sur ses poignets, l'attachant et le poussant plus près de la caméra pour qu'Eponi puisse voir que le travail avait été fait.

— Un, dit Eponi, se penchant vers la caméra comme pour regarder de plus près. Amiral, on dirait que votre propre personnel a une meilleure compréhension des choses que vous. Maintenant, dites-moi que vous allez mettre une cible sur les agents comme Sai vous l'a gentiment demandé ?

Le grand jeu, celui-là. Aurora ne pensait pas que Deepak le ferait, elle voulait qu'Eponi et Sai demandent quand même, mettent la pression sur l'amiral et fassent en sorte que tous ces officiers bien élevés qui apportaient du café sur le pont se demandent si leurs vies allaient se terminer parce que Deepak avait décidé de protéger une bande d'espions plutôt que son personnel loyal.

Si Deepak refusait, Aurora passerait par le centre de communication de secours du *Nautilus* et déclarerait l'amiral traître à son propre personnel. Elle appellerait à la révolte, et boum, ils auraient une étincelle entre les mains. Eponi et Sai reviendraient en volant, offriraient leur soutien et aideraient à virer tous ces foutus agents du vaisseau.

Facile.

— Vous comprenez le choix que vous me donnez ? dit Deepak. Si j'accepte, ce vaisseau sera déchiré par les combats.

— Si vous n'acceptez pas, il sera déchiré maintenant, répliqua Eponi. Choisissez un camp, amiral. Je commence à m'ennuyer ici dehors.

Plus important encore, Eponi gardait un œil sur le scanner de sa console, guettant ces points rouges indiquant que quelque chose avait été lancé pour les trouver. Les points n'étaient pas encore apparus, mais Eponi ne doutait pas qu'ils le feraient. Que Deepak envoie des chasseurs ou que les agents de Renard trouvent leurs propres vaisseaux, il n'y avait aucune chance que le *Prisa* soit laissé à tenir le croiseur en otage beaucoup plus longtemps.

Deepak recula de la caméra qui projetait son image dans les yeux d'Eponi. Les grandes décisions devaient peser sur l'esprit de ceux qui les prenaient — une des nombreuses raisons pour lesquelles Eponi essayait de s'en tenir éloignée — et Deepak ne semblait pas différent ici. Il balaya du regard les niveaux s'étendant sous lui, et Eponi se demanda s'il recevrait des regards furieux en retour, des visages pleins d'espoir et suppliants, ou la ferme résolution de gens prêts à mourir pour... quoi, défendre les agents ?

Eponi n'arrivait pas à y croire. Les espions jouissaient d'un certain respect parmi les membres de l'escouade, principalement parce qu'ils trouvaient les contrats qui faisaient rentrer l'argent, mais tout le monde connaissait un ami mort à cause de mauvais renseignements. Tout le monde connaissait le principe de fonctionnement des agents : la fin justifie les moyens.

— D'accord, dit Deepak, abandonnant le ton réticent qui avait entaché ses précédentes conversations pour le ton de commandement formel qu'Eponi reconnaissait. Le roi mettant sa couronne. Diffusez ceci dans tout le vaisseau. Tous les agents doivent se présenter à la baie de chargement C-17. Pour la sécurité de ce vaisseau, de ses soldats et de son équipage, cet ordre entre en vigueur immédiatement.

Eponi coupa son micro, garda la bouche fermée, mais ne réussit pas à cacher sa surprise sur ses joues, dans ses yeux. Deepak l'avait vraiment fait. Il n'avait pas tout à fait enchaîné les agents ou les avait jetés par un sas, mais il avait divisé le vaisseau.

— Je suis stupéfait, dit Sai, faisant écho aux pensées d'Eponi. Je ne pensais pas que l'amiral avait ce genre de cran.

— J'aurais perdu pas mal d'argent sur ce pari, acquiesça Eponi.

Deepak semblait plus qu'un peu épuisé après avoir prononcé son discours, mais il s'approcha de nouveau de la caméra. Il ouvrit la bouche comme s'il allait donner un avertissement sévère au vaisseau qui le tenait en otage, quand le regard de l'amiral se détourna sur le côté. Derrière lui, Eponi vit Renard, les menottes paralysantes tombant de ses poignets alors que les supposés soldats le libéraient, tendre la main vers un pistolet.

— Derrière vous ! dit Eponi, puis elle réalisa qu'elle avait toujours le micro coupé.

Avant qu'elle ne puisse le rallumer, avant qu'elle ne puisse répéter l'avertissement, le flux fut coupé. Eponi se redressa brusquement, regardant à travers la vitre, l'espace, et de nouveau la vitre pour voir ce qu'elle pouvait voir. Des éclairs jaillissaient autour de la passerelle, un spectacle lumineux ponctué d'explosions lorsque des tirs manqués frappaient des objets ayant tendance à exploser.

Eponi et Sai n'avaient aucun moyen de savoir qui gagnait le combat, aucun moyen de savoir si Deepak ou Renard vivait encore. Elle essaya de lancer un autre appel, mais il resta sans réponse.

— Aurora a dit que nous allions déclencher une guerre, dit Sai. Je suppose que c'est ce que nous avons fait.

— Je ne pensais pas que ça arriverait vraiment.

— Au moins, nous ne sommes pas morts.

Eponi aurait été d'accord, aurait dit à quel point elle était soulagée de ne pas avoir eu à plonger ce magnifique vaisseau dans la passerelle. Eponi n'aurait pas dit qu'elle n'était pas sûre d'avoir pu le faire, si Deepak avait appelé son bluff.

Mais elle n'eut pas à faire d'aveux, car les fichus scanners émirent une alerte qui éclipsa le spectacle lumineux de la passerelle et ses implications. Quatre petits vaisseaux, s'élançant du *Nautilus* et se déployant en un large balayage vers le *Prisa*.

— Ils ne viennent pas des hangars de chasseurs, dit Sai.

— Parce que ce ne sont pas nos chasseurs, répondit Eponi. Qui veut parier que les gens de Renard ont apporté une assurance ?

— Pas moi.

— Lâche.

Ils avaient fini de menacer la passerelle. Deepak avait mis le feu aux poudres. Aurora devait prendre le contrôle de l'intérieur à partir de là. Eponi poussa les moteurs, réalimenta ces boucliers déflecteurs de lasers, et effleura la passerelle alors que le *Prisa* passait au-dessus du *Nautilus*. Ces quatre points volaient autour, se formant derrière eux.

— Ça te dérange d'aller à une tourelle ? dit Eponi. Ou tu allais jouer au tireur d'écran ?

Sai sursauta, puis se leva de la chaise, — Non, certainement pas de balayage. J'y vais.

— Merci.

Les premiers tirs bleu glacé filèrent alors que les points se rapprochaient. Eponi regarda deux fois la couleur du laser en faisant virer le *Prisa* vers la droite, se préparant à faire le tour du *Nautilus* et à utiliser la masse du grand vaisseau comme couverture.

Le bleu signifiait haute énergie. Des canons à rafales qui délivreraient un sacré coup, mais qui engloutissaient l'énergie comme Eponi engloutissait ces cocktails sur Wexer. Ces quatre chasseurs ne jouaient donc pas pour un long engagement. Ils n'auraient pas beaucoup de boucliers, pas beaucoup de moteurs.

Ils voulaient une mise à mort rapide.

— Désolée de vous décevoir, dit Eponi à personne en particulier.

Il était temps de voir si le *Prisa* allait être à la hauteur de ses paroles.

20

À LA RECHERCHE DE KAIA

Jusqu'à présent, être logé dans une coque blindée qui injectait à Rovo des produits chimiques engourdissants et stimulants avait été une bonne expérience. Il s'avérait que Rovo appréciait plutôt de ne pas se faire tirer dessus, d'écraser ses ennemis, et d'entendre le clank clank clank de ses lourds pieds martelant le sol du hall en direction du centre de communication.

Lamya, Gregor et la moitié de son escouade suivaient — elle avait laissé l'autre moitié surveiller les laboratoires d'armement — et cet ensemble donnait à Rovo le sentiment d'être un véritable leader, marchant à la tête de ses soldats vers un grand destin.

Ce grand destin, après un trajet en ascenseur, se révéla être un mur vitré plutôt discret. Contrairement à la passerelle, qui comprimait sa masse dans une porte plus petite et plus facile à défendre, le centre de communication du *Nautilus* s'ouvrait largement sur tout le vaisseau. Plutôt que de l'acier renforcé, le centre de communication se révélait au hall à travers un mur de verre divisé en partitions, chacune prête à pivoter pour quiconque s'approchait. Des scanners scrutaient depuis les lignes entre ces partitions, à la recherche de bracelets à vérifier.

Derrière la vitre, Rovo intercepta de nombreux regards se tournant pour voir sa troupe bruyante approcher. L'armure de Rovo le faisait presque toucher le plafond du hall, ses bras métalliques s'étendant assez pour couvrir la moitié de la largeur du couloir. Imposant en toute circonstance, terrifiant dans le *Nautilus* et ses confins stellaires.

Il s'avéra que le centre de communication n'avait pas été laissé sans protection. Une autre escouade, qui se rassemblait après l'ordre de repli de Deepak, se dispersa à l'approche de Rovo, se transformant en une mêlée paniquée. Leur commandant, tirant sur son fusil, ralentit alors que Lamya contournait Rovo et ordonnait l'arrêt.

— Ils disent qu'ils ne sont pas l'ennemi, déclara Lamya au commandant, à l'escouade et à leurs doigts qui démangeaient sur la gâchette. Vous avez entendu l'ordre de Deepak disant la même chose.

— Je l'ai entendu dire que nous ne devrions pas faire confiance aux agents, répliqua le commandant. Je ne sais pas qui cela pourrait être.

Le second ordre surprenant de Deepak était arrivé pendant que l'escouade de Lamya se préparait à quitter le mess. Traiter chaque agent comme une menace potentielle, les rassembler tous vers une baie d'amarrage dont Rovo ne se souvenait pas. Rovo supposa que ça devait être l'œuvre d'Aurora. Retourner la situation contre ces salauds et les envoyer courir.

Bien.

— Moi non plus, dit Lamya. Ce que je sais, en revanche, c'est que nous ne sommes pas des agents. Ni l'homme dans l'armure motorisée, ni ce civil ici.

— Je voudrais vous faire confiance, mais... Le commandant continuait de regarder par-dessus l'épaule de Lamya, vers Rovo.

Peut-être que le bleu devrait parler pour lui-même.

— Je ne sais pas qui vous êtes, commandant, dit Rovo, gardant l'armure immobile. Aussi peu menaçant que possible. Ce que nous essayons de faire ici, c'est retracer un message entrant. Ça n'a rien à voir avec le *Nautilus* ou les agents.

Pas strictement vrai, pas strictement faux. Le meilleur type de déclaration.

— Alors pourquoi êtes-vous dans une armure motorisée ?

— Parce qu'un agent a failli me tuer, répondit Rovo. Sans cette armure, je ne serais pas en vie.

Un autre coup dans le mille sur l'échelle de la véracité.

Le commandant jeta un autre coup d'œil au-delà de Lamya, vers l'escouade armée derrière Rovo. Les doigts de l'homme quittèrent la gâchette de son fusil alors qu'il en venait sans doute à la conclusion correcte que son escouade serait du côté perdant de tout conflit.

— D'accord, dit le commandant. De toute façon, nous ne sommes même pas censés être ici. L'homme prit une inspiration, assumant la posture droite qui venait avec la confiance en sa décision. Escouade, dirigeons-nous vers les baies d'amarrage. Voyons s'il y a un endroit où nous pouvons aider.

Les soldats du commandant embrassèrent la directive de leur chef de sauver leur propre vie et partirent, pas un seul ne se retournant vers Rovo. Quand on avait échappé à l'enfer, pourquoi s'attarder ?

— Merci pour l'aide, dit Gregor à Lamya alors que le groupe s'approchait de la vitre du centre de communication. Je n'aurais pas voulu leur faire du mal.

— Je sais, dit Lamya. Je sais que tu l'aurais fait, cependant.

— Oui.

Rovo grimaça à cela. Gregor devait comprendre quand la vérité pouvait faire plus de mal que de bien.

L'escouade de Lamya se déploya autour du centre de communication, surveillant les halls qui se croisaient devant l'espace vitré. Gregor et Lamya entrèrent, laissant une porte ouverte pour Rovo, qui devrait abandonner son armure motorisée pour s'adapter.

Quitter sa cage médicalement boostée ne semblait pas être la meilleure idée. Quelqu'un d'autre dans le centre de communication pourrait prendre et tracer le message de Kaia aussi bien que Rovo, sans risquer la vie de Rovo dans le processus. Il n'était pas sûr du nombre de ses réparations chirurgicales qui s'étaient rompues — si c'était le cas — mais quitter le cocktail de confort de l'armure le rendait nerveux.

— Tu viens ? dit Gregor, revenant à l'entrée tandis que Lamya prononçait un court discours à la foule dans le centre de communication, déclarant précisément qui contrôlait l'espace. Exigeant que tous les agents se révèlent. Aucun ne le fit. À moins que tu ne fasses confiance à quelqu'un d'autre pour trouver Kaia ?

Ça, Rovo ne le faisait pas.

Il prononça la commande d'évacuation et la combinaison fit ce qu'elle était censée faire, déverrouillant ses articulations et laissant Rovo mi-marcher, mi-tomber dans les bras de Gregor. Dire que se faire rattraper par Gregor le mettait un peu mal à l'aise aurait été, eh bien, inexact. Il y a longtemps, quand il avait franchi les portes de DefenseCorp pour la première fois, Rovo s'était gonflé de l'idée du héros solitaire et dur à cuire, pensant qu'il devait être autonome en toutes circonstances.

Après un laser ou deux dans la poitrine, cette opinion avait connu sa mort définitive.

À l'intérieur, le centre de communication s'étalait sur un espace plat et ovale parsemé de détails ternes. Tout le monde ici savait qu'ils jouaient des rôles secondaires par rapport à l'équipage de la passerelle. Plutôt qu'une vue spectaculaire sur l'espace, le centre de communication disposait d'un écran simulé recouvrant le mur du fond, diffusant des arrière-plans préprogrammés. Derrière cet écran se trouvait l'un des blindages de coque les plus épais disponibles, fortifiant le centre de communication pour son véritable objectif de poste de commandement en cas de crise.

La passerelle accueillait des milliers de personnes. Le centre de communication en comptait peut-être une centaine, regroupées en îlots autour d'une plateforme centrale, accessible par une petite rampe partant de l'entrée du centre. L'amiral ou quiconque se trouvait être capitaine — si la passerelle devait être évacuée, il y avait de fortes chances que la chaîne de commandement ait été anéantie — prendrait cette place et tenterait de sauver le vaisseau.

Rovo ne voulait pas de ce genre d'attention. Un volontaire remarqua l'incertitude de Rovo, se leva et leur fit signe de venir à son poste de travail.

— J'ai besoin d'une pause de toute façon, dit l'homme. Faites ce que vous avez à faire.

— Merci, dit Rovo tandis que Gregor l'aidait à s'installer au bureau.

S'installant dans le fauteuil, ignorant les élancements croissants dans sa poitrine alors que les analgésiques de la combinaison poursuivaient leur lent voyage vers le néant, Rovo afficha la file de messages du *Nautilus*. Filtrant par son tag, Rovo trouva la liste stockée sur les vastes disques durs du croiseur et sentit son souffle se couper un instant.

Avec Dynas, avec Wexer et toutes les saloperies qui s'étaient produites depuis que Deepak les avait envoyés sur la planète marécageuse, Rovo avait oublié les cadences normales de la vie. Dans les lignes qui s'affichaient devant lui, Rovo lut les en-têtes de messages de ses parents, de ses sœurs et de quelques amis qui continuaient leur vie tranquille sur la station spatiale au-dessus de son monde natal, menant ces vies stables que Rovo aurait dû avoir pour lui-même.

Les messages, parfois accompagnés de vidéos, mentionnaient des anniversaires et des réussites. Des questions pour savoir si Rovo avait vu le dernier match ou s'il avait des réflexions sur tel ou tel potin qui agitait la galaxie. Avant Dynas, Rovo passait beaucoup de temps dans sa cabine à répondre rapidement à tout le monde.

Il était resté silencieux pendant des semaines maintenant, et bien qu'il faudrait probablement encore quelques semaines avant que quiconque ne s'inquiète vraiment — les temps de transmission galactiques rendaient tout incertain — l'envie de parcourir plusieurs messages non lus faisait trembler la main de Rovo.

Ils avaient déjà tant sacrifié. Tellement.

— Concentre-toi, dit Gregor, son souffle chaud près de l'oreille de Rovo. Ce geste aurait été dérangeant si Rovo n'avait pas su que Gregor devait être discret, devait garder secret ce qu'ils faisaient. Il y aura du temps pour ça plus tard.

Rovo en doutait.

Le message de Kaia se trouvait en haut, le plus récent. Son nom n'y était pas attaché, le tag d'expédition avait été marqué comme INCONNU. La fille n'avait aucune trace officielle de son existence, et elle ne serait pas assez âgée pour s'en soucier avant un moment. À condition qu'elle vive jusque-là.

Rovo ouvrit le message. Lut son contenu. Un paragraphe court, simple et doux parlant de combien le voyage en transport avait été amusant jusqu'à présent. Que son papa avait dit qu'ils allaient sur Gillane Quatre. Que Kaia serait tellement heureuse si Rovo pouvait les rejoindre là-bas, parce que Kashmal avait dit qu'ils iraient manger une glace à leur arrivée.

Ne serait-ce pas merveilleux s'ils pouvaient tous en profiter ensemble ?

— C'est ce dont nous avons besoin, dit Gregor, lisant le message par-dessus l'épaule de Rovo. Allons-y.

Se promettant d'envoyer des réponses dès que le *Nautilus* passerait du statut de piège mortel à celui de croiseur normal, Rovo s'appuya à nouveau sur Gregor pour se lever. Les deux croisèrent le regard de Lamya et dirent qu'ils étaient prêts à partir. Maintenant qu'ils avaient la position de Kaia, ils pouvaient l'apporter à Deepak.

Là, Rovo découvrirait ce qu'ils voulaient faire de la fille, et comment la protéger.

— Nous allons vous accompagner, dit Lamya, quand Gregor l'informa du plan. Je ne sais toujours pas où va mener cette mission qui est la vôtre, mais je ne lui fais pas confiance.

— Tu ne fais pas confiance à grand-chose, n'est-ce pas ? dit Rovo.

— Le bleu, avertit Gregor.

— Non, en effet, dit Lamya. Pas quand il s'agit de déserteurs.

Rovo aurait continué à lancer des piques à Lamya, plus par épuisement grincheux qu'autre chose, mais Gregor le poussa sur le côté. Les yeux au ciel, Rovo regarda à nouveau le centre de communication et les gens qui les observaient. Quelques-uns s'occupaient toujours des appels, tapant sur leurs consoles ou parlant dans des casques. D'autres semblaient mal à l'aise, regardant l'escouade avec des regards vacillants. D'autres encore affichaient de la colère, de la frustration sur leurs visages, mêlées aux traits tendus de la peur. Passer du confinement à l'invasion et vice versa ne pouvait pas créer un environnement de travail sans stress.

Au poste de travail que Rovo avait utilisé, l'homme qu'ils avaient délogé retourna à ses occupations. Il tapait lui aussi, comme si l'interruption n'avait pas causé le moindre problème. L'homme semblait si concentré. C'était bien de sa part de...

— Hé, dit Rovo, je crois que j'ai peut-être oublié de me déconnecter.

— Quoi ? demanda Gregor, comprenant ce que Rovo voulait dire et regardant vers l'homme qui tapait frénétiquement.

— Je ne suis pas tout à fait là, dit Rovo alors que Lamya faisait écho à la question de Gregor sans saisir le sens. Ce sont les blessures.

Gregor ramena Rovo vers le poste de travail. L'homme tourna brusquement la tête lorsqu'ils approchèrent, sa main glissant sur les commandes de la console et effaçant le grand écran. Il n'y avait plus qu'un fond étoilé quand Rovo et Gregor arrivèrent derrière l'homme.

— Besoin d'un autre essai ? proposa l'homme.

— Je veux juste m'assurer de m'être déconnecté, dit Rovo. Si ça ne vous dérange pas.

— Bien sûr, patron, bien sûr, l'homme se leva à nouveau, laissa son siège et leur donna de l'espace.

Rovo s'assit, ouvrit le programme de journal des messages. Effectivement, son nom s'affichait toujours en haut. Ses messages étaient là, attendant d'être lus par n'importe qui. Rovo tendit la main vers le bouton de déconnexion, prêt à envoyer l'accès dans le néant, quand il remarqua un autre programme qui tournait sur la console.

Une légère tape fit apparaître une application de correspondance, destinée à transmettre tout nouveau message au satellite galactique. Gregor demanda ce que faisait Rovo, mais la recrue l'ignora. L'homme assis là avait tapé si vite, Rovo devait voir, devait éliminer une possibilité.

Il bascula sur l'application de correspondance, lui fit lister tous les messages récemment envoyés. Là, le premier, avait un message bref et un titre encore plus court.

Atout

Gillane Quatre. Avec Kashmal.

Gregor jura. Les poumons de Rovo brûlaient alors que le choc traversait les drogues restantes dans la combinaison. Il l'avait fait. Révélé l'emplacement de la fille. Sans ce secret, l'Escouade Sever n'avait plus aucune position de négociation. Sans ce secret, ils allaient-

— Dommage que tu aies dû aller regarder ça, chef, dit l'homme derrière eux. J'ai jamais été très porté sur le côté sanglant, mais tu sais comment ça se passe.

Rovo n'eut pas à chercher loin pour voir le pistolet dégainé, pour voir le regard triste et déterminé d'un agent prêt à gagner son salaire.

Adieu l'espoir de ne pas se faire tirer dessus à nouveau.

21

OBJECTIFS CORPORATIFS

Le regard inquiet de Deepak, en contraste avec son uniforme toujours impeccable, accueillit Aurora à son réveil. Un réveil brumeux, compte tenu de l'anesthésie. La réalisation la frappa et Aurora essaya de bouger ses bras, ses jambes, et elle le pouvait, elle pouvait remuer ses orteils, plier ses doigts.

— Il y aura une cicatrice, dit Deepak, avec un ton étrange. C'est tout.

— Hé, dit Aurora, secouant la brume. On a gagné, non ?

— Tu as gagné.

— Alors les bonus sont bons, hein ?

Deepak ferma les yeux, les rouvrit avec un soupir pincé.

— Les bonus sont bons. La mission a réussi.

— Et Sever ? Les autres ?

— Il y a eu des pertes, dit Deepak. Mais ce n'est pas important. Ce qui l'est, c'est que tu ailles bien. Ou que tu iras bien.

Aurora s'enfonça dans son oreiller. Elle passa en revue les noms de l'escouade. Qui aurait pu être compromis, qui aurait pu être blessé. La tristesse, l'appréhension s'installèrent, mais l'argent en teintait les bords. Sever, bon sang, toute la DefenseCorp savait pourquoi ils faisaient ce boulot. La somme forfaitaire serait un début, un sacré bon début.

— C'est la vie qu'on mène, Deepak, Aurora offrit un sourire à l'homme, il avait l'air si inquiet. C'est toi qui nous mets en jeu, et on doit gagner la partie. Ensuite, on est tous payés. Parfois, il y a un prix à payer.

Deepak n'avait pas de sourire à lui offrir, cependant, et quand le robot infirmier entra et lui donna son congé, Aurora ne put se défaire de l'impression que Deepak voulait qu'elle reste dans ce lit d'hôpital, en sécurité.

Au troisième rayon, Aurora s'était entièrement équipée. Elle avait glissé des lunettes sur ses yeux, une paire tactique fournissant une version simplifiée de l'affichage de l'armure de puissance et qui, plus important encore, atténuait l'éclat des étiquettes. Toute cette lumière servait à éblouir dans la première minute, provoquait des maux de tête à la cinquième.

Les lunettes s'accompagnaient d'une ceinture portant des grenades assourdissantes, des holsters de cuisse garnis de pistolets, et un fusil plus petit, anti-personnel, destiné à vider des packs d'énergie avec des feux d'artifice explosifs dans des espaces restreints. Aurora avait aussi des munitions de rechange, accrochées sur le gilet blindé sur sa poitrine à la manière classique d'une bandoulière.

Vana avait pris le contrôle de foule d'Aurora et l'avait concentré sur l'élimination de cibles uniques. Elle avait choisi un lanceur configuré pour vider tout un pack d'énergie en deux tirs, avec de grandes vagues rouges qui rôtiraient tout ce qui se trouvait à quelques mètres. Elle avait observé Aurora choisir et sélectionner avec perplexité, laissant des armes supplémentaires pour elle-même au lieu de plus de munitions.

— Si on doit combattre autant d'ennemis que tu te prépares à affronter, dit Vana quand Aurora glissa une autre grenade assourdissante sur sa ceinture, tu ne vivras pas assez longtemps pour utiliser tous ces jouets.

— Je préférerais n'en utiliser aucun, répondit Aurora. L'objectif est la reddition, pas le massacre.

— Bonne chance avec ça, dit Vana alors qu'elles retournaient à l'entrée de l'intendance. Les gens de Renard ? Ils savent ce qui est en jeu ici. Ce pour quoi ils se battent.

— Et c'est quoi, Vana ?

— Une meilleure façon de faire des affaires. Ou du moins c'est ce qu'ils pensent.

— Ils vont se battre fanatiquement pour une meilleure façon de faire des affaires ?

— Si ces affaires consistent à diriger la galaxie, oui.

Aurora s'installa dans un froncement de sourcils invisible alors qu'elle suivait Vana de retour dans le hall. Les lumières rouges avaient disparu, un changement qui ramena le plan d'Aurora et toute son urgence. La capitaine de Sever ne s'était pas précipitée parce qu'elle pensait qu'Eponi et Sai devraient négocier pendant un moment, s'ils recevaient une réponse.

Mais, si les lumières avaient changé, si le confinement était terminé, alors ils avaient une chance.

— On a dû manquer un message, médita Vana, regardant autour d'elle. Rien ne se joue dans les rayons. Destiné uniquement aux robots.

Ces robots, cependant, devaient avoir intendu quelque chose. Alors que les humains n'avaient pas encore repeuplé le hall, les robots se promenaient en effectuant leurs tâches générales. Les nettoyeurs de sol sifflaient en passant, tandis que les déménageurs de fournitures roulaient avec des chariots chargés se dirigeant dans un sens et dans l'autre.

Même les machines de l'intendance avaient leurs fenêtres ouvertes, prêtes à gérer les réquisitions.

— Si je devine juste, dit Aurora. Ça veut dire que je suis en retard. Allons-y.

Pendant qu'elles marchaient à travers les rayons, ramassant leurs armes, Vana avait dévoilé son histoire par bribes, comme les agents avaient tendance à le faire. Comme si l'information était des ongles qu'on leur arrachait des mains ou des cheveux qu'on tirait brin par brin. Néanmoins, Aurora avait eu recours à ses tactiques patientes d'interrogatrice, plongeant dans une détermination fixe qui avait fait céder Vana avant qu'elles n'aient traversé le premier rayon.

— Si tu continues à me poser des questions, dit Vana. Je suppose que je dois répondre ?

— Bonne supposition.

— Alors je vais faire simple, répondit Vana. Defense-Corp est gigantesque. Ce n'était pas toujours comme ça. Elle a avalé des organisations au fur et à mesure, et la plupart d'entre nous ne s'intégraient pas si parfaitement. L'argent a servi de baume pendant longtemps, permettant aux gens de mettre de côté leurs plaintes et de voir la retraite comme une échappatoire. Seulement, tout le monde ne veut pas prendre sa retraite, tout le monde ne veut pas s'échapper.

— Et Renard fait partie de ceux-là.

— Pas seulement lui. Il y a un tas de reliques chez DefenseCorp, certaines qui ont gravi l'échelle suffisamment haut pour détenir un vrai pouvoir. Elles n'ont pas oublié d'où elles venaient, et maintenant elles essaient de faire ce qu'elles n'ont pas pu faire avant.

Vana avait prononcé cette dernière phrase avec frustration. Que cela vienne de sa colère face à la situation ou parce qu'elle n'avait pas pu faire de même, Aurora n'en était pas sûre. Ce que l'agent dit ensuite ne fit pas grand-chose pour clarifier.

— Je suis ici pour protéger ce que DefenseCorp devrait être. Ce dont la galaxie a besoin qu'elle soit, dit Vana. La paix et la sécurité, achetées et payées. Pas une dictature, pas un empire. Un facilitateur pour que les mondes puissent avoir confiance qu'ils continueront à tourner, pour que les enfants puissent recevoir leur éducation sans se faire tirer dessus, pour que quelqu'un puisse piloter un vaisseau d'un système à l'autre sans pirates.

— Moyennant des frais.

— Oui, moyennant des frais.

La vision honnête de Vana laissait encore des trous. Les mêmes trous qui pourraient mener à un autre Dynas, à une autre escouade Sever voyant leur employeur aller un mètre trop loin.

De retour dans le hall, Aurora se maintenait un pas derrière Vana, gardant son fusil prêt. Quoi que l'agent pensât de Renard, Vana donnait toujours sa loyauté à DefenseCorp, et selon les règlements de DefenseCorp, Aurora devrait être abattue et jetée par un sas.

Plus loin, alors que Vana et Aurora, sur un tapis roulant, approchaient du centre de communication, des formes qui semblaient être des robots de loin se révélèrent être des soldats. Les soldats se tenaient immobiles. Beaucoup trop immobiles pour un poste de garde habituel. Alors que le tapis roulant poussait Aurora et Vana plus près, l'agent fit un mouvement pour descendre des bandes en mouvement.

— Il y a quelque chose qui ne va pas là-bas, dit Vana alors qu'Aurora la suivait dans le corridor central et statique du hall. Allons lentement, restons prêtes.

Aurora aurait pu chercher querelle à Vana sur qui avait le droit de commander qui dans cette situation, mais elle pouvait mettre sa fierté de côté. Avec sa propre escouade dispersée et risquant sa vie, ce n'était pas le moment d'être puérile.

Le hall n'offrait aucune couverture, et quiconque se donnant la peine de regarder dans leur direction aurait vu deux soldates en gilet s'approcher légèrement accroupies, armes levées et en joue. Les soldats, même lorsqu'Aurora et Vana se rapprochèrent à portée de tir direct, ne regardèrent pas dans leur direction. Les troupiers devant gardaient leurs bras le long du corps, leurs armes sur le sol près de leurs pieds.

Un signe certain que quelqu'un leur avait donné l'ordre de les lâcher.

Mais qui ? Aurora savait où étaient Sai et Eponi. Sur le *Prisa*, aboyant des ordres à Deepak. Rovo et Gregor, cependant, pouvaient être n'importe où à bord. La dernière fois que Sai les avait vus, les deux s'étaient dirigés vers la cafétéria. Auraient-ils pu aller au centre de communication ? Qu'est-ce qui les aurait amenés là ?

Kaia.

Rovo avait la meilleure chance de connaître l'emplacement de la fille. La recrue avait mentionné le mignon cadeau d'adieu qu'il avait remis à l'enfant sur Wexer. Peut-être pensait-il pouvoir entrer en contact avec elle.

Ou peut-être que des agents avaient extorqué cette information de lui et l'avaient amené ici pour envoyer un message.

— J'ai l'impression que mon escouade pourrait avoir quelque chose à voir avec ça, dit Aurora.

— Y a-t-il un problème sur ce vaisseau qui ne soit pas lié à ton escouade ? répliqua Vana.

— Ton attitude ?

Vana laissa échapper un rire bref et bas. — Reste serrée.

Les fenêtres en verre du centre de communication remplaçaient les murs standard de métal et de roche qui parcouraient les halls hybrides du *Nautilus*. Vana se déplaça près de la rambarde du tapis roulant, décidant de l'utiliser comme couverture. Aurora suivit, gardant ses yeux et son arme braqués sur les soldats. Près d'une douzaine de soldats se tenaient à l'intersection devant, et ils devaient savoir maintenant que Vana et Aurora approchaient.

Et pourtant, pas une âme ne regardait dans leur direction. Pas un ne tendait la main vers leurs armes posées au sol. Au lieu de cela, tout le monde gardait le visage tourné vers le centre de communication. Pourquoi ?

Vana s'arrêta si brusquement qu'Aurora faillit la piétiner. L'aurait fait, sauf que le juron de Vana donna à Aurora un aperçu d'une fraction de seconde que leur cadence normale vers l'avant avait pris fin. Suivant le regard de Vana, Aurora vit une scène à travers les entrées vitrées et cloisonnées du centre de communication.

Gregor apparut en premier, sa masse dominant toute scène sur laquelle il se trouvait. Il apparut au-delà du milieu du centre de communication, se dressant au-dessus d'un bureau occupé par Rovo, dont les mains tapaient sur une console qu'Aurora ne pouvait pas voir. Derrière eux, majoritairement caché par Gregor, elle distingua un autre homme dans une pose classique qui annonçait la mort à quiconque bougerait sur son chemin.

La situation se dévoila à partir de ce noyau, dans une reconnaissance spasmodique qui donna à Aurora un déjà-vu du cauchemar vécu sur le pont. Comme appelé aux armes, plus de la moitié du personnel du centre de communication semblait se tenir debout avec des armes dégainées, pointées vers les soldats et leur commandante enflammée, Lamya, coincée au milieu, le dos tourné vers Aurora.

— On dirait qu'on arrive un peu tard, dit Aurora. Si nous n'étions pas passées par les rayonnages...

— Alors nous aurions été surprises, tout comme eux, coupa Vana. Ce n'est pas encore un désastre, Aurora. On peut arranger ça.

— Dis-moi comment, s'il te plaît.

— Distraire et détruire, dit Vana. Tu vas me faire entrer. Les agents ici savent que je suis l'une des leurs. Je jouerai l'otage jusqu'à ce qu'il soit temps de renverser la situation.

Risqué, mais Aurora pouvait adhérer à ce jeu agressif. Essayer de passer ces portes, armes au clair, donnerait aux agents le temps de préparer une contre-attaque, signifierait que Gregor et Rovo seraient abattus avant qu'Aurora ne s'approche suffisamment pour faire la différence.

De plus, prendre un agent en otage, mensonge ou non, semblait plutôt satisfaisant.

— Lâche ton fusil, puis lève-toi lentement, dit Aurora, et Vana s'exécuta. Avance.

Son fusil gardant une distance minimale du dos de Vana, Aurora suivit l'agent à découvert. Maintenant, les soldats regardèrent, incapables de cacher leur curiosité. Les agents les virent aussi, et celui qui tenait Gregor et Rovo en joue demanda à tout le monde de rester calme, de rester concentré.

— Et continue de taper, dit l'agent à Rovo. Plus tu nous facilites la tâche, plus vite on en finira pour toi.

Aurora n'avait pas besoin de demander ce que les agents allaient accélérer pour Rovo. Ils feraient la même chose à tous les Sever s'ils le pouvaient.

— Tu peux arrêter de l'écouter, dit Aurora, guidant Vana à travers les portes. Elle sentit quelques pistolets changer de cible dans sa direction, les armes ne pointant plus vers les soldats. Lamya, ça fait un moment.

— En effet, répondit la commandante de l'escouade. Je ne peux pas dire que c'est un plaisir de te revoir.

— On pourrait peut-être changer ça, dit Aurora. Qui dirige cette bande de traîtres ?

— Peu importe qui est en charge, dit un agent à la droite d'Aurora, une femme compacte qui semblait se ficher complètement de l'otage d'Aurora. Tu vas poser ce fusil et faire tout ce qu'on te dira, ou ton petit spectacle d'escouade se termine ici.

Ah, le moment avant le premier tir. Un moment doux, rempli d'espoir et de possibilités. Aurora avait ses cibles, un ensemble optimal à partir de sa position de départ, savait que Vana avait les mêmes. Il y aurait quelques secondes entre le premier tir et le moment où les soldats entreraient dans la bataille. Survivre jusque-là, et Sever pourrait s'en sortir vivant.

Elle avait vu pire comme probabilités.

— Désolée, dit Aurora, et Vana se baissa.

Aurora maintint la gâchette en visant, utilisant la cadence de tir rapide de son arme pour tracer des lasers à travers le centre de communication et, en grande partie, brûler quelques trous solides dans le grand écran à l'arrière du centre. Aurora fit un pas de côté en tirant, créant la plus légère difficulté pour les agents cherchant à la toucher. Vana dégaina rapidement ses pistolets, ajoutant des tirs ciblés à la rafale d'Aurora.

Les agents, cependant, ne restèrent pas assis à encaisser comme Aurora l'aurait voulu. Ils utilisèrent l'action d'Aurora comme une autorisation ouverte de tuer, et tirèrent sur les soldats, sur Lamya, sur tout le monde. Des tirs laser et une fumée qui s'épaississait rapidement à cause des objets brûlés remplirent l'espace, accompagnés de cris d'aide, de vengeance, de mères et de pères.

Aurora se précipita dans la mêlée, appuyant sur la gâchette du fusil jusqu'à ce que la batterie clique, vide. Difficile de dire combien de cibles elle avait touchées alors qu'elle s'engouffrait dans le labyrinthe de bureaux. Elle sentit la chaleur de la veste là où plusieurs tirs avaient pénétré le matériau absorbeur d'énergie. Un ou deux impacts de plus et l'équipement serait compromis, trop grillé pour absorber quoi que ce soit d'autre, mais il avait maintenu Aurora en vie suffisamment longtemps pour qu'elle puisse quitter la zone exposée.

Avec un clic-sifflement, la nouvelle batterie glissa dans le fusil, et Aurora pivota vers la droite, visant l'agent qui avait mené les discussions. Elle trouva la femme toujours derrière la console où elle avait commencé, tirant des coups de feu en direction de l'entrée. Ces maudits espions. DefenseCorp ne se donnait pas la peine de leur donner une formation au combat.

Ils vous tueraient rapidement dans les premiers instants, mais si vous passiez ce cap, ils ne savaient pas qu'il fallait continuer à bouger, continuer à tirer.

Aurora, elle, le savait, et l'agent s'effondra sans jamais voir qui avait appuyé sur la gâchette.

22

DERNIÈRE CHANCE

Se déplacer dans un vaisseau spatial en apesanteur n'était pas facile, même dans les meilleures conditions, comme lors d'un long voyage sans incident pour observer les étoiles entre deux avant-postes isolés. Sai, essayant d'atteindre la tourelle gauche du *Prisa* pendant qu'Eponi faisait virevolter le *Nautilus* dans une danse frénétique et sinueuse, se cogna la tête, les jambes et les genoux sur à peu près toutes les surfaces jusqu'à ce qu'il trouve une prise sur les rampes bordant chaque couloir, chaque section.

Même alors, lorsque le *Prisa* tournait, Sai devait modifier sa prise. Sans gravité, Sai ne tournait pas avec le vaisseau, il restait simplement suspendu tandis que son monde orbitait autour de lui. Son estomac réagissait comme son cerveau, envoyant des vagues nauséeuses apaisées uniquement par les pics d'adrénaline survenant chaque fois que les attaquants parvenaient à frapper les boucliers du *Prisa*.

— Tu comptes tirer bientôt ? La voix d'Eponi crépitait dans les interphones. Je ne m'amuse pas du tout ici !

— Moi non plus, dit Sai en trouvant son chemin vers le bras gauche du *Prisa*, cette dent effilée bordée d'armoires de rangement et se terminant par un siège unique relié à une tourelle à double canon.

Alors qu'Eponi entamait une nouvelle manœuvre de roulis coupant le flanc du *Nautilus* — quel flanc, Sai n'en avait plus aucune idée —, le démolisseur abandonna les rampes et se propulsa vers le siège de la tourelle d'un bond flottant. Tandis que Sai dérivait le long des armoires aux bordures argentées et aux panneaux jaunes, il vit l'espace et le vaisseau se découper dans la fenêtre à l'extérieur de la tourelle.

Le *Nautilus* jouait son rôle d'horizon, tranchant contre le noir profond que l'espace réservait à quiconque faisait un saut interstellaire. Ils s'étaient éloignés de Wexer si vite après être montés à bord du croiseur, filant vers le noyau. Il faudrait des jours avant que le *Nautilus* n'atteigne une intersection où il pourrait se diriger vers un autre système habité. Des semaines avant qu'il n'arrive dans ce que l'on pourrait considérer comme l'espace civilisé.

Ce lieu isolé n'avait pas semblé si menaçant jusqu'à ce que Sai se rende à la tourelle, voie la console du scanner s'illuminer avec les quatre chasseurs suivant le *Prisa*, et rien d'autre. Aucun trafic à proximité, aucun renfort, aucune possibilité d'évasion.

Si Renard et ses agents prévoyaient de prendre le contrôle d'un vaisseau de DefenseCorp, ce serait à peu près l'endroit parfait pour le faire.

— Sai, dis-moi que tu y es presque, dit Eponi, électrique et concentrée. Ils se regroupent, pensant qu'ils vont pouvoir concentrer leurs tirs. À mon signal, je vais faire un retourne-ment-glissé et te donner un angle de tir grand ouvert.

— Je suis prêt à le saisir.

Sai s'installa dans le siège, les systèmes du *Prisa* scannant sa taille et calibrant les manettes de visée à sa portée, l'écran à son niveau des yeux. L'écran bloquait le monde réel, présentant les menaces potentielles sous forme de petites flèches sur un écran basique. Les ennemis étaient des flèches rouges, les alliés des diamants bleus — pas que Sever ait des alliés ici — et leurs trajectoires prévues se dessinaient en fines lignes vertes.

Alors qu'Eponi entamait sa manœuvre de retournement-glissé, Sai sentit les moteurs s'enclencher, propulsant le *Prisa* par le bas dans le fameux retournement. Une manœuvre risquée qui faisait face à leurs poursuivants, Eponi la compléta par un fort transfert d'énergie vers les boucliers frontaux, coupant les moteurs par la même occasion. Conservant sa vitesse, le *Prisa* partit en arrière, donnant à Eponi et Sai une ligne de tir dégagée sur leurs ennemis.

— Aligne-les, dit Eponi.

Les quatre poursuivants arrivèrent en croisant le bord du *Nautilus*, plongeant dans une formation lâche qui trahissait un temps de vol limité. Sai ne savait pas piloter la moindre chose, mais il avait vu suffisamment de combats aériens serrés autour ou au-dessus de sa tête pour savoir que le groupe bancal fonçant vers lui n'était pas composé que d'as.

Leurs scanners leur auraient dit que le *Prisa* attendait autour de la courbe du *Nautilus*, mais pas qu'il s'était retourné de son côté mortel. Le quatuor s'enroula en pensant être des prédateurs, mais leur proie avait retourné un piège mortel.

Maintenant enfoncées les gâchettes spongieuses, Sai

envoya des tirs incandescents vers le côté gauche de la formation, caressant les boucliers du *Nautilus* tout en traçant sa cible. Le chasseur, un engin en forme de poignard avec son canon lourd sous son nez pointu, réagit comme Sai le voulait, s'écartant brusquement de la surprise laser qui arrivait vers ses ailiers.

Eponi alluma le canon central du *Prisa*, une mitrailleuse rotative conçue pour perforer toute cible assez stupide pour rester dans la ligne de mire du vaisseau. Les deux poignards du milieu, menant l'assaut, se séparèrent à gauche et à droite pour éviter le flux laser. Une esquive intelligente, étant donné que les chasseurs devaient se rapprocher pour que leurs tirs à fort impact soient à portée. Une esquive stupide, car la cible de Sai dévia directement vers son ami du milieu qui esquivait.

Les deux chasseurs, leurs alarmes de proximité hurlant sans doute leur perte imminente, paniquèrent. La cible d'Eponi vira vers le haut, s'engageant dans une ascension inclinée qui mit le chasseur sur une trajectoire de collision directe avec le *Nautilus*. Celui de Sai inversa sa manœuvre précédente, retournant à l'extérieur, juste là où la tourelle de Sai, qui le suivait, le trouva.

Les tirs de Sai touchèrent, percèrent et firent exploser le chasseur. Le vide engloutit tout feu avant qu'il ne commence, créant une explosion de débris alors que l'engin faisait éclater toutes ses jointures et se dispersait dans le chaos. Son malheureux compagnon essaya de s'écarter du *Nautilus*, une manœuvre oscillante qui ne réduisit pas suffisamment la vitesse du chasseur avant que son arrière n'entre en contact avec la coque rocheuse du grand croiseur. Des panneaux, des débris et plus que quelques morceaux du chasseur furent projetés lorsque l'appareil heurta la paroi.

Mort dans l'espace, le chasseur ricocha loin de la bataille, tournoyant dans le noir.

Avant que Sai ne puisse complimenter Eponi pour son pilotage de choix, d'énormes rafales bleues emplirent la vue de Sai. Les lasers eux-mêmes n'étaient pas si larges, mais leur luminosité créait des halos, comme si des comètes filaient vers le *Prisa*.

Le vaisseau trembla lorsque le premier tir le frappa, drainant les boucliers restants du *Prisa* jusqu'à zéro et déclenchant des alarmes grésillantes et stridentes qui ne firent rien pour calmer les nerfs de Sai ou concentrer son attention sur quoi que ce soit d'utile. La deuxième explosion roussit le *Prisa*, un tir quasi direct qui laissa des marques de brûlure sur le pare-brise de Sai, comme si un gigantesque insecte spatial avait éclaboussé ses entrailles noires sur toute la vitre.

— Continue à tirer ! cria Eponi par-dessus les alarmes. On les tient !

Sai ignorait d'où Eponi tirait cette confiance, mais il fit ce qu'elle demandait. Faisant pivoter la tourelle vers la paire restante, Sai se joignit au canon central d'Eponi et à une tourelle de droite contrôlée par ordinateur pour brûler l'énergie restante du *Prisa* dans une salve offensive. Les deux chasseurs esquivèrent et zigzaguèrent pendant que leurs gros canons se rechargaient, se rapprochant à une distance qui signifierait une mort certaine si l'un d'eux survivait pour tirer à nouveau.

Aligner ce coup fatal, cependant, nécessitait que ces fichus chasseurs restent immobiles pendant une fraction de seconde. Suffisamment immobiles pour que les tirs de Sai effleurent le chasseur extérieur, qui tentait déjà d'esquiver la tourelle droite du *Prisa*. Tout comme Eponi l'avait fait avec la première paire, Sai surprit le chasseur qui avait oublié les nombreux canons du *Prisa*, et ses lasers brûlèrent un moteur, envoyant le chasseur rejoindre son compagnon dans un voyage éternel vers l'infini.

Eponi avait fixé son attention sur le dernier chasseur, mais le pilote zigzaguant, disposant maintenant de plus d'espace depuis que ses ailiers avaient été pulvérisés, évitait son tir continu. L'aviateur vira à droite, mettant l'appareil hors de portée du danger d'Eponi et de la tourelle de Sai. Le côté droit du *Prisa* mitrailla de tirs, mais l'IA ne pouvait suivre la danse, tirant toujours là où le chasseur avait été plutôt que là où il allait.

— Ramène-le vers la gauche, dit Sai. Je ne peux pas le toucher là-bas.

— J'y travaille, répondit Eponi. Les moteurs ne sont pas très heureux en ce moment.

Peut-être parce qu'elle avait tout misé sur le retournement et le tir. Sai ne pouvait pas contester les résultats, mais ç'avait été un coup de quitte ou double. Ils n'avaient pas touché le dernier chasseur, et maintenant ils dérivaient en ligne droite, cible facile pour un attaquant calme.

Le *Prisa* trembla alors qu'Eponi essayait de sauver sa manœuvre, et Sai vit l'énergie de ses propres tirs s'épuiser tandis qu'Eponi donnait tout ce qu'elle pouvait aux moteurs. Ils avaient tout misé sur l'offensive, et maintenant ils devaient faire l'inverse. Leur vitesse ralentit et le chasseur fila vers eux.

Sai cligna des yeux, réalisant qu'Eponi était passée d'une manœuvre à une autre. Faire dépasser le chasseur et effectuer un autre retournement, offrant à la triple menace du *Prisa* une paire de moteurs parfaite à illuminer.

— Je vois... commença Sai alors que le chasseur se rapprochait, sa pointe visant droit sur eux.

Au moment où le chasseur tira.

Eponi fit pivoter le *Prisa* alors que l'éclair bleu jaillissait, le tir fonçant vers eux. Du point de vue de Sai, le gros boulon bleu passa à droite, et il aurait cru trop à droite, sauf que le *Prisa* fut secoué, une secousse accompagnée de plus de claquements, de détonations et de concussions que Sai n'en avait jamais entendus.

Derrière lui, un joint d'étanchéité d'urgence se referma, piégeant Sai dans sa tourelle. Empêchant toute fuite potentielle vers le vide, donnant à Sai l'oxygène actuellement coincé là comme son temps de survie. À l'extérieur, le *Nautilus* apparaissait et disparaissait de son champ de vision, le *Prisa* tournoyant tandis que ses moteurs luttaient pour compenser les dégâts.

— Eponi, dis-moi quelque chose, s'il te plaît, dit Sai dans la console.

Des parasites lui répondirent. Une courte rafale, puis plus rien. Pas bon.

Sai tapota frénétiquement sur la console, essayant d'afficher une liste d'état du système, tentant d'obtenir des informations sur ce qui s'était passé. En glissant son doigt, Sai ne trouva qu'une évaluation rouge après l'autre. L'énergie du *Prisa* se dispersait partout, ses moteurs crachant à peine. Comme de l'eau se précipitant dans un tuyau avec mille vannes s'ouvrant soudainement, trop peu d'énergie circulait partout.

Quant à la fuite vers le vide, la console l'indiquait entre l'aile droite du *Prisa* et le noyau central. Un trou béant qui s'était ouvert.

— Sai, les mots d'Eponi sonnaient différemment, plus flous et pressés. J'ai dû changer de console. La mienne a grillé avec l'impact. D'après ce que je peux voir, on est morts dans l'espace.

— D'après mes calculs, on est toujours en vie.

— Ce chasseur est toujours là dehors. Il va revenir nous achever.

Sai fit glisser la console vers le scanner, vit la flèche rouge du chasseur faire demi-tour. S'alignant pour le tir fatal.

— Il te reste des tours dans ton sac ? dit Sai.

— Je suis pilote et mon vaisseau ne fonctionne pas correctement en ce moment. Eponi toussa. Notre relais d'énergie est foutu. Même si ce chasseur ne nous touche pas, on va exploser tout seuls.

Comme une bombe. Sai s'accrocha à cette référence, une énigme qu'il savait résoudre. Désamorcer un explosif signifiait souvent empêcher deux choses de réagir, les détourner l'une de l'autre ou couper la connexion. Le *Prisa* continuait d'essayer d'envoyer de l'énergie aux moteurs, à la tourelle droite, et aucun des deux ne fonctionnait. Finalement, toute cette énergie pourrait brûler quelque chose d'important, faisant exploser le vaisseau en atomes dans ce qui serait, avec tout ce vide, une explosion profondément décevante.

— Redirige tout vers mon aile, dit Sai. Tout ce que tu peux, pousse-le de mon côté.

Eponi toussa à nouveau, mais Sai pouvait presque voir le sourire quand elle parla, — T'es un imbécile, Sai. Tu vas exploser quand tu tireras.

— Au moins je l'aurai eu.

Eponi ne répondit pas, mais Sai vit sa console clignoter. D'un geste, Sai revint au scanner, la tourelle indiquant que toute l'énergie nécessaire était en attente. Le chasseur avait maintenant sa flèche pointée directement vers le *Prisa*, s'approchant lentement pour s'aligner pour le tir fatal sur les moteurs arrière du *Prisa*.

— J'ai une dernière chose à te dire, dit Eponi. Ne rate pas.

— Ça a été un plaisir de voler avec toi, Eponi.

Faisant pivoter la tourelle, Sai centra les canons sur le chasseur. Il murmura une rapide prière pour ses enfants, pour sa femme, et appuya sur la gâchette.

23

ÉCRAN DE FUMÉE

Gregor refusa de laisser la moindre surprise effleurer ses nerfs lorsqu'il vit Aurora entrer dans la pièce en tenant un agent en joue. Il n'avait pas revu sa commandante depuis qu'elle avait disparu avec Deepak quelques minutes après être montée à bord du *Nautilus*, et Gregor se serait menti à lui-même s'il n'avait pas pensé qu'un agent aurait déjà fait embrasser le vide à Aurora à l'heure qu'il était.

Au lieu de cela, elle arrivait, apportant avec elle la tension épaisse qui précède un combat. Gregor détourna son attention d'Aurora tandis qu'elle parlait, se concentrant plutôt sur la distance entre lui et le salopard derrière lui, l'ordure qui avait manipulé Rovo pour qu'il révèle l'emplacement de Kaia.

Lorsque l'otage d'Aurora s'effondra et que sa commandante commença à semer la destruction avec ce fusil intriguant qu'elle avait, le plan préétabli de Gregor se mit en action. L'agent derrière lui avait ses deux pistolets dégainés, visés et prêts à faire feu. Se retourner prendrait trop de temps, mais Gregor avait légèrement glissé ses pieds pour pouvoir se propulser en arrière au premier signe.

Comme une chute de confiance en colère.

La charge en arrière déséquilibra l'agent, envoyant les premiers tirs de pistolet brûler au-dessus des épaules de Gregor et dans le plafond. Gregor continua à pomper des jambes, travaillant le sol pour que son dos continue de heurter la poitrine de l'agent tandis que sa main gauche luttait pour empêcher les bras armés de l'agent de trouver une quelconque visée.

S'il pouvait coincer l'agent contre le mur, la carrure de Gregor devrait être capable de le réduire en bouillie.

Si.

La cheville de Gregor heurta quelque chose de dur alors que l'agent pivotait, l'homme plus petit utilisant sa taille pour se dégager de sous Gregor et faire trébucher son adversaire. Gregor tomba lourdement, heurta le sol lisse du centre de communication, et leva les yeux vers un double salut de canons. De la fumée s'élevait autour du visage tordu de l'agent, un regard brûlant qui disait que la vengeance était fortement désirée à ce moment-là. La fumée ne pouvait pas cacher cette rage.

Elle ne faisait pas grand-chose non plus pour masquer la chaise qui s'écrasait par derrière.

Rovo balança violemment le siège sur la tête de l'agent, un coup qui envoya la recrue culbuter après l'agent. Les deux heurtèrent le sol, l'agent le regard vitreux tandis que Gregor lui arrachait les pistolets, et Rovo gémissant qu'il s'était déchiré quelque chose dans la poitrine.

— Merci, bleu, dit Gregor en assénant un solide coup de grâce à l'agent à terre. Tu vas t'en sortir ?

— Je ne sais pas, dit Rovo, une main sur la chaise, comme si le meuble était son ancre dans cette folie.

— Alors tiens bon jusqu'à ce que je revienne.

Gregor aurait aidé Rovo sur-le-champ, mais avec tous les tirs laser qui brûlaient à travers le centre de communication, terminer le combat offrirait de meilleures chances de rétablissement à la recrue qu'une évacuation audacieuse.

Avec Aurora et les membres de l'escouade occupant le front du centre de communication, Gregor utilisa la fumée et les bureaux pour couvrir un glissement furtif vers le mur extérieur. Les membres du personnel qui n'étaient pas des agents suivaient le protocole de DefenseCorp, se recroquevillant sous leurs bureaux et priant les dieux en lesquels ils croyaient. Les agents eux-mêmes, et Gregor étouffa un juron bruyant face à leur nombre apparent — le volume sonore des lasers donnait un indice que ces maudits espions étaient partout — se regroupaient vers l'arrière, formant une véritable défense.

Entre chaque bureau, formant de petits cubicules, se dressaient des barrières en acier argenté. Minces et translucides, ces constructions en forme de croix parsemaient le centre de communication, divisant l'espace en grappes. Au fur et à mesure que le champ de bataille prenait forme, ces barrières diluaient suffisamment les lasers pour faire office de bouclier, et les agents s'entassaient derrière plusieurs d'entre elles vers le mur du fond. Traversant la fumée en restant baissé, Gregor passa d'une grappe à l'autre, approchant les agents par le côté.

Il atteignit la dernière rangée sans voir personne, rencontrant des chaises vides, des écrans grillés, et peu d'autre chose. Jetant un coup d'œil au coin de la cloison, Gregor distingua des silhouettes floues dans la fumée, les agents luttant contre des probabilités de plus en plus défavorables. Les membres de l'escouade avaient maintenant leurs fusils, et les ordres de Lamya portaient au-dessus du bruit, positionnant ses forces en un cercle enveloppant.

Pourquoi les agents continuaient-ils à se battre s'ils n'avaient aucun espoir ?

Gregor comprenait l'idée de partir dans un dernier éclat de gloire, jetant tous ses derniers efforts dans des probabilités impossibles. Les agents, cependant, ne semblaient pas être de ce type. Ils jouaient dans l'ombre, changeant d'allégeance et disant tout ce qui était nécessaire pour rester en vie, pour que leur mission continue.

Pas moyen qu'ils continuent à se battre à moins qu'ils ne s'attendent à ce que quelque chose change.

Gregor fit volte-face, regardant vers l'entrée du centre de communication et ces cloisons vitrées. La fumée s'amincissait de ce côté, et à travers son nuage cendré, Gregor vit qu'il restait peu de membres de l'escouade à l'extérieur. Tout le monde affluait, progressant mètre par mètre vers les agents.

Une autre attaque venant de derrière les piégerait tous.

Mieux valait s'assurer que cela ne puisse pas se produire.

Gregor poussa contre la croix près de lui, la barrière bougeant sous une force qu'elle n'était jamais censée supporter. La croix gémit sur le sol lisse tandis que Gregor poussait, tournant sous la force et n'ayant absolument aucun effet sur la fusillade en cours.

Mais l'idée porta ses fruits.

Après une autre rafale de lasers qui bourdonna à travers la pièce, Gregor fit une course plongeante vers les barrières de fortune que les agents avaient érigées. Leurs croix servaient de couverture, et Gregor, sans qu'un seul tir ne vienne dans sa direction — cela aidait qu'il ait gardé ses propres pistolets silencieux, n'attirant pas l'attention — s'écrasa contre la croix de gauche. Les agents avaient rassemblé quatre de ces choses en un arc lâche, et Gregor enfonça un côté.

Y allant de toutes ses forces, les épaules en avant, Gregor frappa aussi près du centre de la croix qu'il le put, soulevant et poussant la barrière. L'ensemble se souleva sur le côté avant que l'élan ne la fasse s'écraser sur le dessus, heurtant durement le verre qui se brisa dans un craquement déchirant.

Laissant Gregor, sans aucune couverture, face à un tas d'agents en colère.

Il y avait des combats qu'on pouvait gagner par la force brute, d'autres par l'intelligence. Gregor préférait la première option, mais maintenant ? Il opta pour la seconde. Il laissa tomber ses deux pistolets, leva les mains et espéra.

À travers la galaxie, Gregor avait constaté que l'honneur était une notion capricieuse. La plupart des gens, qu'ils soient humains, extraterrestres ou quelque part entre les deux, avaient tendance à se considérer du bon côté. Ils voulaient faire ce qu'ils pensaient être juste, ce qui préserverait une certaine intégrité morale pour eux-mêmes.

Et abattre un homme désarmé, les bras levés en signe de reddition, avait tendance à sortir de ce cadre.

Alors les agents hésitèrent, certains retournant à leur fusillade active, les autres jetant des coups d'œil à leurs camarades et essayant de déterminer s'ils pouvaient faire des prisonniers dans cette situation bordélique.

Cette hésitation s'avéra être tout ce dont Lamya et Aurora avaient besoin.

Même si certains agents revenaient au combat, le revirement arriva trop tard. Les membres de l'escouade s'effondrèrent de tous côtés, Aurora elle-même surgissant de derrière une croix et déversant un feu dévastateur de son arme à répétition. En quelques secondes, que Gregor passa les bras levés, le dos au mur du centre de communication et le souffle coupé, les agents furent neutralisés.

Tandis que les membres de l'escouade désarmaient les espions, Lamya comprit l'idée de Gregor et posta des guetteurs aux portes du centre de communication. Aucun renfort n'était encore arrivé. Qui savait s'il en viendrait maintenant que le combat avait été déclaré, mais on ne prendrait pas de risques.

— Beau coup, dit Aurora, donnant une tape sur l'épaule de Gregor alors qu'ils se dirigeaient vers Rovo. Tu sais ce qui t'a sauvé la mise, cependant ?

— Non ?

— Ta grosse tête. Je l'ai vue dépasser à travers la fumée et j'ai su que tu serais mort dans la seconde si je ne faisais rien.

— C'est la première fois que ma tête se rend utile.

— Félicitations, lança Aurora, puis elle inspira brusquement en voyant Rovo, adossé au mur latéral où il s'était traîné. La recrue avait l'air sacrément pâle, comme s'il avait vu un fantôme tout en donnant son sang. Que diable t'est-il arrivé ?

— Longue histoire, dit Gregor, alors que Rovo secouait la tête. Il doit retourner à l'infirmerie, mais il y a trop d'agents.

— On va l'y emmener, répondit Aurora. Trouve Lamya, demande-lui d'appeler un médecin pour s'assurer qu'il s'en sortira.

— Et toi, que vas-tu faire ?

— Je suis venue ici pour une raison, dit Aurora, hochant la tête vers les postes de travail, dont certains étaient encore intacts malgré l'état fumant et ruiné du centre de communication. Il y a un message qui doit être envoyé.

L'escouade de Lamya avait effectivement un médecin, et Gregor laissa Rovo entre ses mains. Aurora prit le contrôle d'un poste de travail, après avoir dit à Gregor de remettre l'armure assistée. La combinaison pourrait être l'arme la plus puissante sur le *Nautilus* en ce moment, et Sever devait la garder sous son contrôle.

L'imposante combinaison attendait à l'extérieur du centre de communication. Gregor accepta le scan, respira à travers les ajustements sifflants alors que la combinaison remplaçait sa configuration pour Rovo par une adaptée à la taille de Gregor. Rentrer dans l'armure assistée procurait une sensation agréable, une vague de réconfort qui alliait la force existante de Gregor à l'invincibilité.

— Gregor, tu es dedans ? La voix d'Aurora crépita à travers la visière.

— J'y suis. Gregor remua les doigts, observa les mains métalliques suivre ses ordres. Prêt à partir.

— Bien. Tu vas escorter Vana jusqu'au pont en passant par les baraquements. Récupère une escouade ou trois et va renforcer Deepak.

—Renforcer ?

— Je n'ai pas réussi à joindre le pont, dit Aurora, bien que l'absence totale de surprise dans sa voix fit se demander à Gregor ce qu'elle savait qu'il ignorait. Renard pourrait encore y être, et ce n'est pas bon.

—Renard ?

—Vana t'expliquera.

Gregor vit la femme, son gilet arborant quelques brûlures dues aux impacts, se frayer un chemin dans le hall et jeter un regard sec à Gregor. Apparemment, Vana n'était pas très impressionnée par l'armure assistée. Tant pis pour elle.

—Et toi ? dit Gregor, renvoyant le message à Aurora.

— Je vais coordonner la résistance.

— La résistance ? demanda Gregor, alors que Vana passait devant lui, lui faisant signe de la suivre. Avec un cliquetis après l'autre, il obtempéra. Quelle résistance ?

— Les agents sur ce vaisseau viennent de déclarer la guerre à tous les autres, répondit Aurora. Nous devons les trouver, les écraser, puis remonter la chaîne.

Gregor fit plusieurs pas pour assimiler les paroles d'Aurora. Elles sonnaient comme un retour à la politique normale, comme si Sever abandonnait sa course de mercenaire avant même qu'elle ne commence. Gregor n'avait aucun scrupule à cogner les méchants, mais cela ressemblait moins à une mission qu'à Aurora s'impliquant dans une cause.

Les questions moururent avant que Gregor ne trouve un moyen de les poser. Maintenant, à bord d'un vaisseau grouillant d'hostiles, ce n'était pas le moment de bousculer Aurora. Il y avait des ennemis à détruire, et pour l'instant, cela suffirait.

— Aurora me dit que tu es le dangereux, dit Vana alors qu'ils se dirigeaient vers le centre du *Nautilus* et les baraquements qui s'y trouvaient. Un homme plus enclin à frapper qu'à pontifier.

— Pas faux.

— C'est bien, poursuivit Vana. Gregor l'observa plus attentivement. L'agent portait beaucoup de munitions pour un fusil qu'elle tenait à deux mains, mais elle ne se déplaçait pas comme quelqu'un s'attendant à des tirs. Plutôt comme quelqu'un qui avait un plan, qui savait qu'elle pouvait l'accomplir. Là où nous allons, j'aurai besoin de cette force.

— Le pont ?

— Finalement, dit Vana, arrivant à un ascenseur et appuyant sur le bouton d'appel. Le truc, c'est qu'il y a une raison pour laquelle Renard veut le *Nautilus*. Pourquoi il a déplacé tant d'agents ici au fil des ans.

Gregor resta silencieux. Mieux valait écouter quand quelqu'un commençait à révéler des informations. L'ascenseur arriva, et Gregor entra lourdement aux côtés de Vana. Elle n'appuya pas sur le niveau supérieur, mais les envoya plutôt en chute libre vers le bas. Vers le mess et les laboratoires expérimentaux.

— Renard ne joue pas ce jeu avec une seule main, dit Vana, comme si elle décrivait une image particulièrement ennuyeuse. Ta petite fille est un bonus. Une surprise. Nous sommes après le vrai prix.

L'ascenseur s'ouvrit, et Vana guida Gregor dans le hall du niveau inférieur.

— Et quel est ce prix ? demanda Gregor.

— Regarde-toi, dit Vana, adressant un sourire malicieux à Gregor. Tu portes une version précoce. Le dernier prototype est quelque part sur ce vaisseau, et nous devons le récupérer avant Renard.

— Sinon ?

— Sinon il l'emmène avec lui, et nous sommes très, très morts.

24

REDÉMARRAGE

Les éclats résonnaient comme une pluie d'acier. Eponi grimaça lorsque les débris du dernier chasseur s'écrasèrent sur le *Prisa*, qui dérivait sans bouclier et calciné dans l'ombre du *Nautilus*. Les tirs de Sai avaient fait mouche, incinérant le chasseur en forme de poignard lors de son approche finale. Ces salves salvatrices avaient également grillé les conduits d'alimentation du *Prisa*, ces petits câbles qui transmettaient l'énergie en spirale des batteries du *Prisa* partout où Eponi en avait besoin.

Pour l'instant, Eponi n'était pas vraiment sûre de ce dont elle avait besoin. Elle était assise dans le siège principal du pilote du *Prisa*, et venait tout juste de desserrer ses mains du manche de vol qu'elle avait agrippé si fort que ses muscles s'étaient bloqués. Devant elle, le *Nautilus* flottait comme une lune métallique, dominant la vue avec ses feux de position et ses plaques argentées réfléchissantes. Le croiseur semblait figé, mais lui et le *Prisa* filaient tous deux à grande vitesse vers une destination inconnue.

Même sans ses moteurs, l'espace ne ralentissait en rien le *Prisa*.

Et pourtant, le *Nautilus* semblait bien prendre de l'avance. Eponi fronça les sourcils et se pencha vers le pare-brise, comme si quelques centimètres de proximité allaient l'aider à discerner le mouvement relatif. Se pencher ne l'aida pas, mais la vague d'éclats qui passait autour du *Prisa*, si.

Tout impact, aussi minime soit-il, réduirait la vitesse. Toute poussée négative, comme la pression des tourelles de Sai lorsqu'elles avaient tiré vers le chasseur en forme de poignard, ferait perdre des millisecondes. Pas beaucoup, pas énormément, mais suffisamment pour que le *Nautilus* dépasse le vaisseau endommagé d'Eponi. Si Eponi ne trouvait pas un moyen de faire bouger le *Prisa*, ils se retrouveraient abandonnés dans l'espace lointain.

Les chances d'être récupérés ici étaient trop faibles pour prendre le risque.

Eponi aurait bien prévenu Sai de la situation, mais le *Prisa* n'avait plus de système d'intercom fonctionnel. En fait, il n'avait plus *aucun* système fonctionnel qui ne soit pas lié à ses batteries de secours critiques : le support de vie — le recyclage de l'air, le contrôle de la température — continuerait à fonctionner tant que le *Prisa* aurait de l'énergie.

Donc si le *Nautilus* s'échappait, Sai et Eponi pourraient mourir très lentement.

La console de pilotage d'Eponi était éteinte, grillée par le premier vrai coup reçu par le *Prisa*. Elle avait utilisé celle du copilote pour contacter Sai, mais celle-ci avait rejoint sa sœur dans l'au-delà après le tir énergivore de Sai. La pilote allait devoir quitter le cockpit pour sauver son vaisseau.

— Très bien, dit Eponi en se hissant hors du siège, ses muscles protestant alors qu'ils étaient sollicités pour déplacer un corps en apesanteur. J'aimerais bien voir comment tu comptes me tuer, espace.

Narguer le vide interstellaire faisait du bien à Eponi tandis qu'elle jetait un long regard en arrière dans le *Prisa*. Au-delà du cockpit à quatre places, un court couloir dont le sol faisait également office d'ascenseur rapide s'ouvrait sur l'espace central du *Prisa*. De son point de vue, Eponi pouvait voir que son vaisseau nouvellement acquis allait rester coincé dans un hangar de réparation pendant très, très longtemps.

Les joints des casiers, endommagés par les surtensions d'énergie, avaient cédé. Des outils, des paquets de nourriture et le fusil d'Eponi flottaient au hasard, dépensant leur élan dans des collisions à faible intensité. Des ruptures le long des panneaux du plafond révélaient des capteurs grillés et leurs alarmes associées. Des débris plus volumineux flottaient depuis le côté droit du *Prisa*, là où le vaisseau avait encaissé le coup le plus dur.

Derrière eux, le salon n'absorbait que peu de lumière, s'étendant davantage comme une caverne grise que comme le cœur du *Prisa*.

Eponi se propulsa en avant, écartant les débris au fur et à mesure qu'elle entrait en contact avec eux. Bien qu'elle aurait aimé vérifier si Sai était toujours en vie, l'objectif numéro un était de remettre le *Prisa* en mouvement, ce qui signifiait aller jusqu'aux moteurs et les reconnecter aux batteries. Dans le vaisseau, les moteurs se trouvaient tout droit derrière, accessibles en descendant sous le centre. Le même chemin pour atteindre la rampe de sortie principale.

Sauf que tout devint très sombre une fois qu'Eponi laissa derrière elle le cockpit et son spectacle d'étoiles. Sans bracelet ni console, rien ne donnait à Eponi plus qu'un faible reflet. Elle devrait naviguer de mémoire, au toucher.

Le *Prisa* jouait son propre concert de catastrophe pendant qu'Eponi évaluait son chemin et se propulsait vers le côté opposé de la chambre centrale. Les alarmes étaient, par miracle, mortes avec la surtension, mais une ligne de percussions éparpillée résonnait dans tout le vaisseau alors que le contenu malmené rebondissait ça et là. Des bribes de statique faisaient écho ici et là, les intercoms se connectant pendant quelques secondes avant de se couper à nouveau.

Le tout accompagné par les systèmes de survie du *Prisa* et leur ronronnement rassurant, un grincement de bas niveau bourdonnant dans tout le vaisseau.

Ces sons, couplés au métal froid et dur touchant le bout des doigts d'Eponi lorsqu'elle atteignit le mur opposé de la chambre, glissant dans la courbe descendante. Utilisant le plafond au-dessus d'elle, maintenant proche puisqu'Eponi se tenait sous le deuxième étage du *Prisa* et ses quartiers d'équipage, Eponi se redressa. Elle tâta avec ses pieds pour trouver les marches menant vers le bas.

Sans gravité, Eponi ne pouvait pas marcher, alors elle se propulsa à la place. Poussant sur le plafond, ses poignets lui donnant l'angle dont elle avait besoin, la pilote du *Prisa* descendit les marches comme un fantôme. La descente s'enroulait, avec la découpe pour la rampe de sortie à mi-chemin. La lumière résiduelle des étoiles mourait ici, s'amenuisant jusqu'à l'obscurité totale.

Eponi ferma les yeux. Non pas parce que l'obscurité l'effrayait — certainement pas — mais pour se concentrer, pour diriger ses sens vers le bout de ses doigts, ses pieds chaussés, et sentir chaque centimètre à mesure qu'elle avançait. Cette concentration avait un second objectif : tenter de repousser la panique dévorante qui les rongeait à l'idée d'être coincés ici, abandonnés par un équipage du *Nautilus* qui voulait la mort de Sever.

Chacun avait ses propres cauchemars, et ceux d'Eponi

se concentraient principalement sur le fait d'être piégée dans le vide, d'être laissée pour morte seule dans l'espace. C'est pour cette raison qu'elle détestait les sas et adorait s'asseoir dans le siège du pilote, car tenir le manche de vol donnait à Eponi un certain contrôle sur son destin. Cette fois, elle n'avait pas réussi à distancer les quatre chasseurs, mais elle s'en était sacrément bien sortie, et s'accrocher à ce fait la faisait tenir.

Ça avait été un effort héroïque. Digne des meilleurs pilotes. Et les meilleurs n'abandonnaient pas juste parce que quelqu'un les avait touchés par un tir chanceux.

Eponi trouva la porte de la rampe, son bord strié servant de panneau indicateur montrant une destination pas si lointaine. Les marches s'aplanissaient en une courbe de niveau se dirigeant vers les moteurs. Il était maintenant plus facile d'avancer en poussant. Elle garda les yeux fermés, sentit un souffle chaud dans l'air alors qu'elle s'approchait de l'endroit où toute cette énergie était bloquée.

Sai aurait été utile. C'était lui qui avait eu l'idée de réacheminer les conduits pour tirer ce dernier coup. Il aurait probablement pu faire de même avec le fouillis de câbles qui l'attendait en bas. Eponi n'avait pas vraiment fait beaucoup de travaux de réparation sur les entrailles des vaisseaux — DefenseCorp payait des experts pour ce genre de choses — donc ce serait plus de la devinette qu'un plan solide.

Mais mieux valait tenter quelque chose que mourir en attendant.

Lorsque le bourdonnement régulier couvrit les claquements aléatoires, Eponi ouvrit les yeux. Il n'y avait toujours pas d'éclairage au plafond dans la salle des moteurs, mais divers compteurs et petits écrans d'état émettaient suffisamment de lueurs jaunes, rouges et vertes pour donner une certaine couleur festive à une situation qui ressemblait par ailleurs à un désastre. La surtension de Sai n'avait pas seulement fait sauter les choses là-haut, elle avait aussi tout déréglé ici-bas.

Les moteurs du *Prisa* synchronisaient leur puissance directement avec les grandes batteries du vaisseau, des dalles de stockage qui se chargeaient lorsque le vaisseau atterrissait, ou à partir de la lumière stellaire capturée par les panneaux répartis sur toute la surface du *Prisa*. D'après ce qu'Eponi pouvait constater, la surtension, ou le tir du chasseur dague, avait court-circuité tous les moteurs sauf un, un seul groupe s'accrochant à la vie.

Eponi se pencha, lut les chiffres, les barres d'état. Elle essaya de faire quelques calculs mentaux, une tâche plus difficile qu'elle n'aurait dû l'être, mais la peur et des habitudes rouillées — les ordinateurs de vol avaient tendance à gérer les chiffres — forcèrent Eponi à se battre plusieurs fois avec les équations. Ne pas avoir de surface pour écrire, ni de bracelet pour enregistrer quoi que ce soit, n'aidait pas non plus.

Mais, avec toutes ces réserves, Eponi estima que le groupe unique, couplé à la vitesse restante du *Prisa*, pourrait les maintenir à portée de communication du *Nautilus* pendant un moment. Sauf que, pour que le moteur puisse les aider, Eponi devrait retourner le *Prisa* à nouveau.

Les jets de manœuvre, ces petites choses destinées à faire bouger le *Prisa* d'un côté ou de l'autre, semblaient en meilleur état que leurs grands frères. Eponi les avait arrêtés après avoir retourné le *Prisa* pendant le combat, redirigeant leur énergie vers les lasers, vers les boucliers, et cela avait peut-être permis de les garder en vie. Maintenant, elle devait les remettre sous tension, et pour cela, il fallait s'occuper des batteries elles-mêmes.

À ses pieds, la lueur éclairait un sol grillagé. Sous le patchwork ovale se trouvaient les batteries, et les fils bruts reliant directement leur énergie aux sources critiques, comme les moteurs principaux et les systèmes de survie. Au niveau des yeux d'Eponi, paraissant noir et grillé, le tableau de bord principal du *Prisa* était mort et fini. Des conduits, des câbles épais et gainés, arrivaient de diverses sections et se branchaient sur le tableau. Chacun avait été soigneusement marqué par les précédents propriétaires du *Prisa* avec leur fonction.

— Tu sais quoi ? dit Eponi en trouvant celui des jets de manœuvre. On va s'en sortir ensemble. Tu verras.

Elle avait aussi parlé à tous ses karts. Leur avait fait des compliments quand ils avaient réussi un virage, dépassé un leader, ou gardé Eponi en vie à travers un énième désastre tourbillonnant. Les mots lui donnaient l'impression d'être moins seule, plus comme si les vaisseaux étaient ses amis.

Aussi niais que cela puisse paraître, dans un univers comme celui-ci ? Les amis étaient difficiles à trouver.

Eponi débrancha le cordon, tendit la main et souleva la grille. Elle tâtonna pour trouver le port ouvert sur la batterie et donna aux jets de manœuvre un accès libre au jus de boost. Immédiatement, un nouveau bourdonnement résonna à travers le *Prisa*, le vaisseau se réveillant et réalisant qu'il pouvait encore être sauvé.

— Je reviendrai pour le reste d'entre vous plus tard, dit Eponi au tableau de bord et à ses lignes grillées.

En se frayant un chemin à travers les escaliers, jusqu'en haut et tout le long du cockpit, Eponi vit que le *Nautilus* avait continué son avancée, creusant l'écart. Le manche de vol semblait mort dans les mains d'Eponi, son assistance électrique ayant disparu avec presque tout le reste. Mais quand Eponi activa les jets, quand elle tira fort sur le manche de vol, les liaisons fonctionnèrent.

Le *Prisa* volait.

25

UN AU-DESSUS DE TOUS

R ovo observait. Pour la première fois depuis ce qui semblait être une éternité, il observait.

Lamya et son escouade rassemblaient les agents, regroupant la vingtaine d'entre eux avant de les emmener quelque part. Les agents n'avaient l'air ni heureux, ni tristes. Si Rovo devait deviner, les expressions impassibles sur leurs visages disaient qu'ils étaient ravis d'être en vie, et pas trop inquiets pour l'avenir.

C'était inquiétant. Mais alors, la douleur qui se propageait dans sa poitrine et s'écoulait le long de ses jambes, remontant autour de ses épaules, l'était tout autant. Des nerfs qui ne voulaient pas se reposer.

Rovo observait l'équipe réduite qui gérait le centre de communication, les officiers loyaux, les enseignes et les divers membres d'équipage qui retournaient à leurs postes tout en faisant face à la réalisation peu agréable que leurs collègues, leurs amis, leurs compagnons avaient été quelqu'un d'autre tout ce temps. Rovo n'avait jamais ressenti cette trahison auparavant, mais il savait comment le devoir pouvait distraire, et l'équipe de Deepak retournait à l'envoi de messages, à la gestion des appels entrants et à la direction du trafic autour du vaisseau.

D'autres s'attelaient à nettoyer ce qu'ils pouvaient, ou aidaient les robots à naviguer à travers les décombres pour commencer les réparations.

Cependant, c'était Aurora qui captivait principalement l'attention de Rovo. Elle avait choisi la console la plus proche qui n'avait pas de trou de laser à travers son écran. Rovo la voyait taper, envoyant un message après l'autre, chacun contenant la même chose.

Comme si elle sentait le regard de Rovo sur elle, Aurora jeta un coup d'œil dans sa direction.

— Toujours en vie là-bas ? demanda Aurora.

— Je ne suis pas sûr d'en avoir envie, répondit Rovo. Se faire tirer dessus, ça craint.

— Je sais. Je t'emmènerais à l'infirmerie tout de suite, mais jusqu'à ce que j'aie la confirmation que c'est sûr, je ne veux pas prendre de risque.

— Tu sais que je suis allé à l'infirmerie aujourd'hui ? dit Rovo. Deux agents ont essayé de me tuer là-bas.

Aurora n'avait pas l'air ravie d'entendre ça. Rovo avait dû gâcher l'ambiance de plaisanterie. Les choses prirent un cours différent, car Aurora se repoussa du bureau et fit les quelques grands pas pour s'asseoir à côté de Rovo.

— Des agents ont aussi essayé de tuer Sai et Eponi, dit Aurora. Moi aussi. Renard, cet homme qu'on a vu dans la projection sur Wexer ? Tout ça, c'est son plan. Il pensait que je saurais où était Kaia, c'est pour ça qu'il a demandé à Deepak de me séparer. Les yeux d'Aurora se plissèrent, regardant dans le vide. Deepak a fait croire que le *Nautilus* était en danger. C'est pour ça qu'il a aidé Renard, d'après ce qu'il dit.

— Tu le crois ?

— Ça n'a pas d'importance, dit Aurora. On va se battre pour le vaisseau quoi qu'il en soit.

— Pourquoi ? répliqua Rovo. On sait où est Kaia. On devrait juste monter dans le *Prisa* et partir. Qui se soucie du *Nautilus* ?

La question sortit plus facilement que Rovo ne l'aurait cru. La petite fille qu'il avait trouvée, seule et largement abandonnée dans cet appartement de Dynas, rendait le vaisseau, tous les agents et l'amiral et leurs agendas contradictoires si insignifiants.

Il avait rejoint Sever pour devenir un soldat aguerri et maintenant l'amour insouciant d'une fillette avait balayé ce rêve. Et Rovo s'en fichait complètement.

— Parce que si on laisse Renard gagner ici, il pourra concentrer ses ressources sur nous, dit Aurora. Si on pousse les troupes de DefenseCorp à combattre les agents sur leurs vaisseaux, sur leurs mondes, alors DefenseCorp sera trop occupé à lutter contre lui-même pour se soucier de ce qu'on fait.

Rovo cligna des yeux. Il essaya de saisir les paroles d'Aurora et ce qu'elles signifiaient vraiment.

— Ces messages que tu envoyais, c'était quoi ?

— La vérité. Aurora appuya sa tête contre le mur derrière elle, et Rovo supposa qu'elle devait être aussi épuisée que lui. J'ai envoyé exactement ce qui s'est passé ici à chaque vaisseau de DefenseCorp dans le répertoire du *Nautilus*. Ils vont tous entendre qu'ils ne devraient pas faire confiance à leurs agents à bord, qu'ils doivent agir pour empêcher un coup d'État.

— Les agents pourraient intercepter ces messages.

— Tant mieux. Si certains passent et d'autres non, ça aura l'air encore pire. Plus on retourne DefenseCorp contre lui-même, mieux c'est.

— Tu as presque l'air maléfique, Aurora.

— Je protège mon escouade, Rovo, dit Aurora. Et je ne pense pas que retourner plus d'escouades contre Renard et quels que soient ses plans soit maléfique.

— Non, mais...

— Allez. Aurora se leva, tendit la main pour aider Rovo à se mettre sur ses pieds instables. En attendant que l'infirmerie soit prête, j'ai quelque chose que j'ai besoin que tu fasses.

Aurora installa Rovo à la console. Les messages qu'Aurora avait envoyés s'affichaient devant la recrue, avec beaucoup d'autres prêts à être transmis à encore plus de vaisseaux. DefenseCorp avait des milliers, peut-être des millions de vaisseaux couvrant la galaxie, et Aurora voulait envoyer le message à chacun d'entre eux.

Rovo remarqua également qu'Aurora n'avait pas signé les messages de son nom. Le nom attaché à tous ces messages appartenait à l'officier de communication qui avait utilisé ce bureau avant la fusillade. Une guerre commencée par quelqu'un qui était peut-être déjà mort, qui ne saurait jamais à quoi il avait été utilisé.

— Je ne suis pas une experte en communication, dit Aurora, notant qu'elle avait envoyé les messages un par un. Toi, si. J'espère que tu peux trouver un moyen de faire ça plus rapidement.

— Si je ne meurs pas d'abord.

— À ce sujet, dit Aurora. Je vais parler à Lamya. Faire venir un médecin pour t'examiner, et une fois qu'on aura sécurisé l'infirmerie, tu y retourneras.

— Qu'est-ce que tu vas faire ?

— Nous n'avons rien entendu de la passerelle depuis longtemps, dit Aurora. Je ne sais pas ce que ça signifie pour Sai et Eponi, mais je veux le découvrir. Vana et Gregor s'y rendent, mais je vais essayer d'obtenir plus d'informations. Je ne serai pas loin, alors appelle-moi si tu as besoin de quelque chose.

Sa commandante laissa Rovo là, fixant un écran avec la responsabilité de déchirer une galaxie.

De retour à bord de son ancienne station spatiale, dans son ancienne carrière, avec ses anciennes responsabilités, Rovo voyait toute la correspondance qui passait par son secteur. Il voyait de nombreux messages destinés à discréditer un amiral ici ou à promouvoir un officier là. Des manœuvres politiques. Des camps existaient partout, et DefenseCorp gérait souvent ses désaccords internes en envoyant le perdant en mission lointaine sur un rocher oublié comme, eh bien, Wexer.

Rovo lut le message qu'Aurora avait envoyé, qu'elle voulait faire passer. Il n'avait pas le langage direct rédigé par un spécialiste, et il manquait le ton autoritaire pour commander une réponse immédiate. Au lieu de cela, Aurora exigeait une action en termes simples, présentant les agents comme une menace nébuleuse qui devrait être appréhendée par mesure de sécurité.

Aurora voulait une guerre, mais la façon dont elle avait écrit ce message s'inscrivait parfaitement dans les habitudes de DefenseCorp. Si quelqu'un se donnait la peine d'agir, ils taperaient sur les doigts des agents jusqu'à ce que ces derniers les convainquent du contraire.

La menace ne pouvait pas être nébuleuse. Ne pouvait pas être vague. Les agents devaient avoir un objectif qui mettrait chaque membre d'escouade en colère. Qui pousserait les amiraux à mettre des menottes paralysantes à tous les agents qu'ils verraient.

Rovo connaissait les mots qui pouvaient provoquer cela. Des preuves claires couplées à des étapes spécifiques pour neutraliser le danger immédiat. En ajoutant quelques éléments officiels, un message qui aurait pu être rejeté comme une étrange exagération parviendrait directement au capitaine de chaque vaisseau. Sans doute que certains prendraient leurs agents en détention jusqu'à ce que la vérité éclate.

Suffisamment d'agents protesteraient contre cette action, suffisamment de combats éclateraient, pour que le plan d'Aurora puisse fonctionner un moment. Gagner du temps pour Sever.

Rovo frissonna, se recula de la console et regarda autour du centre de communication. Lamya avait posté des membres d'escouade à l'extérieur des cloisons, guettant une attaque qui n'était pas venue. Aurora parlait avec la commandante, il semblait que les deux se disputaient à propos de quelque chose. Sinon, le centre bourdonnait tandis que ceux qui avaient encore des bureaux en état de marche s'y remettaient, pendant que d'autres aidaient les robots au nettoyage. La fumée diminuait, bien que l'odeur de brûlé imprègne tout.

Un signe que, aussi vite que les choses pouvaient revenir à la normale, certaines choses ne le feraient tout simplement pas. Ne le pouvaient pas.

Déclencher un face-à-face entre les deux principales divisions de DefenseCorp ferait la même chose.

Elle était venue à la porte quand Rovo avait frappé. Ils avaient communiqué à travers une poignée qui tournait, les légers frissons et tremblements de la porte. Rovo avait porté Kaia à travers Dynas, poursuivi par des gens qui auraient pu être les mêmes agents qu'ils combattaient ici. La traquant, voulant utiliser Kaia, son sang, pour des choses que Rovo ne voulait pas imaginer.

Oui, il pouvait envoyer le message.

Le travail vint facilement une fois qu'il eut décidé de le faire. Rovo glissa les termes, réarrangea le focus, puis mit en file d'attente la diffusion pour qu'elle passe à travers les réseaux en émission répétée. Aurora avait envoyé des messages isolés à un vaisseau à la fois. Rovo avait le *Nautilus* diffusant l'avertissement en continu à tout satellite à portée, utilisant une balise générale de DefenseCorp que tout vaisseau DC intercepterait et verrait.

Il faudrait des années pour que l'avertissement traverse la galaxie, mais les mots y parviendraient.

— C'est fait, dit Rovo, se dirigeant lentement vers Aurora.

— Tu as l'air mieux, répondit Aurora, levant les yeux de sa console. Les mots étaient joyeux, mais Rovo vit de l'inquiétude. — Le médecin a fait son travail ?

Le médecin avait injecté à Rovo suffisamment d'anti-douleurs pour le maintenir flottant sur un nuage engourdissant, oui.

— Je vais bien pour l'instant, répondit Rovo. Qu'en est-il de Sai et Eponi ?

Aurora tapota l'écran, agrandit un scanner montrant les vaisseaux autour du *Nautilus*, — Le *Prisa* est là-bas. On dirait que quelqu'un a décidé d'essayer de les abattre. Je n'obtiens pas de réponse du vaisseau, et il est en train de se faire distancer par le *Nautilus*. Nous ne pouvons pas ralentir le croiseur sans l'ordre de l'amiral. Les muscles d'Aurora se tendirent, comme un ressort qui se comprime. — Si Deepak est même encore en vie. Je n'ai pas non plus de nouvelles de Gregor et Vana, ce qui m'inquiète.

— Donc nous avons des problèmes, c'est ce que tu dis.

— Définitivement des problèmes, Aurora regarda en direction de Lamya. Lamya suit ses ordres. Elle ne veut pas quitter le centre de communication, surtout s'il y a une chance que la passerelle soit compromise.

— N'y a-t-il pas d'autres escouades sur le vaisseau ?

— C'est là le problème, dit Aurora. Elles sont toutes appelées pour garder des points critiques. Nous en avons déjà envoyé trois à la passerelle, et nous n'avons eu de nouvelles d'aucune d'entre elles.

Alors pourquoi en envoyer d'autres dans la gueule du loup ?

— Alors, que faisons-nous ? Rovo aurait aimé avoir quelque chose de plus intelligent à dire, mais il n'avait pas exactement l'habitude de gérer une prise de contrôle totale d'un vaisseau.

— Tu devrais te reposer, répondit Aurora. Je pense que je peux convaincre une autre escouade d'aller à la passerelle, et j'irai avec eux cette fois.

— Parce que tu feras la différence. Une seule personne.

— Une commandante badass, tu veux dire.

— Ce n'est pas une blague, Aurora, dit Rovo. Je veux dire, la vie de Kaia dépend de notre capacité à sortir vivants de ce vaisseau. Sai et Eponi pourraient avoir besoin d'aide. Et, bon sang, j'ai besoin d'aide.

— Et rien de tout cela n'a d'importance si nous ne pouvons pas prendre la passerelle, ou nous assurer qu'elle est détruite, dit Aurora. Sinon, ils sauront tout ce que nous faisons. Ils peuvent fermer les portes derrière nous, retourner les tourelles contre nous, ou pire.

Rovo s'appuya contre la croix à surface de verre, reconnaissant du soutien qu'elle offrait à ses jambes épuisées, sa poitrine endolorie. Les antidouleurs faisaient un excellent travail pour tuer les douleurs, mais les médicaments laissaient certainement beaucoup de merde à gérer.

Aurora avait raison : Rovo avait besoin de se reposer.

Pas qu'il le puisse.

— Si tu vas à la passerelle, alors je vais aux hangars d'amarrage, dit Rovo. Je vais chercher Sai et Eponi.

— Tu es pilote ?

— Pour ça, je n'ai pas besoin de l'être.

Rovo aurait ri du regard qu'Aurora lui lança alors, il l'aurait fait si pousser autant d'air à travers ses poumons brûlés ne donnait pas au bleu l'impression qu'il allait mourir.

Mais il n'était pas mort.

Pas encore.

26

GUERRIÈRE SANS REPOS

Pour la mission suivante, Deepak envoya l'Escouade Sever en périphérie. Une position garantie de voir peu d'action. Observer et protéger. Aurora n'était pas ravie, mais elle laissa Deepak faire. L'Escouade Sever avait quelques nouvelles recrues pour combler les pertes précédentes. C'était bien de les intégrer en douceur.

Mais la mission d'après ? Après qu'ils eurent passé la nuit à regarder une nébuleuse tournoyer dans ses glorieux tons de pourpre et de rouge ? Deepak relégua de nouveau l'Escouade Sever dans la réserve, les assignant à la garde d'un groupe de bureaucrates fortunés dont l'argent les rendait à la fois agaçants et sans importance pour le véritable travail de répression des émeutes que DefenseCorp était censée faire.

À la troisième tâche sans intérêt, Aurora ne regarda même pas Deepak pendant qu'il lisait la misérable affectation de l'Escouade Sever. Après le briefing, elle ne l'attendit pas. À leur retour, l'Escouade Sever n'ayant pas subi une égratignure, n'ayant même pas tiré un seul coup, Aurora garda la bouche fermée, les yeux fixés ailleurs.

Ce n'est que lorsque Deepak l'attendit devant sa cabine, lui bloquant l'accès, qu'Aurora décida qu'il était temps de parler.

— Tu essaies de me protéger, et je n'en ai pas besoin. Je n'en veux pas, dit Aurora, ouvrant la conversation avec la salve la plus brûlante qu'elle ait lancée depuis des mois. L'Escouade Sever ne le mérite pas. Nous sommes assez bons pour le travail difficile, nous l'avons mérité. Bon sang, nos comptes en banque donnent l'impression qu'on nettoie des toilettes.

— Tu es vivante, dit Deepak. Tu n'es pas blessée. N'est-ce pas mieux ?

— Bien sûr que je ne veux pas être blessée, mais c'est le boulot, répliqua Aurora, tendant le bras devant Deepak pour ouvrir la cabine. Il la suivit à l'intérieur. Je ne suis pas ta fleur délicate que tu dois protéger.

— Ah non ? Les yeux de Deepak brillèrent, et il s'appuya contre le mur, essayant de projeter une assurance que l'homme n'avait jamais eue de sa vie. C'est mon travail de faire les affectations.

— C'est vrai, rétorqua Aurora. Tu es censé placer DefenseCorp dans la meilleure position pour réussir, et ce n'est pas ce qui se passe quand nous sommes à l'arrière.

— Peut-être que je me fiche de ce que veut DefenseCorp.

— Alors qu'en est-il de ce que je veux ? dit Aurora. Est-ce que ça t'importe ?

Une fois de plus, Deepak se lança dans une protestation hésitante. Bien sûr qu'il se souciait d'elle, c'était tout ce dont il s'agissait. Bien sûr qu'il voulait qu'elle réussisse, mais sans se mettre en danger. Bien sûr qu'il-

— C'est une mauvaise idée, dit Aurora, coupant Deepak alors qu'il s'enfonçait de plus en plus dans un territoire pathétique. Tu es un type bien, Deepak, mais je ne suis pas à toi pour que tu me sauves. Ne me protège pas, ne sabote pas mon escouade.

Deepak se raidit, voyant qu'Aurora ne plaisantait pas, qu'il n'y avait aucune douceur dans son regard. Des mots semblèrent aller et venir sur ses lèvres pendant plusieurs secondes, avant qu'il ne s'incline dans un salut formel de DefenseCorp, dise au revoir et parte.

Pour la mission suivante, l'Escouade Sever se retrouva larguée derrière les lignes ennemies. Pendant le briefing, Deepak ne regarda pas dans la direction d'Aurora. Après, il ne l'attendit pas. Et quand ils passèrent près d'une autre nébuleuse, Aurora ne la regarda pas depuis le pont supérieur.

Mais l'argent sur son compte ne cessait d'augmenter.

Certaines personnes sautent par-dessus bord, d'autres doivent être poussées. Deepak se plaçait dans cette dernière catégorie, debout sur la passerelle avec Renard. Les deux divisions de DefenseCorp étaient en jeu là, sur le *Nautilus*, les agents et les soldats, s'affrontant sur la direction du vaisseau, sur l'avenir de l'entreprise qui, à présent, détenait la force de la galaxie.

Si un amiral cédait à la pression de Renard, combien d'autres suivraient ?

Aurora ne pouvait pas savoir à quel point Renard avait infecté l'organisation. S'il parlait seulement pour les agents qu'il avait rassemblés sur le *Nautilus*, s'il n'était qu'une branche d'une toile plus vaste tissée à travers DefenseCorp. Quoi qu'il en soit, elle avait appris, on lui avait enseigné, qu'il faut éliminer la maladie partout où elle apparaît, et l'empêcher de se propager.

Que cela soulagerait la pression sur le dos de l'Escouade Sever ? Un joli bonus.

Par-dessus tout, Aurora voulait effacer ce sourire suffisant et plastique du visage de Renard.

Sai et Eponi avaient accepté l'idée. Leur rôle : créer une diversion, empêcher Deepak et Renard de conclure leur accord maître-serviteur. Déclencher une bagarre sur le *Nautilus* qui donnerait à Aurora le temps d'envoyer les messages.

Ils avaient réussi. Maintenant, Aurora devait terminer la mission.

Après avoir aidé Rovo à se diriger vers les baies d'amarrage — deux membres de l'escouade l'accompagnaient pour l'escorter et l'aider à se déplacer — Aurora compta qu'il restait Lamya et six soldats pour tenir le centre de communication. La plupart des autres étaient partis escorter les agents prisonniers jusqu'à la baie désignée par Deepak.

Ce n'était pas un grand nombre pour se défendre contre une embuscade, bien qu'Aurora eût de moins en moins l'impression qu'une attaque se produirait. Les agents, jusqu'à présent, avaient montré un désir de travailler dans l'ombre, d'exploiter l'effet de surprise pour leurs assauts.

Rester assis ici à attendre ferait d'Aurora et des autres des cibles faciles.

— Tu ne vas pas non plus sur la passerelle, dit Lamya quand Aurora annonça ce qu'elle allait faire. Je ne peux pas te laisser faire.

— Me laisser faire ?

La commandante de l'escouade, portant quelques brûlures de laser sur son uniforme et un bandage gris sur l'épaule, fit un geste de la main autour d'elle : — Ceci est, jusqu'à nouvel ordre, la passerelle du *Nautilus*. Nous devons la défendre, et j'ai besoin de savoir ce qui se passe. Vous allez me faire un compte-rendu, puis nous allons nous installer ici en attendant plus d'informations.

— Vous gérez ça comme un engagement normal, répondit Aurora. Ce n'est pas le cas. Nous devons les maintenir dans l'incertitude, en mouvement. Si nous leur donnons-

— Nous ne leur donnons rien, Lamya posa une main sur l'épaule d'Aurora. Nos escouades sécurisent tous les systèmes majeurs du vaisseau. Bientôt, même s'il y a d'autres agents à bord, ils n'auront plus le contrôle de quoi que ce soit. Nous pourrons balayer chaque section à tour de rôle, valider les identités et attraper toute personne suspecte.

Fouiller le vaisseau prendrait du temps. Quelque chose à laquelle Lamya était peut-être habituée, dans le rôle standard de son escouade qui consistait à sécuriser une ligne de front et à la tenir pendant des jours, voire des semaines. L'idée de rester assise dans ce centre de communication faisait trépigner Aurora. Sa place était dans l'action, pas à tenir un objectif. Surtout après avoir accompli ce dont Aurora avait besoin.

— On dirait que vous avez la situation sous contrôle, dit Aurora. Deepak a dit d'amener les agents à la baie C-17 ? Je vais me diriger par là. Si Renard y est, j'aimerais lui poser quelques questions. Peut-être le remplir de quelques trous.

— Aurora, je te dis de rester ici.

— Lamya, je ne sais pas si tu t'en souviens, mais je ne travaille plus pour DefenseCorp. Aurora se tourna et se dirigea vers les portes du centre de communication. Lamya pouvait lui tirer dans le dos, pouvait essayer de l'arrêter, mais Aurora devait parier que Lamya n'irait pas jusque-là. Devait parier que la crise mutuelle importait plus que de la retenir ici. Tu devrais essayer de partir un jour. C'est très libérateur.

Dans le reflet de la vitre en partant, Aurora aperçut le regard brûlant de Lamya, mais la commandante de l'escouade ne tenta rien d'autre. Un membre de l'escouade en profita, s'approcha de Lamya et commença à poser des questions, et Aurora retrouva son chemin vers le hall sans être inquiétée.

Le retour aux baies d'amarrage – Aurora chercha Rovo, mais la recrue avait dû prendre un chemin différent – se fit rapidement. D'autres escouades se répandaient dans le vaisseau, se déplaçant en groupes pour nettoyer les salles à la recherche d'agents suspects. Aurora n'entendit aucun échange de tirs en passant devant l'Intendance, aucun appel de renforts ni aucune alarme signalant une embuscade.

Peut-être que les agents avaient abandonné, avaient réalisé que leur petit nombre ne signifiait rien face aux membres d'escouade plus nombreux, mieux armés et mieux protégés.

Aurora pouvait l'espérer.

La commandante de Sever rattrapa le détachement d'escorte de Lamya alors qu'ils approchaient de la baie C-17. Les baies de niveau C étaient conçues pour les plus grands transports de troupes, ceux destinés aux invasions à grande échelle. Les gros vaisseaux pouvaient contenir un millier de soldats de première ligne, sacrifiant le confort pour la protection et l'espace. Ils ressemblaient à de longues têtes de flèche plates, recouvertes de peinture solaire rouge-noir. Aurora n'avait jamais été larguée dans l'un de ces engins – Sever appartenait à des vaisseaux plus petits et ciblés – mais elle avait entendu dire par d'autres que l'expérience ressemblait au purgatoire : à la fin, on finissait généralement en enfer.

Le premier signe que les choses n'étaient peut-être pas

aussi propres que l'ordre de Deepak le laissait entendre vint du hall lui-même. Ces murs nettoyés par des robots avaient accumulé d'intéressantes traces alors qu'Aurora rattrapait l'escouade de Lamya qui avançait. Des brûlures sombres et des éclaboussures rose-rouge indiquaient qu'un combat avait eu lieu ici, et le régime de nettoyage strict du *Nautilus* montrait que ce combat s'était déroulé récemment.

Ce qui expliquerait le mouvement furtif de l'escouade. Les agents prisonniers restaient au centre, désarmés et menottés, mais marchant comme des victimes en attente plutôt que comme des criminels humiliés. À l'avant, un trio de l'escouade gardait leurs fusils levés en approchant de la baie C-17, à l'écoute des sons au-delà du bourdonnement des robots et du vrombissement continu du *Nautilus*. Aucune annonce ne venait rompre le silence, donnant une atmosphère instable à l'ensemble.

Aurora aurait pu être dans un rêve, un cauchemar.

Au lieu de cela, elle sentait la poignée solide de son fusil alors qu'elle rattrapait puis rejoignait les premiers rangs qui approchaient de la porte de la baie. Contrairement au centre de communication, aucune fenêtre n'ornait les murs autour des baies, une caractéristique conçue davantage pour la protection contre les fuites accidentelles de vide que pour autre chose.

Parfait pour des embuscades meurtrières, cependant.

— Supposons que nous ne sommes pas du côté des vainqueurs, dit Aurora en prenant sa place à l'avant. Tout peut arriver, et ce ne sera probablement pas agréable.

— Il devrait y avoir plus de monde ici, acquiesça le leader provisoire de l'escouade. Je ne reçois rien sur notre bande locale.

Pas de bonnes nouvelles, ça.

— Voici ce que nous allons faire, répondit Aurora.

Divisez votre équipe. La moitié arrière prend les prisonniers, les cache dans l'un de ces placards et monte la garde. Le reste d'entre nous part en reconnaissance.

— Diviser mes forces en deux ? Le leader leva une main, arrêtant l'avancée alors que la porte C-17, large et fermée et libre de toute présence vivante, se trouvait à quelques mètres devant. Pourquoi ferais-je cela ?

— Parce que si les choses tournent mal, avoir des otages pourrait être important, répondit Aurora. Et la dernière chose dont vous avez besoin, c'est de surveiller des prisonniers au milieu d'une fusillade.

L'homme, un jeune sans assez de cicatrices pour montrer beaucoup d'expérience en mission, lança un regard soupçonneux à Aurora. Elle reconnut ce regard, celui de quelqu'un qui avait goûté au pouvoir sur le champ de bataille et qui voulait le garder.

— Tu veux savoir pourquoi tu devrais m'écouter ? dit Aurora. Parce que je suis celle qui va te sortir de là vivant. Tout comme je l'ai fait avec mon escouade pendant des années.

— Je ne sais même pas qui vous êtes.

— Et je m'en fiche, dit Aurora. Fais-le. Ou je demanderai à Lamya de te remplacer par quelqu'un de plus malin.

La diplomatie nécessitait du temps, du tact, et ils n'avaient pas beaucoup du premier, et Aurora n'avait jamais eu le second.

Le petit chef de Lamya décida de ne pas remettre en question l'expérience d'Aurora. Il mit ses suggestions en pratique, laissant cinq membres de l'escouade, lui inclus, entourant la porte de la baie tandis que les autres poussaient les agents capturés dans une salle de stockage voisine.

— Doigts sur les gâchettes, dit Aurora, prenant sa position à l'extrémité droite de la porte, un membre de l'escouade derrière elle. Trois de l'autre côté. Quoi que nous voyions là-dedans, ce ne sera probablement pas amical. Ne jouez pas gentil.

Aurora croisa les regards qu'elle put. Pas aussi polis, aussi endurcis que Sever, mais prêts. C'étaient quand même des professionnels, et l'escouade de Lamya avait vu assez d'action brutale pour les préparer à ce qui les attendait de l'autre côté de cette porte. À son signe de tête, le chef d'escouade, son opposé, tapota son bracelet sur le scanner de C-17.

La porte s'ouvrit en un instant, dévoilant le grand transporteur et tout ce qui l'entourait. La baie aurait dû être propre, aurait dû avoir ses batteries, ses provisions potentielles, son équipement et ses robots de maintenance regroupés sur les côtés. Un sol de métal bleu-noir immaculé aurait dû accueillir Aurora et l'escouade.

Aurait dû. Ce n'était pas le cas.

Les matériaux étaient éparpillés dans toute la baie, empilés et dispersés les uns sur les autres en barricades de fortune. Le transporteur, derrière eux, avait ses grandes rampes abaissées et prêtes à l'embarquement, les feux de position jaunes du vaisseau se mêlant au blanc éclatant de la baie. Ces lumières traversaient la barricade pour éclairer des corps, tant de corps, mélangés sur le sol de la baie. Des membres d'escouade, oui, mais aussi le noir cramoisi appartenant aux agents. Des marques de tirs laser balafraient le sol, les murs et le plafond de la baie, et même le transporteur derrière. Plusieurs corps fumaient encore, la violence récente ayant laissé sa trace.

Aurora dut retenir une toux. L'homme derrière elle n'y parvint pas. Le *Nautilus* maintenait ses filtres en marche forcée, mais ils ne pouvaient pas lutter contre l'odeur âcre et écœurante de chair brûlée. L'odeur infernale de carbonisation inondait le couloir, forçant Aurora à retenir sa respiration tandis qu'elle scrutait l'encadrement de la porte à la recherche d'ennemis.

Aucun ne se montra. Pas même derrière les barricades, où Aurora se serait attendue à ce que toute force de résistance les attende. Peut-être avaient-ils fait une course vers le transporteur, mais alors pourquoi les rampes étaient-elles abaissées ?

— Restez près, restez prudents, dit Aurora. Deux en haut, deux en bas.

Aurora et le chef d'escouade se faufilèrent le long du bord tandis que les membres d'escouade derrière prenaient position à l'entrée, fusils prêts et en couverture. Aurora jeta un regard perçant sur sa droite, cherchant quelqu'un qui pourrait attendre juste à l'intérieur. Un mur vide l'accueillit, bien que le mur lui-même ait connu des jours meilleurs. Comme tout le reste dans cette fichue baie, il portait des cicatrices de bataille sur toute sa surface.

Ce qui n'avait pas de sens, c'était que cela ressemblait à un affrontement. Un véritable champ de bataille, alors que ça aurait dû être une lutte maîtrisée entre agents capturés et membres d'escouade. Aurora pouvait imaginer quelques agents lançant une attaque surprise ici, espérant libérer leurs amis captifs, mais cela évoquait un conflit traditionnel. Et les corps éparpillés comme ils l'étaient ? On aurait dit que les membres d'escouade étaient tombés dans une embuscade bien préparée.

Gardant son fusil levé et prêt, Aurora se retourna vers la barricade. Elle jeta un coup d'œil au chef d'escouade, dont le côté semblait également vide. Ensemble, avec des hochements de tête synchronisés, ils avancèrent vers la barricade elle-même. Les objets entassés formaient une ligne hétéroclite, peut-être un peu plus d'un mètre de haut à son point le plus élevé. Derrière, les rampes du transporteur brillaient, vides, mais les gros moteurs du vaisseau ronronnaient doucement.

Ils montaient en puissance, se préparant à partir. Pas bon signe.

Inspirant un peu d'air, clignant des yeux pour chasser les larmes provoquées par l'odeur, Aurora s'approcha de la barricade. En arrivant près, ses chaussures raclant le sol alors qu'elle enjambait les corps, Aurora fit un pas de côté rapide et se jeta sur la barricade elle-même. Elle essayait de déjouer les attentes.

Bien que les siennes s'évanouirent quand elle vit par-dessus le bord ce qui les attendait.

Des agents, allongés presque tête-bêche, avec des fusils et des pistolets tenus sur leurs poitrines. Les yeux ouverts, regardant Aurora. Elle n'en avait vu aucun parce que ces salauds étaient collés au sol, et pas d'une manière à obtenir de bons angles de tir. Comme ils étaient maintenant, Aurora pourrait en abattre la moitié avant qu'ils ne—

Le chef d'escouade cria, et pas le cri triomphant de celui qui surprend un ennemi compromis et prêt à détruire. Aurora, le doigt glissant vers la gâchette alors que les agents commençaient à bouger, porta son regard vers le chef d'escouade et le vit voler en arrière depuis la barricade. Pendant sa seconde dans les airs, Aurora vit trois éclairs lumineux surgir de nulle part, filant et frappant le chef d'escouade avant qu'il ne touche le sol, où l'homme ne bougea plus.

Il y a des moments pour se battre et des moments pour fuir. Aurora se considérait comme courageuse, même téméraire.

Mais maintenant ? Avec des ennemis qui se levaient derrière elle et quelque chose d'invisible dans la baie avec eux ?

Aurora courut vers la porte, tenant son fusil derrière elle, le doigt appuyant sur la gâchette et dispersant des tirs vers la barricade. Sans essayer de toucher qui que ce soit ou quoi que ce soit.

Juste pour s'acheter une seconde de plus à vivre.

27

NE JAMAIS S'ARRÊTER

Sai n'avait pas appuyé sur les gâchettes en s'attendant à survivre. Tout artificier savait qu'on ne restait pas près de l'explosion si on voulait être là après. Les anciens propriétaires du *Prisa*, cependant, avaient beaucoup investi dans leur vaisseau. Les plaques entourant la tourelle étaient épaisses, le verre recouvrant le pare-brise avait été renforcé.

Quand la tourelle a déclenché son tir surchargé, drainant toute l'énergie que Sai pouvait tirer, les buses ont à peine réussi à concentrer toute cette puissance en un seul éclair. En réalité, du point de vue de Sai, c'était plus comme un déluge. Une grande vague de puissance brûlante, ondulant depuis le *Prisa* et immolant le chasseur en forme de dague de la même manière qu'une mouche pourrait disparaître dans le laser d'un fusil.

Bien sûr, Sai a dû déduire tout cela de la pluie de débris qui cascadait autour de son petit bungalow. Ce surnom affectueux, qu'il donnait à la maison de sa famille, lui est venu dans les sombres instants qui ont suivi, ses oreilles bourdonnant, ses nerfs en feu, et son corps ravivant les brûlures reçues sur Wexer qui n'avaient pas eu le temps de guérir. Le *Prisa* avait subi des dégâts, et ces dégâts avaient transformé la branche gauche du vaisseau en un désordre fissuré. Des casiers et des bouches d'aération avaient éclaté, et un recycleur d'air crachotait et cliquetait.

Toutes les lumières se sont éteintes après que Sai ait appuyé sur la gâchette, le laissant assis dans le fauteuil de la tourelle, baigné dans la lumière des étoiles qu'il pouvait trouver. Les interphones ne fonctionnaient plus, et le *Prisa* continuait sa course, Sai se demandant s'il pouvait être la seule personne encore en vie. Pas qu'il puisse faire grand-chose avec cette information.

L'explosion avait grillé les commandes de la tourelle, envoyant sa chaleur en cascade à travers les manettes et dans l'espace de Sai. Le siège avait fondu sur ses vêtements, les poignées s'étaient soudées aux mains de Sai. Pendant de longs moments, Sai est resté assis là, se demandant comment il était encore en vie, se demandant quand il devrait lâcher prise. Sai a regardé le *Nautilus* s'éloigner, sa masse passant hors de son champ de vision, sans qu'aucun secours n'arrive.

Ainsi, son bungalow, un petit endroit dans un vaisseau plus grand, isolé et confortable — une fois que Sai se fut habitué à la douleur, ce qui n'était pas si difficile, vu qu'une place dans Escouade Sever signifiait se familiariser vraiment avec la souffrance — a commencé à ressembler à un cercueil approprié. Partir avec une belle vue stellaire, avec la certitude d'être tombé en essayant de sauver un membre de son escouade.

Mourir en combattant, une vision ancrée dans les récits héroïques que ses propres parents avaient racontés à son moi enfant, cultivée par les guerriers avec lesquels Sai avait servi dans DefenseCorp. Pas, peut-être, avec son katana, mais Sai pouvait accepter cette fin.

Puis le foutu *Prisa* a tourné. S'est retourné et a accéléré, coupant la distance avec le *Nautilus*. Le grand croiseur n'allait pas s'échapper si facilement, pas d'un vaisseau qui n'était plus mort.

— Eponi, a dit Sai, sa voix habituellement ténor devenue un gravier rocailleux avec une gorge qui avait failli inhaler du feu. Tu es incroyable...

Les mots se sont brisés dans une quinte de toux, une montée provoquée par des poumons, par un corps contraint à l'action par une équation de vie qui ne résultait plus à zéro. La bombe avait explosé, mais le démolisseur avait une chance de survivre.

Mais pour survivre, Sai devrait sortir de ce siège. Ce qui aurait dû être facile en apesanteur, facile en gravité normale et, bon sang, facile dans la gravité plus élevée réservée aux planètes grandes et denses s'est avéré être une proposition difficile. D'une part, les mains de Sai étaient toujours verrouillées sur le manche de visée de la tourelle, grâce à ses gants, maintenant fondus sur place.

Une traction avec ses doigts n'a produit rien de plus qu'une sensation collante. Aucun progrès. Les paumes de Sai n'ont pas fait mieux. Il y avait des animaux qui, lorsqu'ils étaient piégés, rongeaient leurs membres pour se libérer, et Sai a baissé les yeux et s'est interrogé. Il devrait se mordre les deux poignets, et les deux jambes, une idée dégoûtante et suicidaire.

Ce qui ne laissait qu'une option.

Se penchant en avant, Sai s'est d'abord attaqué à sa main gauche. Les gants, conçus pour aider à garder une prise sur quelque chose comme la tourelle ou la crosse d'un fusil, glissaient serrés et se moulaient à ses mains. Ils n'étaient pas conçus pour résister aux griffures, aux morsures et aux tractions. Comme un chien, Sai a utilisé ses dents pour saisir le fin tissu, une matière noire qui avait le goût de gélatine trop cuite, et le déchirer. Un brin à la fois jusqu'à ce que les seuls morceaux restants soient ceux reliant ses doigts au manche de vol.

Bien que la gorge de Sai lui donnait l'impression d'avoir pris de longues vacances dans un désert, il a réussi à produire assez de salive pour en cracher un peu sur les doigts collés. Le liquide a fait son effet, travaillant à graisser les brins fondus, à ronger les liens avec la peau de Sai, de sorte qu'avec une autre traction, Sai a décollé sa main gauche, laissant quelques morceaux de peau collés au gant.

Une autre brûlure à soigner. Bientôt, Sai ne serait plus que ça, que des brûlures, au lieu d'un corps.

Avec une main libre, Sai a libéré sa main droite doigt par doigt. Pendant qu'il y travaillait, Sai continuait d'entendre des sons résonner à travers le *Prisa*. Eponi grondait, remettait les choses en place. Peut-être même qu'elle essayait de le rejoindre.

Le *Nautilus*, devant, s'éloignait davantage.

Une fois sa main droite libérée, avec l'effort progressif épargnant à ces doigts et cette paume autant de douleur que la gauche de Sai, la situation désespérée a glissé vers l'espoir. Ils allaient survivre à ça, tous les deux. Ils trouveraient un moyen, même si le *Nautilus* les laissait derrière.

Les jambes de Sai se sont avérées les plus faciles. Avec ses deux mains, et le matériau plus épais de son pantalon, Sai a libéré ses jambes, se retrouvant à porter la première, et peut-être la seule, paire de shorts spatiaux jamais créée. Le *Prisa* gardait les choses fraîches — chauffer les choses dans le vide prenait de l'énergie, et Eponi n'en gaspillerait sûrement pas pour le confort des créatures — donc la chair de poule hérissait la peau exposée de Sai.

Mais bon sang, il était enfin libre de ce siège. Flotter n'avait jamais été aussi bon.

Sai se sentit encore mieux lorsqu'il remarqua un nouveau point lumineux s'éloignant du *Nautilus*. Les lumières du petit vaisseau scintillaient dans leur direction, se décomposant en arc-en-ciel en traversant les fissures causées par les débris sur la vitre du bungalow de Sai. Quelqu'un venait les chercher.

Sai se retourna et se propulsa le long du couloir encombré, écartant les débris sur son passage pour atteindre la porte de liaison. Un sas circulaire prêt à isoler le couloir en cas de fuite dans le vide, le *Prisa* avait pris la précaution de fermer ses portes teintées de rouge lors de la surcharge électrique. Sans énergie et avec un éclairage minimal, Sai examina l'appareil en essayant de trouver un moyen de l'ouvrir.

C'était plus facile à deux que tout seul, alors Sai frappa à la porte. Les coups sourds résonnèrent dans le vaisseau et, après une minute, plusieurs coups lui répondirent de l'autre côté.

— Tu ne peux pas m'entendre à travers, n'est-ce pas ? demanda Sai, avant de se sentir stupide.

La porte avait été conçue pour empêcher les fuites dans le vide. Impossible qu'elle laisse passer les voix. L'absence de réponse d'Eponi confirma son analyse, alors Sai frappa à nouveau.

Cette fois, Eponi ne répondit pas. Sai attendit, puis regarda en arrière dans le couloir pour voir le vaisseau qui approchait. La silhouette lui semblait maintenant familière, gris argenté filant vers eux. Une navette de largage de

DefenseCorp. Difficile de savoir si ceux à bord étaient des alliés.

Un bip lumineux attira le regard de Sai vers la porte. De petites lumières vert citron et joyeuses s'allumèrent tout autour. Suivant cette indication claire, Sai appuya sur le bouton d'ouverture et la porte obéit à sa commande, s'ouvrant dans un chuintement pour révéler la chambre centrale du *Prisa* et la tête d'Eponi qui rebondissait dans les escaliers.

— Salut, réussit à dire Sai, avant qu'Eponi ne se propulse vers lui et ne plaque le démolisseur dans une étreinte serrée.

— On est vivants, dit Eponi, écrasant son visage contre l'épaule de Sai. Tu peux le croire ?

— Pas vraiment, répondit Sai. Je pensais être mort quand j'ai tiré ce coup.

— Moi aussi, dit Eponi en se reculant, les yeux brillants, un sourire malicieux se dessinant. J'ai cru que tu avais fait ton numéro de héros.

— J'ai essayé.

— Ouais, t'as essayé de me laisser mourir ici toute seule. Connard.

Sai rit à cette remarque, sentit ses poumons lui faire mal, et le regard d'Eponi devint inquiet. Elle souleva sa main gauche, fronça les sourcils. Elle examina son short, fronçant encore plus les sourcils.

— Ce n'était pas facile de sortir de là, dit Sai. Tu crois que je peux avoir de la pommade ?

— Je vais chercher la pommade, toi, va mettre un pantalon, répondit Eponi. Il y a une navette qui arrive, et personne n'a envie de voir ce que tu as là maintenant.

Sai trouva de nouveaux vêtements dans les quartiers de l'équipage — les anciens propriétaires du *Prisa* en avaient laissé beaucoup, et bien que Sai ne dirait pas qu'il n'avait aucun remords à prendre toutes leurs possessions, les risques constants pour leurs vies l'empêchaient de trop y penser — et s'appliqua de la pommade, rejoignant Eponi avec un katana prêt lorsque la navette de largage s'arrima. Le *Prisa* n'avait pas de communications en état de marche, ils ne savaient donc pas si leurs visiteurs étaient des amis, des ennemis ou quelque chose entre les deux.

Armé du katana et d'un pistolet, Sai descendit dans la salle des machines du *Prisa*. Pendant qu'Eponi attendrait en haut avec son fusil pour un premier accueil, Sai se tiendrait prêt pour une embuscade. Bondir par derrière et couper la retraite à quiconque viendrait de la navette. Si les choses tournaient vraiment mal, Sai utiliserait son pistolet pour tirer sur la batterie du *Prisa* jusqu'à ce qu'elle surcharge et explose, emportant les deux vaisseaux.

Le plan tomba à l'eau quand le salut de Rovo traversa l'écoutille ouverte, emportant avec lui les inquiétudes résignées de Sai et provoquant un cri de joie d'Eponi. Ils accueillirent tous deux Rovo au milieu, rattrapant la recrue qui boitait en entrant dans le *Prisa*.

— Tu as piloté la navette de largage ? demanda Eponi, quelques minutes plus tard alors qu'ils prenaient place dans le cockpit de la navette, Eponi aux commandes et Rovo assis à côté d'elle.

— C'est beaucoup dire, répondit Rovo. La recrue avait la pâleur qui accompagne les blessures graves, et si Sai trouvait que sa propre respiration sonnait mal, celle de Rovo ressemblait à du papier de verre griffé. J'ai juste dit à la navette de s'arrimer à vous, et elle a fait le reste. Tout ce que j'ai fait, c'est l'allumer.

— Eh bien, je te remercie, dit Sai. Peu importe comment tu es arrivé ici, je suis juste content que tu l'aies fait.

— Certainement. Eponi se retourna vers la console et commença à pianoter. Je verrouille les pinces d'amarrage de la navette au *Prisa*. On devrait pouvoir remorquer mon bébé.

— Ton bébé ? demanda Rovo.

— Tu m'as bien entendue, répondit Eponi. Quelles sont les nouvelles du *Nautilus* ? On a gagné ?

Rovo se lança dans le récit, lâchant un détail après l'autre qui rendait clair que les membres de l'escouade, jusqu'à présent, n'avaient pas gagné. Qu'ils étaient, en fait, coincés dans un long combat contre un adversaire qu'ils ne pouvaient pas dénombrer.

— Je veux dire, ça pourrait être n'importe qui. Rovo essaya de lever les mains, tressaillit et les reposa sur ses accoudoirs. Les agents sont partout, et ils ne se rendent pas.

— Les membres de l'escouade ne les rassemblent pas ? demanda Sai. Pour les amener dans cette baie ?

— Ouais, si tu peux rassembler quelqu'un que tu ne peux ni voir ni traquer.

— Alors il faudra qu'on soit plus malins, dit Sai. Eponi, tu peux contacter Aurora ? On a besoin de connaître nos prochaines étapes.

L'appel au centre de communication du *Nautilus* fut bref et sec. Lamya intercepta la transmission pour dire qu'Aurora était partie seule vers la baie C-17. Plusieurs autres escouades avaient été envoyées à la baie et on n'avait plus eu de nouvelles. Maintenant, dit Lamya, ils isolaient cette partie du vaisseau.

— Quelque chose a mal tourné là-bas, et on ne peut pas risquer plus de troupes tant qu'on ne comprend pas quoi, dit Lamya. Il y a encore trop de parties de ce vaisseau que nous ne contrôlons pas pour nous engager sur un seul point.

Rovo avait les yeux fermés, il semblait avoir besoin de

dormir pendant mille ans. Eponi se mordait la lèvre. Sai sentait la brûlure ondulante le long de son dos, ses mains, ses jambes alors que la pommade empêchait la douleur de le mordre, mais ne l'engourdissait pas complètement. Ils n'avaient pas d'armure, pas beaucoup d'armes et n'étaient pas en pleine forme.

Mais Aurora avait besoin d'aide.

— On va jeter un œil à C-17 et on vous fera un rapport, dit Sai. Établissez votre périmètre et continuez à nettoyer le vaisseau.

— Sai, je vous respecte, mais je ne reçois pas d'ordres de vous, dit Lamya. Si vous voulez sauver C-17, allez-y, mais n'attendez pas de renforts. Je ne risquerai pas mes forces pour sauver des déserteurs.

— Bien reçu. Sai fit signe à Eponi de couper la transmission, et quand elle le fit, Sai renifla. Je n'arrive pas à croire qu'elle joue la carte de la loyauté maintenant.

— Je n'arrive pas à croire que tu viens de dire qu'on allait se précipiter en territoire ennemi, rétorqua Eponi. À quoi tu penses ?

— Que c'est ce qu'on fait, Eponi.

La déclaration de Sai ne semblait pas avoir fait changer d'avis le pilote, mais Eponi ne contesta pas l'ordre et dirigea la navette de largage vers le hangar C-17. Eponi insista cependant pour déposer d'abord le *Prisa* dans un hangar vide. L'atterrissage en douceur prit plusieurs minutes agaçantes, mais Sai ne pouvait pas s'opposer à la préservation du seul vaisseau de Sever. Eponi posa le *Prisa*, les trains d'atterrissage définitivement non engagés, sur le sol du hangar, grimaçant tout du long.

— Tu présentes tes excuses à ce vaisseau ? demanda Rovo sans ouvrir les yeux.

— Je suis désolée, répondit Eponi en déconnectant le

crochet et en propulsant la navette vers l'espace. C'est de ma faute si le *Prisa* a été touché.

— Tu as bien piloté, dit Sai. Nous étions en infériorité numérique. C'est grâce à toi que nous avons survécu, dégâts ou pas.

— Ça ne veut pas dire que je ne lui dois pas des excuses.

Avec le *Prisa* abandonné et relativement en sécurité dans son hangar, Eponi fit pivoter la navette de largage vers le C-17.

— Rien de tel que d'attaquer un vaisseau bien meilleur que le nôtre, dit Eponi. Comment veux-tu qu'on s'y prenne ?

Sai avait réfléchi à cette question exacte pendant le largage du *Prisa*, et bien qu'il n'aimât pas sa réponse, c'était la seule qui avait du sens.

— Donne les commandes à Rovo, dit Sai. Il va nous couvrir pendant qu'on touchera le sol et qu'on trouvera Aurora.

— Donc je suis à peine un pilote, à peine un tireur, et maintenant je dois faire les deux ? répondit Rovo alors que le hangar se rapprochait. Hourra.

— À toi de jouer, dit Sai. Dès que tu nous auras couverts, je veux que tu files. Pas question de traîner, parce que ce transporteur pourrait griller cet engin en un clin d'œil. Eponi et moi allons trouver Aurora et évacuer, puis on se retrouvera dans le hangar suivant.

— Je dois dire que ça a l'air de craindre, marmonna Eponi, mais elle se leva quand même après avoir mis la navette de largage sur une trajectoire d'entrée pour le hangar.

— Est-ce que ce n'est pas toujours le cas avec cette escouade ? demanda Rovo.

Eponi céda le siège du pilote à Rovo alors que la navette

de largage entrait dans le hangar. Dès que l'appareil eut franchi le bouclier magnétisé, Rovo ouvrit les côtés, donnant à Sai et Eponi une vue claire du massacre en dessous. Des membres de l'escouade et des agents jonchaient le sol, bien que d'autres se déplaçaient, chargeant le transporteur.

— On dirait qu'on a perdu, dit Sai, regardant les uniformes noirs et cramoisis parmi ceux encore debout, ceux qui se tournaient maintenant pour viser la navette. On évacue ?

— Maintenant tu veux être malin ? dit Eponi. On a l'effet de surprise, utilisons-le.

En infériorité numérique et sous-armés, Sai et Eponi sautèrent de la navette. Sai avait son katana dans une main, son pistolet dans l'autre, tirant les premiers coups sur les agents. L'ennemi saisit ses fusils, les leva, et reçut des tirs alors que Rovo faisait cracher les tourelles de la navette de largage. Le tir en balayage ne fonctionnait peut-être pas bien contre les chasseurs, mais en combat rapproché ? Contre des humains ?

Sai atterrit au milieu d'un déluge laser, lâchant son pistolet, levant son épée et, sentant la montée d'adrénaline, partit à la chasse.

28

CHANGEMENT D'ENJEU

À présent, le couloir expérimental lui semblait familier. Gregor, sortant de l'ascenseur derrière Vana, fixait sa longue étendue menant vers la proue du *Nautilus* et s'attarda un instant sur le *Laboratoire d'armement* 3. Oui, il connaissait cet endroit, et non, il ne voulait plus jamais y revenir.

Vana semblait ressentir la même chose, bien qu'elle l'ait amené ici. Les premiers mots qui sortirent de sa bouche lorsqu'ils quittèrent l'ascenseur furent un juron, et elle passa ses mains sur son visage, repoussant ses cheveux en arrière et lançant un regard d'acier à Gregor.

— Laisse-moi parler, dit Vana.

Quant à savoir à qui Vana allait parler, ils envahissaient le couloir. Une escouade complète, pas loin devant Vana et Gregor, progressait en inspectant les pièces au fur et à mesure. Une quinzaine de personnes, comprenant des soldats et les scientifiques leur donnant accès aux salles. Lamya et les autres tenant leur promesse de fouiller le vaisseau.

Quitter l'ascenseur dans une armure de combat

complète attirait toute l'attention qu'il ne fallait pas, avec des cris d'alarme marquant l'entrée de Gregor dans le couloir, suivis de fusils pointés dans sa direction. Vana leva les mains, et Gregor écarta les gantelets de l'armure aussi largement que le couloir le permettait, montrant qu'il ne tenait aucune arme.

Les membres de l'escouade ne faisaient que leur travail. Pas besoin de leur compliquer la tâche.

— Nous sécurisons du matériel précieux, dit Vana lorsque le chef d'escouade s'écarta suffisamment pour demander ce que fichaient ici Vana, vêtue de sa version lourdement armée de l'uniforme d'intendant, et un homme en armure motorisée. Plus loin, il y a de l'équipement que nous ne pouvons pas laisser tomber entre les mains des agents.

— Plus loin où ?

— *Laboratoire d'armement 5*, dit Vana. Je vous conseille, à vous et votre escouade, de rester en arrière. Laissez-nous nous en occuper.

— Ce n'est pas vous qui donnez les ordres dans cette situation, répliqua le chef d'escouade. Nous vous accompagnerons.

Vana hésita, puis haussa les épaules.

— Très bien. Je ne vais pas refuser l'aide.

Et pourtant, Gregor était plutôt certain que Vana ne voulait pas que l'escouade les accompagne. Le chef d'escouade le sentait aussi, et bien que ses soldats s'écartent pour les laisser passer, la visière de Gregor en marquait beaucoup en rouge comme menaces potentielles. Ces fusils d'escouade pointés, même vaguement, dans sa direction.

— Allez, dit Vana alors qu'ils passaient devant l'escouade. Avant qu'ils ne commencent à poser les vraies questions.

— Comme ?

— Comme qui tu es. Qui je suis. Pourquoi ils vont mourir.

Vana continua à marcher, l'escouade se mettant en mouvement derrière eux. Les pas lourds de Gregor couvraient le bruit de la marche, mais pas les conversations qui s'élevaient dans son sillage. L'armure captait plus que les oreilles de Gregor ne l'auraient fait, saisissant des questions murmurées sur ce qu'une armure comme la sienne faisait sur le *Nautilus*.

— Pourquoi ils vont mourir ? demanda Gregor.

— Tu as déjà entendu l'expression "au mauvais endroit au mauvais moment" ?

— Ça me dit quelque chose.

— Applique-la. Vana s'arrêta devant le *Laboratoire d'armement 5*. Reste prêt. Si j'ai raison, c'est ici que tout va déraper.

Vana transmit la même instruction à l'escouade, qui se déploya derrière eux. L'entrée du *Laboratoire d'armement 5* s'étalait sur une double largeur, conçue pour des travaux plus lourds que la petite chambre qui avait abrité l'armure de Gregor. Lorsque Vana tapota son bracelet, la porte s'ouvrit docilement, débouchant sur une autre pièce intermédiaire.

— Vous tous, attendez ici, lança Vana à l'escouade. Couvrez la sortie.

Le chef d'escouade commença une réplique, peut-être un grognement disant, encore une fois, que Vana ne pouvait pas lui donner d'ordres, mais l'agent tourna le dos aux troupes et entra. Gregor suivit, prêt à ignorer la querelle entre les deux parties. Le conflit n'impliquait pas de casser des choses, et Gregor avait déjà fait sa part de diplomatie pour la journée avec Lamya.

De plus, sa visière émit un avertissement concernant des signatures énergétiques devant. Normalement, un signal comme celui-ci aurait signifié que des fusils ou d'autres armes à énergie étaient pointés vers Gregor. Avec une porte fermée bloquant toute visibilité, bloquant la plupart des rayonnements d'énergie, il devait y avoir quelque chose de particulièrement dangereux là-dedans.

— Fais attention, dit Gregor alors que la première porte se fermait derrière eux, les séparant de leur escorte. Il y a quelque chose d'actif de l'autre côté.

— Je m'en doute, Vana hésita à côté du scanner intérieur. Gregor, j'ai besoin de savoir quelque chose.

— Quoi ?

— Ton escouade. Que voulez-vous ?

— Je ne comprends pas.

— Quel est votre objectif ? Vana s'appuya contre le mur à côté du scanner. Votre commandante, Aurora, parlait comme si elle avait de grandes idées en tête. C'est ce que vous recherchez ?

Il y avait un temps pour les discussions profondes sur les objectifs de vie, la philosophie, et ainsi de suite. Ce temps n'était pas maintenant. Gregor avait une escouade à retrouver, un pont à visiter sur les ordres de sa commandante.

— Ouvre la porte, dit Gregor. Finissons-en et allons sur le pont.

— Donc tu ne sais pas ce que tu cherches.

— Tu m'as entendu.

Vana haussa les épaules et se tourna vers le scanner.

— C'est ton choix. Je trouve que c'est plus facile de travailler avec des alliés quand je connais leurs objectifs, mais fais comme tu veux.

— C'est ce que je vais faire.

Gregor ajusta sa position, se plaça au centre de la porte et s'équilibra sur ses pieds, prêt à bondir en avant. L'armure n'avait pas d'autres armes que ses grands poings métalliques, et bien que cela devrait suffire, Gregor devrait se rapprocher à distance de frappe pour faire des dégâts.

Le scanner cliqua et la porte coulissa. L'introduction de Vana laissait penser que le *Laboratoire d'Armement 5* serait une chambre des horreurs, comme les salles sur Dynas où les créations virales de Felix se désintégraient en secret.

Au lieu de cela, l'endroit brillait d'une perfection immaculée, fruit d'un nettoyage méticuleux, le genre qui ne venait pas de robots suivant un algorithme mais d'humains patients dont la carrière était en jeu. Des noirs et des rouges étincelants recouvraient la pièce, avec des cercles jaune moutarde placés sous ce qui ressemblait à des crochets vides suspendus.

Enfin, presque vides.

Cinq crochets, espacés par groupes de deux, pendaient ouverts, chacun relié à une console de contrôle. Le sixième, vers le milieu du fond de la pièce, tenait son trésor. Une combinaison blanc neige entrelacée de métaux vitreux, comme une armure de combat pour une soirée de mode. Aucun accessoire d'arme n'était accroché à son corps, pas de gros packs d'énergie prêts à transformer la force cinétique en sauts propulsés. Le genre de combinaison qu'un agent pourrait concevoir : jolie et inutile dans une vraie bataille.

La visière de Gregor la détecta, et capta également deux autres signatures dans la pièce, longeant les murs gauche et droit. Malgré les avertissements, Gregor se concentra sur la menace plus immédiate au centre.

Renard, avec un uniforme brûlé, le visage meurtri, et tenant son poignet gauche, s'appuyait sur la combinaison suspendue. Il regardait vers Vana avec une expression qui disait qu'il essayait de travailler un triomphe hautain mais n'y arrivait tout simplement pas. Quand il essaya de parler, l'homme toussa, et du rouge nettement plus vif éclaboussa le sol à ses pieds.

— Les choses ne se passent pas tout à fait comme tu l'avais prévu, Renard ? dit Vana en entrant à grands pas dans la pièce.

— Attention, avertit Gregor. Il y a d'autres personnes ici.

— Ton ami a raison, dit Renard, se remettant suffisamment pour articuler une phrase d'une voix rauque. Le plan a peut-être eu besoin de quelques ajustements, Vana, parce que certaines personnes ne sont pas assez intelligentes pour réaliser quand elles ont perdu, mais nous sommes toujours aux commandes.

Vana, apparemment indifférente à l'avertissement de Gregor, alla droit vers Renard. Elle ne leva pas le fusil, mais entra avec toute la confiance de quelqu'un qui possédait la pièce et tout ce qu'elle contenait. Gregor resta en retrait, près de la porte, où personne ne pouvait se glisser derrière lui. Plus inquiétantes étaient les lectures d'énergie de la visière, qui indiquaient qu'il devait y avoir des choses à sa gauche et à sa droite, mais ses yeux ne voyaient rien près de ces murs.

Non, pas tout à fait rien. Gregor plissa les yeux, regardant à sa droite, pendant que Vana et Renard se lançaient dans une discussion plus calme. Le long du mur noir, une ligne cramoisie courant en son milieu, la lumière blanche projetée par les rangées d'éclairage au plafond se courbait ici et là. Comme si elle passait à travers un filtre, éclaboussant à des angles étranges le mur derrière. De très légères ombres traversaient le rouge.

En ce qui concernait la technologie, Gregor, Sever et DefenseCorp avaient déjà expérimenté avec la technologie de furtivité et de déformation de la lumière. Ces choses capricieuses nécessitaient généralement toutes sortes d'énergie folle pour maintenir l'illusion, et étaient terriblement fragiles. Une seule égratignure ou brûlure au laser faisait s'effondrer le spectacle, rendant le principal avantage de la combinaison inutile dès le début d'un échange de tirs.

C'est pourquoi elles avaient été abandonnées. Si Vana s'était montée la tête pour une nouvelle combinaison furtive, alors elle avait raté l'histoire de cette idée.

— Gregor, dit Vana, se détournant de Renard et le regardant. Tu veux bien entrer un peu plus ?

— Pourquoi ?

— Parce que Renard semble penser qu'il a trouvé une formule gagnante, et je veux que tu lui prouves qu'il a tort.

— Je ne suis pas un jouet, dit Gregor.

— Non, répondit Renard, pas un jouet, mais une preuve inestimable. Vana me dit que tu fais partie de l'escouade Sever, et je ne peux pas dire que je suis surpris de voir encore un autre d'entre vous me planter un couteau dans le côté. Ici, maintenant, tu as une chance de le pousser jusqu'au bout. De mettre fin à mes tentatives.

Gregor ne bougea pas. Les signatures d'énergie, elles, bougèrent. Elles se déplacèrent toutes les deux, longeant les murs et s'approchant de sa position d'armure de combat qui enjambait la porte.

— Tu vois, Vana ? dit Renard. Helix n'était qu'une partie de notre travail. Une branche de notre arbre. Ceci, ici ? C'est le tronc, les racines et les feuilles.

Vana, le fusil pendouillant, croisa les bras et regarda vers Gregor, — Tu parles beaucoup, Renard. Je préfère voir plutôt qu'entendre.

— Alors regarde.

Gregor ne prêta qu'une demi-attention aux mots. Se

concentrant sur les signaux d'énergie, Gregor attendit qu'ils s'approchent à quelques mètres, puis déplaça son poids sur son pied droit. L'armure de combat obéit, sa masse crépitant à la vie alors que le propre mouvement de Gregor, son rythme cardiaque en hausse, faisait passer l'armure en mode de combat actif. Gregor n'avait peut-être pas de fusil, peut-être pas de marteau, mais les gants feraient très bien l'affaire.

Avec son poing droit balançant en haut et son gauche arrivant en bas, l'attaque sautée de Gregor prit l'ennemi invisible par surprise. Quiconque se trouvait à l'intérieur de la combinaison pensait apparemment être en sécurité, car les gants métalliques de Gregor frappèrent juste, cognant et pliant leur cible, le coup projetant l'ennemi en arrière. Gregor ne pouvait pas voir l'impact, mais il entendit le métal mou heurter le mur droit de la pièce, suivi d'un bruit sourd lorsque sa cible tomba au sol.

Tournoyant, Gregor envoya un coup de pied chargé cinétiquement vers le deuxième signal, qui s'approchait par derrière. Celui-ci joua plus intelligemment, dansant en arrière loin du pied métallique mortel. Gregor capta les déplacements de lumière alors que la combinaison restait à distance. Une erreur, laissant Gregor se ressaisir. Maintenant les choses invisibles avaient perdu leur avantage numérique.

Et avec la visière, cette invisibilité ne servait pas à grand-chose de toute façon.

— Je ne suis pas impressionnée, Renard, dit Vana.

— Ne blâme pas la machine pour l'erreur du pilote, répliqua Renard.

— Alors peut-être que tu as besoin de meilleurs pilotes.

Gregor se rapprocha de la combinaison invisible restante. La ruée du combat coulait en lui, gardant ses yeux fixés sur cette signature d'énergie, ses bras et ses jambes ressentant son armure de combat plus grande, ses limites et ses capacités. La combinaison bougeait plus lentement que l'ancienne de Gregor, ses plaques plus grandes pesant sur les membres naturels de Gregor, mais le monstre avait été conçu avec la fluidité de mouvement à l'esprit, déplaçant rapidement l'élan d'une partie à l'autre, de sorte qu'une fois que Gregor commençait à bouger, il ne s'arrêtait pas facilement.

Sa cible ne connaissait pas les capacités de Gregor. Le spectre invisible zigzaguait comme s'il se battait contre une armure de combat plus traditionnelle, avec ses arrêts, ses démarrages et ses fonctions de combat standard. Au lieu de cela, Gregor avançait lourdement, tournait, frappait et donnait des coups de pied dans une séquence massive et broyante, chaque mouvement alimentant le suivant presque sans le consentement de Gregor. L'armure poussant Gregor d'un coup à l'autre d'elle-même.

Ce flux constant pouvait être la raison pour laquelle la combinaison se trouvait dans le laboratoire expérimental. Pour Gregor, qui dansait après l'ennemi, l'expérience était un succès.

La combinaison invisible tenta finalement une attaque, se glissant sous un lourd coup de poing de Gregor et prenant le mouvement de charge pour une ouverture. Au lieu de cela, alors que Gregor sentait et entendait une sorte de lame glisser sur la plaque de poitrine de sa combinaison — une autre arme modifiant la lumière ? —, il ramena son bras droit de l'élan, saisissant et écrasant l'ennemi invisible contre lui.

Une étreinte mortelle. L'armure invisible, cependant, ne craqua pas comme le ferait une armure motorisée normale. Au lieu de cela, elle se plia autour de l'écrasement de

Gregor, se déformant vers l'intérieur comme le ferait un corps biologique. L'être invisible se tortilla, et un cri déformé se fit entendre, avant que Gregor ne sente le mouvement se figer. Il desserra son bras et laissa tomber la chose au sol.

Et il fixa du regard.

Les combinaisons furtives, une fois endommagées, devraient être visibles. Devraient être inutiles. Celle-ci continuait de dévier la lumière, restant presque impossible à repérer, sauf pour sa signature énergétique déclinante. Si DefenseCorp avait trouvé comment garder une combinaison invisible tout en encaissant des coups, alors ça —

— Un gâchis, dit Vana, et Gregor jeta un coup d'œil dans sa direction.

Ou plutôt là où Vana aurait dû être. Au lieu de cela, Renard s'était retiré contre le mur du fond de la pièce, avec un sourire sinistre sur le visage. Vana et la combinaison restante avaient disparu, et avec elles, une nouvelle signature énergétique apparut sur la visière.

— Des pilotes incompétents qui gaspillent nos ressources, dit Vana, sa voix résonnant tandis qu'elle se déplaçait dans la pièce. Tu aurais dû me dire que tu étais arrivé jusque-là, Renard. Ça change la donne.

— Je ne savais même pas que tu étais montée à bord de notre petit vaisseau, répondit Renard tandis que Gregor essayait de garder un œil sur les deux. Mais ne vois-tu pas ? Ceci, et la fille, changeraient tout.

— Qu'en pensent les Caspariens ?

Les Caspariens ?

— Ils ne sont pas assez nombreux pour s'en soucier, dit Renard, avant de lâcher une nouvelle toux sanglante. Si tu veux bien, Vana, j'ai peur que nous soyons déjà en retard.

— Je suppose que tu as raison. La voix de Vana venait

du coin le plus éloigné de la pièce, près de l'endroit où Gregor avait assommé le premier. Gregor, je suis désolée de t'avoir conduit jusqu'ici. J'ai eu un changement de cœur, et maintenant je ne peux pas te laisser partir.

La trahison. Gregor aurait aimé ne jamais la voir, mais les loyautés avaient tendance à changer rapidement avec l'argent revendiquant la cause principale du cœur de la galaxie.

De plus, Vana était une agente, et Gregor ne s'attarderait jamais trop sur le fait de démolir l'un d'entre eux.

— Sans rancune, répondit Gregor, et il fonça droit sur la signature énergétique de Vana.

Il balaya ses bras largement, essayant de couper les voies de Vana. L'armure invisible était assez fine pour que si Gregor réussissait un bon coup, elle serait hors-jeu avant même que le combat ne commence. Deux pas amenèrent Gregor au milieu de la pièce, et quand il en fit un troisième, sa visière se fissura.

Une lame, comme une pointe de flèche en diamant, transperça directement le verre de la visière. Sa pointe s'arrêta à quelques centimètres du visage de Gregor. Gregor trébucha et s'arrêta, porta une main à son visage et arracha la lame, emportant le verre de la visière avec elle, laissant le visage de Gregor exposé.

Le laissant sans aucun moyen de suivre ces signatures énergétiques.

— Tu vois, Renard ? dit Vana, sa voix venant de derrière Gregor. Un pilotage correct. Connaître les faiblesses et les exploiter.

— Ne me parle pas, répondit Renard. Tue l'homme et qu'on en finisse.

Gregor fit volte-face, lançant ses bras dans un large mouvement. Si Vana avait chargé dans le dos de Gregor, les coups l'auraient touchée de plein fouet. Ses poings ne frappèrent que de l'air, et quand Gregor termina son demi-tour, la seule chose qu'il vit fut Renard, debout là et ayant l'air malade.

Où était-elle passée ?

Essayer de trouver la lumière déviée s'avéra plus difficile sans la visière pour guider les yeux de Gregor. Il cligna des yeux, pivota, faisant un cercle en claquant des pieds et ne voyant rien.

— Arrête de jouer, Vana. Renard toussa.

Ces mots changèrent la donne. Gregor ne pouvait pas voir Vana, mais il pouvait sacrément bien voir Renard. Gregor se retourna brusquement et commença à bondir vers le chef des agents. Alors que l'armure répondait à l'ordre de Gregor et agissait en conséquence, une brûlure cuisante se fit sentir dans son dos. La grande combinaison vacilla tandis que les batteries alimentant l'armure de Gregor explosaient une par une, leurs conduits tranchés.

Gregor ne bondit pas, ne se jeta pas sur Renard.

Il tomba en avant, heurta le sol avec un bang qui résonna dans toute la pièce et au-delà. Le poids de la combinaison écrasa Gregor, qui avait perdu son souffle dans la chute et luttait pour le récupérer, pour faire entrer suffisamment d'air dans ses poumons pour prononcer le mot-clé qui ferait exploser l'armure.

— Très bien, dit Renard, et le coup de grâce ?

— Encore une fois, mes excuses pour être si grossière, dit Vana, sa voix juste à côté de l'oreille de Gregor, la pointe de quelque chose touchant sa gorge. Parfois, des surprises arrivent.

Gregor ne pouvait même pas trouver le souffle pour une réplique. Frustrant.

La porte du laboratoire s'ouvrit en sifflant. Le chef d'escouade criait vers Renard, affirmant que l'homme devait se rendre. Qu'il était la cible. La pointe poussant contre la gorge de Gregor disparut, et il entendit de nouveaux bruits terribles quelques secondes plus tard.

Vana, se mettant à l'œuvre sanglante.

ÉPUISEMENT

Eponi pouvait compter sur les doigts d'une main les missions qu'elle avait effectuées avec l'Escouade Sever où ils avaient bénéficié d'un appui-feu. Et il lui resterait tous ses doigts.

Au moment où Eponi touchait le sol du hangar, à l'ombre de l'énorme transport, les tourelles de la navette de Rovo criblaient l'air autour d'elle. Les agents, qui avaient commencé à se disperser à l'arrivée de la navette dans le hangar, sprintaient vers les rampes d'embarquement du transport, abandonnant toute riposte tandis que leurs alliés se désintégraient autour d'eux.

Les tourelles de la navette, conçues pour le combat vaisseau contre vaisseau, faisaient bien plus que frire leurs malheureuses cibles. Les lasers martelaient le sol non protégé du hangar, faisant flamber les dalles et exploser ce qui se trouvait en dessous, provoquant des geysers d'étincelles, des jets de vapeur, et un passage rapide de l'éclairage du hangar à un orange paniqué.

DefenseCorp associait cette couleur aux brèches dans le vide, et si Eponi devait deviner, le *Nautilus* pensait que les boucliers du hangar pourraient lâcher. Si cela arrivait, les tirs du fusil d'Eponi n'auraient plus d'importance. Le katana de Sai et ses victimes — déjà nombreuses, à en juger par les éclaboussures rouges sur la lame — n'auraient plus d'importance. Même le gros transport, avec ses rampes d'embarquement ouvertes, serait déchiqueté lorsque l'espace extérieur attaquerait.

— Il faut y aller ! cria Eponi, suivant la trace de Sai et abattant tous ceux que les tourelles de Rovo avaient manqués. Foncez vers la porte, ou on est morts.

La porte du hangar, au moins, n'offrait pas beaucoup de résistance. Alors que le duo se précipitait dans cette direction, les agents allaient dans le sens opposé, se dirigeant vers leur transport.

— Et si elle est dans leur vaisseau ? dit Sai, esquivant le coup maladroit d'un agent qui tentait d'utiliser ses poings après que Sai eut tranché son fusil en deux. Tandis que Sai s'accroupissait, Eponi tira un coup rapide au-dessus de sa tête, abattant l'agent. On va la rater...

— On mourrait sur ce vaisseau, Sai, l'interrompit Eponi, manquant de trébucher sur un autre corps. Le barrage des tourelles de Rovo se déplaçait, lacérant maintenant l'espace derrière Sai et Eponi pour les couvrir. Pas moyen qu'on en élimine autant, juste nous deux.

Sai grogna son assentiment et continua d'avancer. Leurs cibles se faisaient rares à mesure qu'ils approchaient de la porte, le portail s'ouvrant à leur approche.

Aurora en jaillit. Pas comme un oiseau, mais comme une pierre. La capitaine de Sever heurta le sol et roula avec l'élan, se rattrapant sur un corps à moitié brûlé. Aurora avait une entaille qui lui barrait le visage et descendait le long d'un bras, un pistolet brisé dans une main. Des trous brûlés parsemaient son gilet, et en un instant, Eponi se dit qu'elle allait assister à la mort prématurée d'Aurora.

Sai ajusta sa trajectoire comme un aimant trouvant son pôle opposé, déviant vers sa droite et vers Aurora. Eponi regarda en direction de la porte, vers ce qui aurait pu projeter Aurora de la sorte, et ne vit rien. Elle était sur le point de dire qu'elle ne voyait rien, quand la lumière orange du hangar disparut dans une lueur nouvelle et terrifiante.

Projetés contre le vide, les lasers massifs échangés entre les vaisseaux semblaient petits. Éclaboussant les boucliers du *Prisa*, ils paraissaient dangereux.

Tirés par les énormes tourelles du transport, conçues pour soutenir des invasions terrestres à grande échelle, les tirs traversèrent les yeux fermés d'Eponi, leur chaleur fit bouillir l'air du hangar, et leur énergie s'écrasa contre la navette de Rovo et la coque au-dessus et autour d'elle, brisant le maigre bouclier de la navette et l'envoyant dans un crash rapide et tournoyant vers le mur opposé du hangar. Dans sa chute, la navette s'écrasa contre le corps blindé du transport, tordant et brisant une tourelle ou deux avant de se retourner, fumante, et de se coincer dans l'espace entre l'extrémité droite du transport et le mur du hangar.

Eponi réalisa qu'elle avait heurté le sol, sautant les états intermédiaires. Son fusil pressé contre sa poitrine lui rappelait qu'elle était toujours, bel et bien, en plein combat. Ce n'était pas une course de karts, où un accident vous laisserait dans une sorte de paix, attendant les secours.

— Attention ! L'avertissement d'Aurora perça les oreilles bourdonnantes d'Eponi, la ramenant dans le hangar crépitant et brisé. C'est une nouvelle combinaison !

Une nouvelle combinaison ? Eponi se redressa, vit Sai debout devant Aurora, katana prêt. Prêt à quoi, Eponi ne pouvait le dire. Rien ne semblait se tenir entre Sai et la porte du hangar, et au-delà s'étendait un couloir vide, quoique marqué par les explosions.

— De quoi tu parles ? dit Eponi, ne voyant rien. Elle risqua un coup d'œil derrière elle, observant les rampes du transport qui remontaient dans l'énorme vaisseau.

Ce qui présentait son propre problème. Si ces moteurs s'allumaient alors que quelqu'un se trouvait encore dans le hangar, ils fondraient tous comme neige au soleil. Et Rovo, s'il était encore en vie, serait réduit en cendres.

Eponi se mit à courir tandis qu'Aurora criait une réponse à la question de la pilote. Les mots de la capitaine de Sever furent vite interrompus par des chocs métalliques. Eponi, sprintant par-dessus des morceaux de corps, n'avait pas besoin de regarder pour savoir ce qui produisait ce bruit.

Sai et son katana avaient trouvé un ennemi. Tant mieux pour lui.

Devant, la navette dispersait ses débris au sol. Des plaques brûlées et brisées formaient une cascade de shrapnel alors que la structure du vaisseau se fracturait. Chaque pièce s'insérait dans les fissures sonores laissées par le combat de Sai, résonnant sur le sol tandis qu'Eponi dépassait les corps et se lançait dans un sprint total.

Quelque part en chemin, elle avait perdu son fusil. Quelque part en chemin, elle avait cessé de se soucier de l'arme.

— Rovo ! cria Eponi en atteignant la navette, regardant vers les moteurs qui clignotaient alors que l'arrière du vaisseau en ruine faisait mauvaise impression. Dis-moi que tu n'es pas encore mort ?

De près, la désintégration continue de la navette ajoutait des crépitements bleus et blancs alors que ses sources d'énergie rendaient leur dernier souffle. L'odeur de brûlé imprégnait l'air, et Eponi lutta contre l'envie de tousser, d'éternuer et de vomir en même temps à cause des fumées poussiéreuses qui s'échappaient de l'épave.

Le cockpit de la navette, où Rovo devait se trouver, pendait à plusieurs mètres au-dessus de la tête d'Eponi, et elle n'avait pas de bon moyen de grimper si haut. Sur n'importe quelle planète normale, Eponi aurait été coincée.

Mais le *Nautilus* n'était pas une planète. C'était un gros rocher avec des moteurs attachés.

— Je viens te chercher, le bleu ! cria Eponi. Ne fais rien de stupide !

Avant de sauter, Eponi jeta un coup d'œil en arrière le long de la baie, espérant voir Aurora et Sai arriver pour l'aider. Ou, à défaut, faire quelque chose pour retarder le décollage du grand transporteur. Au lieu de cela, il semblait que Sai et Aurora exécutaient une sorte de danse l'un autour de l'autre. Le katana de Sai tourbillonnait et tranchait, rebondissait sur quelque chose avant de repartir, tandis qu'Aurora esquivait et frappait, utilisant le pistolet cassé comme une arme, visant dans le vide.

— Mais qu'est-ce qu'ils font ? marmonna Eponi, avant de reporter son attention sur le problème qui l'occupait.

Peut-être que Sai et Aurora avaient perdu la tête. Ça pouvait attendre.

Eponi courut vers le mur intérieur de la baie, une surface plane marquée ici et là par les vestiges de moteurs passés. L'acier chromé argenté n'offrait normalement pas beaucoup de prise, mais la faible gravité aida Eponi à ajuster son saut suffisamment pour planter son pied droit contre le mur et rebondir, retournant vers la navette de largage tout en gagnant encore de la hauteur.

La faible gravité rendait la vie magique.

Flotter dans une brume enfumée et étincelante ruinait la majeure partie de cette magie.

Eponi s'écrasa contre le côté droit ouvert de la navette de largage, celui faisant face au mur. Des plaques de coque abîmées par les tirs de tourelles pendaient sur l'ouverture, et au moins l'une d'entre elles déchira les vêtements d'Eponi, s'accrochant au tissu et entaillant probablement la peau en dessous. Les yeux d'Eponi la brûlaient alors qu'elle clignait des paupières à travers la cendre, ses pieds se posant sur les restes désordonnés de la navette.

L'appareil s'était retourné lors du crash, plaçant Eponi sur un plafond traversé de poignées destinées aux troupes à l'atterrissage. Maintenant, ces fichues boucles servaient de petits pièges, se balançant près de ses pieds tandis qu'Eponi se dirigeait vers le cockpit. En restant baissée, elle évitait que la fumée ne lui passe au-dessus de la tête, lui donnant une chance de voir un chemin devant elle, éclairé par des conduits explosés et de petits feux qui brûlaient encore après l'assaut du transporteur.

— Parle-moi, Rovo ! cria Eponi en avançant.

Elle serait vraiment, vraiment contrariée si elle était venue jusqu'ici pour que Rovo soit mort.

Le cockpit d'une navette de largage avait tout le confort d'un tas de ferraille rouillé. Les navettes étant conçues pour être larguées à tout moment, on avait fait l'économie de toutes les dépenses, sauf en ce qui concernait les crashs. Le rembourrage de protection, les arceaux de sécurité et les amortisseurs intégrés aux navettes leur donnaient la robustesse nécessaire pour permettre aux passagers et aux pilotes de survivre à une descente sauvage vers la surface. Ils ne faisaient pas grand-chose contre les tirs laser, donc le premier bon coup d'œil d'Eponi sur les sièges révéla un désordre fondu et carbonisé.

Du moins pour tous sauf la paire avant, celle la plus éloignée du désastre qui ravageait la moitié arrière de la navette. Une fumée d'un bleu-noir profond s'élevait le long des sièges détruits, passant à travers le pare-brise brisé de la navette pour se répandre dans la baie. Comme un prophète à moitié mort, Rovo pendait dans son siège, son corps séparant la fumée. Eponi s'approcha, évitant les sièges arrière qui fumaient encore et atteignant les attaches qui retenaient Rovo.

— Tu m'entends ? demanda Eponi. Les yeux de Rovo semblaient fermés, sa tête pendait mollement, et il y avait une toute nouvelle coupure traversant le front du gamin, mais elle semblait superficielle. Du verre, peut-être. Il est temps de partir, Rovo.

La recrue ne dit rien. Ne bougea pas.

Pas un bon signe.

— On dirait qu'on va devoir faire ça de la manière salissante, alors.

Eponi tendit la main vers les attaches, sentit qu'elles lui brûlaient les doigts avec leur chaleur résiduelle, et elle retira ses mains d'un coup. Elle grimaça en réalisant ce que ces sangles brûlantes devaient faire au corps de Rovo, piégé contre elles. La recrue ne méritait pas ça. Personne ne le méritait.

Bon, peut-être ces agents.

Rassemblant son courage de pilote de kart, Eponi s'attaqua de nouveau aux sangles. Se mordant la lèvre, elle ignora la brûlure, détacha les attaches qui, une fois libérées, tombèrent en morceaux de toute façon. Rovo tomba du siège, une chute qui aurait dû lui faire se fracasser le crâne contre le plafond de la navette de largage. La gravité jouant encore son rôle réduit, Eponi attrapa Rovo par les épaules.

Avant qu'elle ne puisse trouver un moyen de redresser la recrue, toute la navette de largage fut secouée. Un nouveau bourdonnement couvrit tous les craquements et claquements autour d'Eponi, comme si l'univers avait décidé d'adopter un monotone de bas niveau. Eponi commença à jurer, parce qu'elle savait pertinemment ce que signifiait ce bourdonnement.

Ils étaient à court de temps.

La navette de largage pencha vers la gauche, envoyant Eponi et Rovo rouler vers son côté brisé. L'épaule d'Eponi, entaillée par le métal, ouvrit la voie, s'écrasant contre le côté gauche de la navette maintenant orienté vers le bas, avec Rovo blotti contre elle. Une nouvelle secousse, et la navette de largage... chuta.

La descente ne fut pas si longue, ils ne tombèrent pas si vite, mais l'impact brisa ce qui restait de la structure de la navette. Le côté au-dessus d'elle, ses plaques déjà déchirées par les tirs de tourelle et le crash, se fendit et se fissura. Si Eponi ne bougeait pas, elle et Rovo seraient ensevelis sous le métal en feu.

Pieds, mains, volonté. Tout cela, couplé au désespoir, poussa Eponi à se diriger vers ce pare-brise brisé, traînant Rovo avec elle alors qu'elle passait par-dessus les éclats de verre et sortait sur le sol de la baie d'amarrage. Derrière eux, manquant de peu les grands orteils de Rovo, la navette s'effondra en un brasier fumant. Une dernière alarme poussa un dernier hurlement alors que la navette mourait, une oraison funèbre appropriée pour un engin qui avait rempli sa mission.

Un autre vaisseau, à la hauteur de ses idéaux, prit vie au-dessus de la tête d'Eponi. Les réacteurs de manœuvre du transporteur géant bourdonnaient, le soulevant du sol de la baie et se préparant à son départ. À moins qu'Eponi et Rovo ne veuillent une mort rapide et enflammée, ils devaient bouger.

— Tu vas me devoir tellement pour ça, dit Eponi, se

relevant avec Rovo et se mettant à courir maladroitement vers les portes de la baie.

Seulement pour voir Sai se précipiter vers elle, son katana rengainé et les bras pompant alors qu'il courait à leur rencontre. Sans dire un mot — l'air était mieux utilisé pour continuer à courir — Sai prit l'autre épaule de Rovo et ensemble, avec un dernier baiser brûlant des moteurs du transporteur, ils sprintèrent hors de la baie. Aurora, debout près de la porte, la claqua alors que le vaisseau augmentait son accélération.

Eponi posa Rovo sur le sol du hall, puis s'effondra à côté de lui, clignant des yeux vers les lumières rouges du *Nautilus*. Elle prit une respiration. Deux respirations. Essaya de penser à des choses qui n'avaient rien à voir avec le feu, les cendres, les débris coincés dans ses cheveux et entre ses dents.

— Il est vivant, dit Sai, s'agenouillant entre Eponi et Rovo. Mais il doit aller à l'infirmerie rapidement.

— Tu es le plus en forme d'entre nous, dit Aurora, et Eponi se redressa pour voir que le capitaine avait quelques nouveaux bleus depuis le sauvetage. Emmène-le. Eponi et moi pouvons nous occuper du pont.

— Aurora, tu n'es pas en état...

— Tu m'as entendue, dit Aurora. Va, maintenant. Quand tu auras fini, reviens aux baies. Je ne pense pas que Renard soit sur ce vaisseau.

Sai semblait sur le point de prolonger l'argument un peu plus longtemps, mais l'homme suivait toujours les ordres d'Aurora, et cette fois-ci ne faisait pas exception. Avec un soupir, Sai souleva Rovo, toujours mou, toujours silencieux, sur ses épaules et s'élança dans le hall. Eponi les regarda courir jusqu'à ce qu'Aurora lui tende la main.

Eponi examina les doigts et la paume ensanglantés qu'on lui offrait, — Tu veux que j'attrape ce truc ?

— Tu n'as pas l'air en grande forme non plus, rit Aurora, d'une voix à la fois rauque et humide.

— Ça a été une longue journée, dit Eponi, mettant ses muscles endoloris en action pour se lever. Qu'est-ce qu'il y a sur le pont ?

— Je veux voir ce que toi et Sai avez réussi à faire, répondit Aurora. Et j'ai besoin de savoir si Deepak est vivant.

30

PARTENAIRES

Reprenant conscience la tête en bas, le monde tressautant au rythme des pas de quelqu'un d'autre, Rovo dut lutter contre les douleurs qui parcouraient son corps pour se débattre comme un poisson hors de l'eau. Son porteur s'arrêta face à ces mouvements et fit basculer Rovo par-dessus son épaule, déposant la recrue sur le sol froid, dur et réconfortant.

— Hé Rovo, dit Sai en s'accroupissant avec un sourire prudent. Tu es de retour parmi nous ?

— Je ne sais pas, répondit Rovo, clignant des yeux sous la lumière cramoisie du couloir et prenant conscience de la litanie de nerfs qui se manifestaient. Que s'est-il passé ?

— Le transport t'a abattu. Eponi t'a sauvé la mise, et maintenant j'essaie de t'emmener à l'infirmerie, expliqua Sai en indiquant le bout du corridor d'un signe de tête. Allez, on est presque à l'ascenseur.

— L'infirmerie ? Ouais, ce serait bien, dit Rovo. Je ne pense pas que le chirurgien sera ravi de me revoir.

— Ce n'est pas ton plus gros problème.

Rovo tendit un bras et Sai aida la recrue à se relever. Les

jambes de Rovo n'étaient pas exactement solides, mais il pouvait marcher, et ensemble, ils se dirigèrent vers l'ascenseur. Le couloir était maintenant rempli de gens, des membres d'escouade qui lançaient des regards à Sai et Rovo en passant, courant vers les zones d'amarrage. Des robots bourdonnaient également, cherchant des opportunités de réparation, à la recherche de personnes ayant un besoin urgent d'attention médicale.

Sai devait constamment les éloigner.

— Tu pourrais les laisser s'occuper de moi, tu sais, dit Rovo. Comme ça, tu pourrais aider Aurora.

— Pas question, répliqua Sai. Les agents sont partis dans leur transport, mais Aurora pense qu'il pourrait en rester à bord. Tu sais où se trouve Kaia, ce qui fait de toi leur cible la plus précieuse.

— Pas seulement moi, répondit Rovo. Un agent a envoyé un message. Ils savent sur quelle planète elle se trouve.

Sai rit : — Une planète ? C'est tout ? Je ne sais pas si tu as déjà vu une planète, Rovo, mais elles ne sont pas si petites.

L'homme avait raison. Rovo n'avait qu'à repenser à Dynas — ce qui semblait remonter à des millions d'années — pour savoir que même avec la localisation précise d'une cible, les choses pouvaient très mal tourner avant même d'atteindre l'objectif.

— Elle pourrait aussi partir, dit Rovo.

— Quoi ?

— Kaia. Rien ne dit que son père ne prendrait pas un autre transport pour aller plus loin. Wexer n'aurait pas beaucoup d'options, mais Gillane Quatre ?

— Plus que quelques-unes.

Deux membres d'escouade se tenaient devant l'ascenseur, tenant des fusils et lançant des regards suspicieux à Sai. Rovo ne pouvait pas vraiment leur en vouloir, car ni lui ni Sai ne portaient d'uniformes de DefenseCorp, et le *Nautilus* avait été mis en alerte à cause des agents.

Sai et Rovo levèrent tous deux leur bras libre, Rovo grimaçant à ce mouvement, en signe de paix. Cela n'empêcha pas l'un des soldats de lever son fusil tandis que l'autre s'avançait pour les accueillir.

— Vous voulez utiliser l'ascenseur ? dit celui qui les accueillait. Je vais avoir besoin d'une identification.

— Appelez Lamya, dit Rovo. Elle nous autorisera. Rovo et Sai, Escouade Sever.

Le soldat hocha la tête, leva son bracelet, et la porte de l'ascenseur s'ouvrit derrière eux. Le soldat qui tenait son fusil levé pivota vers la porte qui s'ouvrait et hésita. Rovo ne pouvait pas voir ce qui se trouvait à l'intérieur, mais il vit le soldat armé se soulever et traverser le couloir en volant, un mouvement soudain qui projeta le soldat contre le mur opposé avec une force à briser les os.

Le partenaire de l'homme projeté ne s'en tira pas beaucoup mieux, se retournant et commençant à crier avant que quelque chose ne le soulève et ne le jette sur son ami tombé. Sai repoussa Rovo, envoyant la recrue contre le mur proche. De sa main droite, Sai dégaina le katana et fit face à...

Une tache floue ? Un fantôme ?

Rovo cligna des yeux et essaya de comprendre ce qu'il voyait. Ce qui était, pour la plupart, rien. La lumière vacillait, se tordait par endroits, comme si quelqu'un avait placé du plastique froissé devant ses yeux, les plis brisant la vue. Sai semblait un peu plus confiant, se positionnant au milieu du couloir, le katana en avant et suivant une cible.

Une autre personne sortit de l'ascenseur. Ou plutôt, se traîna, un peu comme Rovo lui-même. L'homme avait reçu des coups, ou des brûlures de laser, et son uniforme, celui d'un haut gradé, portait des taches de sang sur son cramoisi. Son visage avait une qualité artificielle, la marque d'un chirurgien, et Rovo le reconnut : la projection de Wexer.

— Tu en as déjà combattu un avant, dit l'homme, regardant Sai. Où ça ?

— Rovo, dit Sai, ignorant la question. Tu connais ce type ?

— Je reconnais le look, répondit Rovo. Plus moche en personne.

L'homme retroussa sa lèvre meurtrie : — Vana, on bouge. Chaque seconde que nous perdons est un risque.

Sai fit un mouvement vif du katana vers la gauche, et quelque chose le heurta, des étincelles jaillirent et ce son classique de métal contre métal résonna dans le couloir. Sai transforma ce blocage en une frappe croisée, que Rovo supposa avoir plus pour but de gagner de la distance qu'autre chose. Le coup ne frappa rien, ces vacillements donnant de l'espace à Sai.

— Il s'appelle Renard, dit Sai à Rovo, ramenant le katana en position de garde. Si tu veux descendre le chef de tout ça, c'est ta cible.

— Je ne pense pas que je vais descendre qui que ce soit de sitôt.

Qui que ce soit que Sai combattait — Vana ? — plongea dans une nouvelle rafale d'attaques. Sai fit tournoyer le katana, bloquant ce qui semblait être deux armes. La longueur de la lame, couplée au jeu de jambes de Sai, maintenait l'homme en sécurité, et une fois de plus, Sai transforma ces déflexions en une attaque.

Abandonnant la parade transversale, Sai s'engagea dans un coup de pied. Le tir produisit un bruit sourd, comme si Sai avait frappé une boule de papier particulièrement épaisse. De légers cliquetis suivirent tandis que l'adversaire de Sai reculait sous l'impact.

Le laser jaillit, brûlant, du pistolet de Renard. Sai, apparemment plus attentif à la situation que Rovo, vit venir l'attaque sournoise et esquiva le tir. Rovo aurait pu l'encourager, aurait pu dire à Renard de faire quelque chose de déplaisant avec sa propre anatomie, mais ces formes floues profitèrent du mouvement de Sai pour l'agripper par le cou. Lâchant son katana, Sai porta ses mains à ce qui semblait être de l'air vacillant. Son visage se crispa alors qu'il luttait pour respirer.

Rovo n'avait pas d'arme, pas la force de se lever et de donner un coup de poing.

Mais il pouvait faire une offre.

— Arrêtez ! dit Rovo, essayant de crier mais ne parvenant qu'à émettre un ordre manifestement faible. Lâchez-le, et je vous aiderai.

Quelle que soit la chose qui tenait Sai, elle ne répondit pas, mais Renard, pointant son pistolet sur Rovo, fit un pas dans la direction de la recrue.

— Quelle aide pourrais-tu nous offrir ? demanda Renard, et Rovo perçut suffisamment de curiosité authentique dans la question pour garder un peu d'espoir.

— Vous voulez Kaia, n'est-ce pas ? dit Rovo. Je peux vous conduire à elle. Mais seulement si Sai survit.

Les efforts de Sai ralentirent, son visage prit une teinte violacée.

— Nous savons déjà où elle se trouve, dit Renard. Tu ne nous offres rien.

— Vous connaissez une planète. Moi, je sais comment la trouver dessus.

— Comment ?

— Lâchez-le, je vous le dirai.

Renard étudia Rovo, et la recrue eut l'impression d'être un livre qu'on lisait. L'officier cherchait des complots, des points d'intérêt et des particularités chez l'homme blessé étendu devant lui. Autant qu'il le pouvait, Rovo essaya de projeter de l'honnêteté. Il soutint le regard de Renard avec une concentration égale, s'efforçant d'ignorer que Sai était devenu immobile.

— Lâche-le, dit Renard. Nous avons une autre prise.

La chose qui tenait Sai jeta l'ami de Rovo à travers le hall, le faisant atterrir en tas avec les deux soldats à terre. Rovo essaya de se redresser, de voir si Sai bougeait encore, mais avant qu'il ne puisse bien voir, il sentit une main saisir son bras droit et le mettre debout.

— Peux-tu marcher ? Une voix de femme à son oreille, glacée de détermination.

— Avec de l'aide, dit Rovo. Lentement.

Apparemment, cette réponse ne convenait pas. Les jambes de Rovo furent soulevées et des bras le rattrapèrent, portant la recrue comme un civil secouru. Sa porteuse n'attendit pas d'autres instructions, marchant dans le hall avec Renard qui se traînait derrière, l'officier blessé haletant en s'efforçant de suivre le rythme.

De si près, Rovo assembla les pièces de ce qu'il voyait : une combinaison capable de réfracter la lumière, ou de la redistribuer pour paraître transparente, même si les bords laissaient des imperfections dans la continuité visuelle. Comme du verre avec des fissures capillaires.

Mais la combinaison invisible n'était pas la principale préoccupation de Rovo.

— L'avez-vous tué ? demanda Rovo à la femme qui le portait, devinant où se trouvait sa tête.

— Non, répondit la femme, gardant sa voix basse. Tu as parlé assez vite pour lui épargner la vie. Sois fier de ce fait.

— Je le suis, dit Rovo, parce qu'il l'était. Où allons-nous ?

— Vers un autre vaisseau, dit la femme alors qu'ils approchaient des baies d'amarrage. Je vais t'y fourrer, et tu vas coopérer, parce que si tu ne le fais pas, tu auras ce que ton ami n'a pas eu.

— Un accueil chaleureux et un bon café ?

La femme étouffa un rire. — Comment Aurora arrive-t-elle à vous gérer tous ?

Rovo écarquilla légèrement les yeux avant de se reprendre. La femme connaissait Aurora ? Et n'en parlait pas comme d'une rivale ou d'une ennemie ? Intéressant. Il y avait quelque chose à exploiter là.

— Aurora sait ce qu'elle fait, dit Rovo alors qu'ils atteignaient les baies d'amarrage, bien que plus petites, celles réservées aux vaisseaux privés et spécialisés. Et vous ?

— Nous prenons des risques pour changer la galaxie, parla la femme comme une prophétesse. Je ne pense pas que tu puisses demander plus.

— Je ne pense pas que travailler avec un voyou comme ce type va changer la galaxie pour le mieux.

— Parfois, on ne choisit pas ses partenaires.

La femme attendit que Renard les rattrape, pendant que l'homme appuyait son bracelet contre la porte de la baie d'amarrage. Le portail s'ouvrit, révélant un vaisseau élancé qui ressemblait à une feuille, ou à une larme. Ses panneaux noirs mouchetés présentaient un design dont Rovo avait souvent lu la description : les mouchetures n'étaient pas seulement esthétiques, mais adoptaient un piquetage physique qui perturbait les scanners traditionnels. La texture irrégulière faisait passer le vaisseau pour un astéroïde aux yeux des observateurs occasionnels, lui donnant une chance de se faufiler sans attirer l'attention.

— Magnifique, n'est-ce pas ? dit Renard, ouvrant la voie dans la baie. Ma propre commande personnalisée.

— Il manque des canons, railla Rovo.

— Ouvre simplement la rampe, Renard, dit la femme. Je me fiche de ton vaisseau ou de la façon dont tu l'as acquis.

L'officier lança un regard mauvais vers Rovo, mais pas tout à fait sur lui. La recrue imagina que mille insultes traversaient l'esprit et la bouche de Renard à cet instant, mais la raison — ou les possibles conséquences de mettre en colère quelqu'un portant une armure invisible — le garda silencieux. Tapotant sur son bracelet, Renard fit descendre une rampe d'embarquement très ordinaire de son vaisseau.

Cela montrait juste qu'on pouvait avoir l'air cool à l'extérieur et être parfaitement banal à l'intérieur. Après Calico Max et son look fou en gilet couplé à une unité familiale standard sur Wexer, Rovo en avait fini de donner du crédit aux gens pour leurs apparences extravagantes.

L'intérieur du vaisseau de Renard ne fit rien pour changer la philosophie de Rovo. L'homme avait dû dépenser tout son argent pour l'extérieur, car l'intérieur ne comportait que quelques petites cabines, un espace central avec un stockage de nourriture et une table cramoisie qui se dépliait du mur dans un espace à peine plus grand que les quartiers que Rovo avait pour lui-même sur le *Nautilus*. Renard se dirigea vers le cockpit mono-pilote tout en disant à Rovo et à la personne qui le portait de s'installer.

— Je te pose maintenant, dit la femme alors que la rampe d'embarquement se fermait derrière elle. Ne fais rien de stupide.

— Je suis à moitié mort, répliqua Rovo tandis qu'elle le déposait sur le siège de sécurité, une fine chose cramoisie — toujours cramoisie ici — longeant le mur opposé à la rampe. *Je vais être complètement mort si je n'obtiens pas d'aide rapidement.*

Rovo n'était pas sûr de cela, mais les derniers effets engourdissants de son bref passage à l'infirmerie s'étaient dissipés. Si Renard et son acolyte invisible voulaient prendre Rovo en otage, ils pouvaient au moins le mettre à l'aise.

— Renard, appela la femme, as-tu des fournitures médicales sur ce vaisseau ?

— Vérifiez dans le stockage, tout droit, répondit Renard d'une voix qui semblait aussi avoir besoin d'aide, étouffant et toussant à travers ses mots. Il devrait y avoir une caisse. Je décolle maintenant.

Rovo s'adossa au canapé tandis que la combinaison lumineuse disparaissait. Les moteurs du vaisseau ronronnèrent pour décoller, et Rovo ressentit cette sensation toujours étrange lorsque l'engin s'éleva, pivota et s'élança hors du *Nautilus*.

Un otage.

Mais, comme Sai, Rovo pouvait vivre avec ça.

31

MESSAGES

Cette fois-ci, Aurora attendait Deepak à l'extérieur de la salle de briefing. Le tour de l'Escouade Sever pour leur mission n'arriverait que dans quelques heures, mais le nouvel amiral promu avait dit qu'il aurait une pause vers maintenant, après avoir confié un autre contrat de patrouille à l'une des escouades plus jeunes du *Nautilus*. Ces soldats, qui semblaient terriblement jeunes et inexpérimentés, passèrent devant Aurora en jetant quelques regards nerveux à son grade et à ses yeux durs.

— Félicitations, dit JJ, le commandant de longue date de Beacon, en suivant son escouade. Heureux que l'Escouade Sever soit entre de bonnes mains.

— Il y a une place libre, si tu veux nous rejoindre, répondit Aurora, adressant au vieux routier un sourire usé. Il y avait toujours une place libre.

Toujours.

— Je préfère mes ennemis devant, là où je peux les voir, dit JJ, tapant sur l'épaule d'Aurora. Et puis, tu m'as déjà piqué un de mes meilleurs. Je pense que c'est suffisant.

— Sai est un tueur. Merci de l'avoir laissé partir.

Les yeux de JJ s'allumèrent.

— Sai est un père. N'oublie pas ça.

Le commandant de Beacon fit un dernier signe de tête à Aurora, puis s'éloigna dans le couloir à la suite de ses hommes. Deepak prit sa place, jaugeant Aurora d'un regard direct qui ne trahissait absolument aucune émotion.

— Bien joué, commandant, dit Deepak, commençant la conversation de la même manière qu'ils avaient terminé leur dernière : en toute formalité. J'ai été heureux de voir ton nom recommandé pour le poste de chef de l'Escouade Sever.

— Vraiment ?

Aurora n'était pas venue chercher la bagarre. En fait, elle voulait le contraire. Une réconciliation, un moyen de revenir sur leurs différends. Avec sa nouvelle position, Aurora ne pouvait pas se permettre d'être en mauvais termes avec Deepak, ne pouvait pas se permettre de laisser quoi que ce soit couver entre eux. Deepak choisirait les missions de Sever en tant qu'amiral du *Nautilus*, et rien de moins que le meilleur pour son escouade ne serait acceptable.

— Marche avec moi, dit Deepak, ne parvenant pas à cacher un léger sourire. Il s'avère que être le patron signifie un emploi du temps chargé.

— Tu n'as pas répondu à ma question. Aurora calqua ses pas sur ceux de Deepak alors qu'ils se dirigeaient vers la passerelle.

— Si j'étais heureux de voir que tu es arrivée là où tu dois être ? dit Deepak. Bien sûr. Tout amiral veut son équipage là où il performera le mieux. Il prit une inspiration, et Aurora se prépara à la réponse non officielle à venir. En plus, je suis sûr que l'argent supplémentaire te rendra heureuse.

Voilà. Deepak avait une façon d'enrober des opinions dures dans des apparences officielles sucrées.

— Je suis ici parce que ce n'est plus seulement à propos de moi maintenant, dit Aurora, choisissant de ne pas s'engager sur le terrain de Deepak. Se battre verbalement dans la boue pouvait être amusant, mais Aurora avait maintenant d'autres responsabilités. Mon escouade mérite ses chances. Nous sommes prêts à partir.

— Noté, dit Deepak alors qu'ils atteignaient la passerelle, ses grandes portes s'ouvrant devant eux. Honnêtement, Aurora, les affaires marchent bien. Je ne pourrais pas te cacher, toi et ton escouade, même si je le voulais.

Exactement ce qu'Aurora voulait entendre. Elle aurait les missions, l'argent, et ses nouveaux membres gagneraient de l'expérience. Sauf qu'elle ne pouvait pas tout à fait s'éloigner des derniers mots de Deepak.

— Le voudrais-tu ? dit Aurora alors qu'ils se tenaient sur la plate-forme surélevée qui s'avançait dans la passerelle, un millier de personnes s'affairant à leurs tâches tandis que le *Nautilus* filait à travers l'espace.

Ils savaient tous les deux ce qu'Aurora voulait dire par cette question. Le rappel d'une vie qui semblait de plus en plus absurde, enveloppé dans un nouveau départ et l'espoir joyeux qui l'accompagnait. Des nuits dans la nébuleuse et des jours au réfectoire. Se faufiler dans les couloirs arrière pour rejoindre la cabine de l'autre. Le scintillement de l'amour dans l'espace sombre.

— Je ne veux jamais mettre mes escouades en danger, dit Deepak, mesuré et pragmatique. La plus légère hésitation après. Y a-t-il autre chose que je puisse faire pour vous, commandant ?

Aurora chercha un indice sans en donner elle-même. Deepak gardait son visage officiel, aucune perle à trouver dans ces yeux.

— Non, c'est tout.

— Alors félicitations, et je vous verrai au briefing.

En règle générale, Aurora ne passait pas beaucoup de temps sur son passé. Avec l'Escouade Sever, avec Defense-Corp, passer trop de temps sur le passé - et trop de temps pouvait signifier une minute ou moins - pouvait vous coûter l'avenir. Et pourtant, se précipiter dans le hall avec toute la vitesse que deux personnes épuisées et couvertes de cendres pouvaient gérer donnait à Aurora l'espace pour repenser à Deepak, à toutes ces années brûlées dans ces couloirs spatiaux. Des soldats différents les entouraient maintenant, debout aux points de contrôle à la recherche d'agents restants, mais l'aspect métallique brillant, le bruit des bottes sur le sol, ceux-là restaient les mêmes.

Aurora prit un bracelet à un jeune soldat, un qui n'avait pas encore l'estomac pour dire non à quelqu'un avec le niveau de dureté maintenant très visible d'Aurora. La commandante de Sever n'avait plus aucun grade chez DefenseCorp, ne portait pas d'uniforme, mais les regards effrayés et stupéfaits qui flottaient dans sa direction s'avéraient tout aussi efficaces. Les soutenant avec son regard direct et des mots qui ne souffraient aucun refus, Aurora prit sa détermination à voir la passerelle et la transforma en arme.

Cette compétence, aussi, s'était développée dans ces couloirs. Aurora avait été une garde de sécurité gâchette facile à son arrivée, mais la discipline et ses récompenses en espèces avaient ciselé ses bords bruts en habitudes fortes et tranchantes. Ils-

— On ne l'a pas abattu, dit Eponi, interrompant l'avancée concentrée d'Aurora. La passerelle, n'est-ce pas ?

— Quoi ?

— Je n'y ai pas vraiment pensé, que tu ne serais pas au courant. Eponi, tout en suivant le petit trot d'Aurora, balaya plus de cendres de ses cheveux avec ses mains. Mais tu as dit que tu voulais vérifier le pont. Je te le dis, quoi qu'il se soit passé là-bas, ce n'est pas ma faute.

Aurora cligna des yeux, concentrée sur ses pas. — Nous n'avons pas pu joindre le pont depuis le centre de communication, donc quelque chose a mal tourné.

— Eh bien, oui, dit Eponi. Ils ont commencé à se tirer dessus, puis les chasseurs nous ont pris en chasse et on s'est tirés.

— Ils ?

— Je suppose les agents ? Deepak a donné l'ordre de les rassembler, et je ne pense pas que ceux sur le pont l'aient bien pris.

— Bien.

Vu le regard stupéfait de Deepak quand Aurora avait sorti le pistolet, montrant un peu de force lors des réunions ce matin, celles qui semblaient remonter à mille ans, l'amiral avait besoin de se salir les mains plus souvent. L'homme dirigeait toujours une force de combat.

L'entrée du pont confirmait la version d'Eponi. La large porte était à moitié fermée, des étincelles jaillissant encore occasionnellement des fentes coulissantes. Du sang et des traces d'explosions marquaient les murs et le sol devant, et deux soldats, portant tous deux des bandages et l'air épuisé, pointèrent leurs fusils vers Aurora et Eponi alors qu'elles approchaient.

— Amis, dit Aurora, s'arrêtant et levant les mains. Pas la

peine d'avoir fait tout ce chemin pour se faire tirer dessus par un soldat nerveux. J'essaie de savoir si Deepak va bien ?

Un soldat aboya pour qu'elles s'identifient, un ordre qui ressemblait plus à un jappement, une tentative désespérée de remettre un peu d'ordre dans une journée chaotique. Aurora n'avait aucune identification à offrir, et elle commençait à inventer une excuse quand Eponi se lança à la place.

— Une identification ? dit Eponi. Tu as des yeux, mec ? Tu ne vois pas que je n'ai aucune arme sur moi, qu'elle porte un pistolet cassé, et qu'on a l'air d'avoir fait un tour dans une machine à laver remplie de merde ? Qui est responsable ici, parce que ça a intérêt à ne pas être toi.

La bouche du soldat s'ouvrit et se ferma comme un poisson qui suffoque, puis, ne trouvant pas de réplique appropriée, l'homme dit à son coéquipier de garder son fusil levé et disparut à l'intérieur du pont.

— Bien dit, nota Aurora.

— Je me sens comme une ordure et j'ai l'air encore pire, dit Eponi. Plus vite tu pourras parler à l'amiral, plus vite je pourrai prendre une douche.

Peu importe ce qui te motive.

Le soldat revint sans faire d'autres victimes, verbales ou physiques, et dit que Deepak attendait à l'intérieur. Aurora ouvrit la marche, surprenant Eponi en train de lever les yeux au ciel vers le soldat en passant. Il y avait de nombreuses raisons pour lesquelles la pilote avait trouvé sa place dans l'Escouade Sever, notamment parce que la discipline standard ne correspondait pas à la vision du monde d'Eponi.

Aujourd'hui, Aurora pouvait vivre avec ça.

Le pont ne ressemblait en rien à l'expérience désagréable qu'Aurora avait eue plus tôt. Là où auparavant les postes de travail s'étendaient en pente depuis l'entrée comme une colline mécanique en réseau, il ne restait maintenant que des lambeaux brisés et brûlés. Les murs immaculés, qui s'incurvaient en une grande courbe le long de l'arrière du pont, portaient d'horribles marques noires, tandis que le grand bouclier de visionnage... n'existait plus. Tout le feu, la fumée et les dégâts avaient recouvert la vitre d'un gris-blanc tacheté, faisant ressembler le pont moins au summum stellaire d'un grand vaisseau qu'à un œuf pourri.

— Ça va demander du travail, admit Deepak alors qu'elles entraient. L'amiral, appuyé sur ses consoles à hauteur d'homme, offrit un sourire hagard. C'est pourquoi j'étais si heureux d'apprendre que vous aviez aussi détruit mon pont de secours.

— Blâme les agents. Aurora s'approcha complètement de l'amiral et l'examina rapidement. Combien de tirs as-tu reçus ?

— Trois. Un dans la jambe, un dans l'épaule, soupira Deepak, regardant vers le bas, et, d'une manière ou d'une autre, un sur mon pied. Je pense que le tireur a fait feu en tombant. Revenant au visage d'Aurora, Deepak ne put tout à fait réprimer un petit rire. On dirait que je ne suis pas le seul à avoir pris chaud aujourd'hui.

— Nous sommes vivants, c'est ce qui compte, dit Aurora.

Elle voulait demander à l'amiral comment il se sentait vraiment, voulait lui demander pourquoi il était là debout et pas en train de se rendre à l'infirmerie. Ces bandages sur ses blessures ne devaient pas beaucoup l'aider. Mais poser ces questions ne ferait pas avancer Sever là où il devait aller.

— Tu dois envoyer des chasseurs, après le transport qui vient de décoller, dit Aurora, hochant la tête vers une console derrière Deepak montrant des scans de proximité, où le transport apparaissait comme une grosse tache dans l'espace profond autrement vide. Les agents sont à bord, et ils ont une arme que nous ne voulons pas laisser s'échapper.

Deepak ne bougea pas, — Nous ? Aurora, je t'ai donné ton confinement. J'ai dit à mes soldats de rassembler les agents, une décision qui pourrait garantir mon retrait de ce poste. Qui garantira que je devrai vérifier ma chambre chaque nuit pour des pièges cachés avant de dormir, de peur qu'un agent ne se venge. J'ai fait ça pour toi-

— Arrête, coupa Aurora. Tu n'as pas fait ça pour moi. Tu l'as fait parce que tu savais que tout autre choix serait du suicide. Les agents se fichent complètement de tes troupes. Moi, j'y tiens, parce que j'en étais une avant.

Deepak hocha la tête, — J'ai vu ton message. Très bien, avec tous les bons mots. Pas que ça ait de l'importance.

— Pourquoi ?

— Parce qu'au moment où ton message atteindra les bonnes personnes, les agents auront assuré leur loyauté, ou les auront remplacées par d'autres réceptives à leurs demandes. C'est ce que j'essayais de te dire avant. Il n'y a pas de victoire possible ici.

— Alors pourquoi ?

Deepak ferma les yeux, secoua la tête, — Parce que je suis un idiot qui ne peut pas lâcher prise, voilà pourquoi.

Ne peut pas oublier ? Aurora essaya d'analyser cela, de suivre les mots de Deepak du début à la fin. Elle commença, et s'arrêta quand un officier cria d'en bas, un de ceux postés à l'un des rares postes de travail encore en fonctionnement.

Un vaisseau avait quitté le *Nautilus*. Un petit, enregistré au nom de Renard.

— Arrêtez ce vaisseau, répondit Aurora, passant devant Deepak et regardant vers l'officier. Abattez-le, si vous le pouvez.

— Amiral ? L'officier fit ce qu'il fallait et ignora Aurora. Blessant, mais juste. Que devons-nous faire ?

— Vous avez entendu le commandant, dit Deepak, semblant de plus en plus fatigué. Renard est un traître et un danger pour tout le monde ici. Abattez-le.

Aurora pensait que Renard était dans le transport, qu'il avait déjà quitté le *Nautilus* pour une autre cachette. Le gros vaisseau s'était déjà enfui hors de portée des tourelles du *Nautilus*, et Aurora allait demander à Deepak pourquoi il n'avait pas tiré dessus. Renard, cependant, serait une cible facile pour les crocs du *Nautilus*.

— Ils nous hèlent, monsieur, appela le même officier, dont l'état d'agitation s'amplifiait à chaque déclaration, comme une toupie qui s'emballe. C'est Renard lui-même.

— Alors envoyez-le, mon gars, et calmez-vous, répondit Deepak. Il ne peut pas nous faire de mal depuis son petit vaisseau.

Aurora ne pouvait pas en être certaine, mais elle laissa Deepak à son poste. Debout derrière lui alors que l'amiral se tournait pour voir l'appel entrant illuminer la console, Aurora ne vit pas la tête granuleuse de Renard, comme prévu, mais une autre.

— Rovo ? dit Eponi, aussi confuse qu'Aurora. Qu'est-ce qu'il fout avec Renard ?

La recrue n'avait pas l'air en forme, et ses yeux étaient fermés. La tête ballottant sur le côté, Rovo arborait des ecchymoses, des coupures et toutes les preuves d'une journée qui avait très mal tourné.

— Deepak ! La voix de Renard coupa, et l'officier colla son visage dans le cadre, avec un regard menaçant. Tu vois ma précieuse cargaison ? Un des membres de l'escouade de ton ami, je crois. Un jeune. Abats-moi, et il y passe aussi.

Renard n'avait pas arrêté, son vaisseau continuait de

s'éloigner. En quelques secondes, il volerait hors de portée du *Nautilus*. Deepak devait prendre une décision, et Aurora savait qu'elle pouvait appuyer sur la gâchette à sa place. Rovo était un membre de l'Escouade Sever. Elle pouvait dire à Deepak de tirer, et il le ferait.

— Un déserteur et un civil, dit Deepak en lançant un regard solennel à Aurora, son doigt naviguant vers le bouton muet, coupant les railleries continues de Renard. Une seule victime reste dans les limites. Nous devrions tirer.

Les mots n'étaient pas assez forts pour déclencher une réaction, ils n'étaient pas dirigés vers les autres sur le pont, ni vers Renard.

Aurora ne broncha pas.

— Non, répondit Aurora. Ne tirez pas.

— J'ai toujours su qu'il y avait un cœur là-dedans quelque part, dit Eponi alors qu'elles couraient dans le hall, derrière un soldat prêt à les scanner pour accéder à la cible. Tout ce discours sur l'argent et le commandement et voilà que-

— Eponi, ferme-la, dit Aurora alors qu'elles atteignaient l'entrée des baies du *Nautilus*.

Au niveau supérieur, les emplacements restaient fixes pour les vaisseaux officiels. Les pontes de DefenseCorp et les visiteurs importants. À l'exception d'un trio destiné à servir de chasseurs à accès rapide, des engins tranchants désignés comme escorte de dernier recours pour les officiers forcés de fuir.

Deepak avait suggéré l'idée, les proposant comme option si Aurora voulait essayer de sauver Rovo. Aurora avait marmonné un merci et était partie. Deepak survivrait, ne manquerait sans doute pas de mentionner ce petit moment plus tard.

Peut-être que Deepak avait essayé la même chose, en

poussant Sever dans tous ces créneaux sûrs. Rovo, cependant, avait été pris en otage. Ce n'était pas sa faute, pas son choix. Rovo ne méritait pas de mourir pour ça.

— Le premier est bon, dit Eponi, et le soldat les scanna pour les laisser passer, directement vers un vaisseau jaune chatoyant bourré de tourelles, de boucliers et de deux énormes moteurs enfoncés dans sa forme de demi-lune.

Pour un sauvetage, le vaisseau ferait l'affaire.

32

LES ABANDONNÉS

Frappé, tiré dessus, même poignardé lors d'une mission précoce pour DefenseCorp en patrouillant dans les rues d'une planète en rébellion, mais jamais étranglé. Pas avec une main le soulevant du sol, lui arrachant la vie seconde après seconde. Ses jambes s'engourdirent en premier, tandis que des taches noires dansaient devant ses yeux. Ses mains, qui essayaient d'abord de se libérer de l'étreinte sur sa gorge, devinrent flasques, comme un interrupteur qu'on éteint.

Le sang tambourinait dans sa tête, piégé, tournant en rond et mourant.

Et à travers ces taches noires, Sai vit les étincelles déchirantes, la fausse courbure liée à l'étrange combinaison contre laquelle il s'était battu près du transport et maintenant ici. À travers les déformations, Sai vit Renard, l'officier au cœur de tout cela, parlant à Rovo. Les mots prononcés entraient dans les oreilles de Sai, où ils disparaissaient dans la cacophonie paniquée et pulsante qui tourmentait son être désespéré.

Le lancer ne se fit sentir que comme un soulagement.

Sai mit longtemps à bouger après avoir été jeté de côté. Sous lui se trouvaient les deux soldats ruinés, morts par la vertu de leur propre malheur. N'importe quelle autre station que cet ascenseur, à cette heure-là, et ils auraient traversé toute cette journée sans problème. Maintenant, Sai utilisait leurs corps refroidissants et durcissants comme un lit cauchemardesque.

Il aurait dû se forcer à se lever. Il aurait dû se forcer à saisir ce katana et sprinter après Rovo. Lancer tout ce qu'il avait contre ces deux salauds.

Sauf que Sai ne pouvait pas bouger.

On meurt mille fois dans une carrière comme celle-ci. On se voit à la fin de sa vie encore et encore jusqu'à ce qu'on acquière une certaine attitude moqueuse. Ce tir, cette mission, ces bombes auraient dû être ceux qui enverraient Sai dans l'au-delà, mais ils ne l'ont pas fait, et ils ne l'avaient jamais fait. Même le virus d'Anaskya, déchirant son corps, ou l'engin de patrouille sur Wexer, ou le tir héroïque au laser sur le *Prisa*.

Ces derniers mois, Sai avait frappé à la porte de la mort à plusieurs reprises et s'en était sorti sans réponse.

Mais aucun, pas un seul de ces moments ne l'avait fait se sentir aussi faible.

— Tu veux partir ? lui avait-elle demandé, ce jour de pluie arc-en-ciel sous le ciel vitré et artificiel. Laisser tout ça ?

Ça, comme la plupart des autres matins, consistait en une course frénétique pour préparer son fils et sa fille pour l'école. Pour mettre sa femme dans un état où elle pouvait reprendre les responsabilités toujours actives dues à une ingénieure. Enfin, pour se mettre lui-même en uniforme, à la place qui lui était attribuée dans la vaste ville où Sai pouvait se tenir debout, assis ou marcher pendant des heures et prier pour que rien ce jour-là ne l'empêche de voir le suivant.

Aujourd'hui, cependant, tout allait plus lentement. Ses enfants, comme ils l'avaient fait au fil des années, avaient de moins en moins besoin de lui. Ils préparaient leur petit-déjeuner, faisaient leurs sacs, partaient avec un signe de la main à leurs amis qui les attendaient. Sa femme passait en un éclair du lit à la salle de réunion, laissant Sai préparer un repas avec pour seule compagnie les oiseaux. Aujourd'hui avait été comme hier, comme celui d'avant et celui-

— Quand as-tu su, demanda Sai, que c'était ce que tu voulais faire ?

Les enfants n'étaient pas encore rentrés, et ne le seraient pas avant un moment. Le porche, avec des oiseaux intré-pides se faufilant à l'intérieur de l'abri pour éviter la pluie, servait de territoire neutre. Le doux cèdre filé en laboratoire faisait une belle table, un cadeau que Sai avait offert à sa femme, avec un mois de salaire qu'elle gagnait en une jour-née. Les fleurs suspendues étaient sa touche personnelle. Partenaires égaux dans un espace égal pour une conversa-tion égale.

— Quand j'ai vu l'impact, répondit sa femme.

— Tu es plus charitable que moi, dit Sai, ses yeux déri-vant vers le katana. Il était posé près de la porte menant à l'intérieur de la maison. Il s'était entraîné dans la cour quand sa femme était rentrée plus tôt, après qu'il l'eut appelée. Ils t'admirent, tu sais.

— Toi aussi. Elle avait toujours cette façon, elle savait toujours comment transformer un compliment pour une personne en un succès pour tous. Tu es courageux. Fort.

— Statique, dit Sai. Il ne pouvait pas être ça aujourd'hui, cependant. L'offre était arrivée, une ouverture pour quelqu'un avec ses compétences. Je ne veux pas qu'ils me regardent vieillir. Qu'ils me regardent faire ça tous les jours.

Six mois plus tard, après avoir passé plus de tests et de formations que Sai n'en avait jamais fait, les esprits mercenaires de DefenseCorp l'avaient transféré sur le *Nautilus*. Il avait quitté la maison avec des larmes ouvertes, des étreintes fortes, et la promesse de revenir quand Sai sentirait qu'il avait mérité son repos. Entre-temps, l'argent supplémentaire paierait les écoles, paierait pour que les parents de sa femme viennent vivre avec elle. Tous des avantages.

Ces derniers regards seraient le prix terrible à payer.

— Sai, dit la voix grave, réveille-toi, mon ami.

Sai vit le hall, sentit les corps sous ses mains. Il avait dû s'évanouir à nouveau. Sa gorge lui faisait encore mal, cette douleur sourde résonnant quand Gregor porta une petite tasse d'eau à la bouche de Sai et le força à boire le liquide.

— Il y a un médicament dedans, dit Gregor. Tu te sentiras mieux.

À un moment donné, peut-être. Le tonique de Gregor n'agissait pas instantanément, mais Sai se força quand même à s'asseoir, les jambes tendues comme un enfant. Gregor le dominait, près de l'ascenseur, tandis que d'autres membres de l'escouade s'occupaient des corps derrière Sai.

— Ils ont Rovo, dit Sai, l'urgence revenant. Nous devons-

— Partis, répondit Gregor. Les lâches ont fui. Aurora et Eponi sont à leur poursuite maintenant.

— Où ? Pouvons-nous les rattraper ?

Gregor secoua la tête, se pencha et aida Sai à se lever. L'homme lança un regard étrange à Sai en le faisant, suivant sans doute du regard les brûlures déchiquetées du *Prisa*, les ecchymoses le long du cou de Sai.

— Que t'est-il arrivé ? dit Gregor.

— Beaucoup, répondit Sai en jetant un regard en arrière vers les membres d'équipe tombés, accompagné d'un soupir. Ils n'ont pas survécu ?

Gregor suivit le regard de Sai et poussa le même soupir.

— On dirait que non. Qui était-ce ?

— Quelqu'un dans une nouvelle combinaison, je pense. J'en ai combattu deux aujourd'hui. Des salopards invisibles.

— Ah. Moi aussi, dit Gregor. Dangereux.

— Renard est venu ici aussi.

— Pas surprenant. Je les ai suivis. Gregor poussa Sai vers l'ascenseur. Tu as besoin d'aller à l'infirmerie ?

— Ce ne serait pas une mauvaise idée, je pense. Sai fit un décompte mental de ses douleurs avant de s'arrêter sur le regard déçu de Gregor. Mais j'ai l'impression que tu as une autre idée ?

— Renard a laissé des preuves derrière lui. Nous devrions les détruire.

— Quoi ?

— Suis-moi.

Suivre signifiait ici longer le corridor près du mess, au niveau inférieur du *Nautilus*. Ils passèrent devant les portes menant aux grands laboratoires du vaisseau, et finalement arrivèrent à l'une d'elles près de la fin du hall. Des membres d'équipe s'affairaient là aussi, plaçant des corps brisés sur des civières pour les envoyer à l'infirmerie.

— La même chose que ce que tu as vu là-haut. Vana, dit Gregor tandis qu'ils observaient, est très dangereuse. Plus que Renard. Mais je ne suis pas certain de quel côté elle est vraiment.

— On dirait que ce n'est pas le nôtre. Sai fit un geste vers les corps alors que les deux membres de l'Escouade Sever passaient devant eux pour entrer dans le laboratoire.

Les membres d'équipe ne défièrent pas Sever, peut-être

parce qu'ils connaissaient Gregor, ou peut-être parce qu'ils avaient déjà assez de problèmes comme ça. Quoi qu'il en soit, le *Laboratoire d'armement 5* abritait une grande armure endommagée, quelques crochets vides, et des marques sur les murs et le sol racontant une histoire difficile.

— Elle aurait pu me tuer, dit Gregor. Cela n'aurait pris qu'une seconde, mais elle ne l'a pas fait.

— Tu as l'air plutôt coriace à tuer, Gregor. Peut-être qu'elle pensait ne pas avoir le temps.

— La lame était sur ma gorge. Je ne pouvais pas bouger.

Sai haussa les épaules, observant Gregor s'enfoncer davantage dans le laboratoire. L'homme tourna à droite, se dirigeant vers le coin de la pièce. Lorsque Gregor se pencha, Sai vit les scintillements, la lumière qui se courbait. Sans une seconde d'hésitation, repoussant ses douleurs, Sai avait son katana de nouveau en main. Pas question de se faire surprendre encore une fois par l'une de ces combinaisons.

— C'est bon, dit Gregor. Celle-ci est détruite.

Son katana prêt, Sai s'approcha prudemment, regardant Gregor tâtonner l'air défaillant et trouver le mécanisme d'ouverture de la combinaison. Comme dans un mauvais effet spécial de film, la visière de la combinaison se rétracta, révélant le visage d'un homme, avec un nez cassé et ensanglanté et des yeux vitreux. Il respirait encore, cependant.

— Tu l'as laissé en vie ? demanda Sai, abaissant le katana vers la cible.

— Jambes cassées, dit Gregor. Je ne voulais pas que les autres le trouvent.

L'homme toussa quand Gregor lui donna une légère tape sur la joue. Ses yeux s'ouvrirent brusquement, injectés de sang et douloureux.

— Nom ? demanda Gregor.

L'homme répondit par un juron, dirigé vers Gregor avec

la vigueur crachante d'un mauvais perdant. Sai avait la pointe du katana sous le menton de l'homme avant même que les mots aient fini de fuser.

— Essaie encore, dit Sai.

— Conyers, dit l'homme, les yeux fixés sur la lame. Pas que ça importe. Vous allez me tuer de toute façon, je suppose.

— Mais pas tout de suite, dit Gregor, puis le grand homme fit un signe de tête en s'éloignant de Conyers, vers l'espace vide de la pièce. L'autre est-il ton ami Casparien ?

— Il ne restait que deux agents que Renard pouvait trouver, confirma Conyers, son attitude se dissipant en halètements alors que ses blessures le rattrapaient. Nous l'avons pris à l'infirmerie pour l'amener ici.

— Il est parti, dit Gregor. Maintenant, tu peux parler.

Sauf que Conyers ne le pouvait pas. Alors que Gregor parlait, les yeux de l'agent se révulsèrent et l'homme perdit à nouveau connaissance.

— Tu fais trop peur, dit Sai.

— Peut-être. Ou peut-être est-il temps que nous allions à l'infirmerie.

— Voilà un plan que je peux suivre.

Sai et Gregor prirent chacun un corps en combinaison. Heureusement, ces choses invisibles étaient assez légères pour que Sai ne ressente des élancements que tous les quelques pas. La marche du retour s'accompagna d'un changement progressif dans le *Nautilus* lui-même. Les lumières repassèrent à leur blanc habituel. Des ordres appelant les équipes de réparation résonnaient dans les interphones. L'infirmerie elle-même bourdonnait, bondée de membres d'équipe, d'agents capturés et, maintenant, d'un membre de l'Escouade Sever.

Sur le lit, lorsque le robot infirmier demanda à Sai s'il avait besoin d'autre chose, l'homme n'eut qu'une requête.

Récupérer les vidéos de sa boîte de réception. Celles de sa famille. Sai s'attendait à ce qu'elles soient verrouillées, mais le robot infirmier s'exécuta. Il lui envoya un petit écran, et alors que les médicaments atteignaient ses nerfs, Sai vit les visages souriants d'une famille qu'il avait laissée derrière lui depuis bien trop longtemps.

POINT DE RUPTURE">

33

POINT DE RUPTURE

Bien que le chasseur n'ait rien à voir avec la puissance du *Prisa*, l'engin avait concentré toute sa vitesse dans ses deux moteurs. Dès qu'Aurora donna le signal, Eponi fit surgir le chasseur et s'éloigner en trombe du *Nautilus*.

Le siège enveloppait étroitement Eponi, se refermant sur ses épaules, son dos et son cou pour assurer la stabilité lors des tonneaux et des esquives rapides, que ce soit dans l'atmosphère ou dans l'espace profond. Le manche de pilotage, un modèle unique jaillissant entre les genoux d'Eponi, était très sensible, ce qui lui fit dépasser sa cible à deux reprises avant de finalement s'installer dans une approche stable.

La difficulté résidait aussi dans la localisation du vaisseau de Renard. L'engin se brouillait sur les écrans du chasseur, comme un murmure dans une grande salle. Eponi aurait eu du mal à le repérer si elle n'avait pas su où l'homme se dirigeait, et le gros transport avait autant de discrétion que Gregor en pleine cuite. En remontant à partir du bateau, les scanners d'Eponi parvinrent à détecter juste assez d'anomalies pour la pointer dans la bonne direction.

Eponi poussa les moteurs, et bientôt, la furtivité de Renard ne put plus compenser la proximité.

Des graphiques orange se projetèrent sur le pare-brise en forme de bulle, entourant le vaisseau de Renard d'un halo et l'environnant de chiffres translucides qui décomptaient la distance de tir, estimaient la vitesse et, avec une légère flèche fantomatique, devinaient la direction de Renard. Pas qu'Eponi ait besoin de cette aide : le gros transport brillait au loin, une route d'évasion évidente.

— Tu t'en sors ? demanda Eponi, la pilote renvoyant ses paroles à Aurora, dont les mains étaient enroulées autour des manettes de la tourelle principale.

— C'est une tourelle. Je gère.

— Même avec les coups ?

Eponi savait qu'elle ne se sentait pas au mieux de sa forme. La précipitation pour rejoindre Rovo avait aidé à surmonter le choc persistant de la tentative de sauvetage audacieuse et du quasi-embrasement du *Prisa*, mais Aurora semblait l'avoir bien plus mal vécu.

— Je gère.

Rien ne suivit. Le froid traversa la communication. Eponi ne posa pas de questions.

— On approche de la cible, dit Eponi, le petit chasseur faisant son travail en se rapprochant de Renard. S'ils ne commencent pas à tirer, tu devrais avoir un angle clair sur les moteurs. Si on essuie des tirs...

— Je ne raterai pas.

D'accord. Si le ton ferme d'Aurora avait son mot à dire, Renard était fichu.

Le chasseur entra dans la portée des lasers avec un tintement clair. Eponi guetta une tourelle, une quelconque contre-attaque, mais rien ne vint. Soit Renard pensait que Sever ne risquerait pas d'attaquer avec Rovo à bord, soit il avait dépensé tout son argent pour se cacher et rien pour survivre.

Eponi abaissa l'angle d'approche. Elle arriverait brusquement, plongeant derrière puis sous le vaisseau. Aurora aurait une large fenêtre pour s'aligner et tirer suffisamment pour percer les boucliers et griller les moteurs, et bien que le chasseur n'ait aucun moyen de récupérer Rovo à bord, Deepak avait une autre navette de largage prête à partir.

Facile.

Si facile qu'Eponi répondit à l'appel entrant sans aucune inquiétude. Normalement, on n'interrompt pas une approche d'attaque avec une conversation futile, mais l'absence totale de manœuvres d'évasion de Renard et la confiance d'Eponi dans les doigts sur la gâchette d'Aurora signifiaient qu'elle pouvait prendre l'appel de Deepak et lui dire de préparer cette navette.

— Vous retiendrez votre feu si vous voulez que votre ami vive, crépita la voix de Renard, brisant l'approche sereine d'Eponi. Si votre chasseur envoie ne serait-ce qu'un seul laser dans ma direction, votre homme meurt.

— Si vous le tuez, dit Aurora, vous perdez votre chance de trouver Kaia.

— Faux, répliqua Renard. Je ne fais que la retarder. Nous avons sa planète, nous connaissons son père. Nous la trouverons.

Eponi observa la distance diminuer. Ils entreraient dans la zone de tir dans quelques secondes.

— Alors on vous laisse partir ? dit Aurora. Avec Rovo ? Pas question.

— Un otage est toujours en vie, commandant. Un cadavre n'est qu'un cadavre.

Eponi coupa le son de l'appel tout en ralentissant le chasseur.

— Il va falloir faire un choix, Aurora, dit Eponi. Je peux rester derrière Renard, mais il s'approche de ce transport, et je n'ai pas envie de jouer au chat et à la souris avec ces gros canons si je peux l'éviter.

— Tu peux penser à une autre option ?

— Pour l'instant ? Toi et moi, on est dans une minuscule capsule sans beaucoup de flexibilité, dit Eponi. Peut-être qu'on pourrait secouer le vaisseau de Renard assez pour le renverser, mais sans équipe d'abordage, on est coincées.

— S'il atteint ce transport, on ne reverra jamais Rovo.

La voix d'Aurora avait cette finalité froide. Le ton que la capitaine avait utilisé quelques fois auparavant, quand les circonstances envoyaient un autre membre de l'équipe faire son dernier tour. Aurora l'utilisait peut-être comme une soupape de sécurité pour sa propre psyché, annonçant la fin de la course avant qu'elle ne se termine pour s'épargner la douleur.

Eponi avait fait ça elle-même. Elle avait aussi fait des tentatives téméraires pour se remettre en selle, pour pousser à la victoire contre des probabilités terribles.

La dernière fois qu'elle avait fait ça, ça avait mis fin à la carrière d'Eponi.

— Rappelle-nous, dit Eponi, et faisons demi-tour. Ils ne tueront pas Rovo. Pas tout de suite du moins. On peut réessayer.

— Réessayer ? Quand ?

— On les suit. On choisit le lieu, le moment, et on récupère notre bleu.

Eponi manœuvra délicatement le chasseur derrière le vaisseau de Renard, flottant dans le sillage des moteurs de l'appareil plus imposant. D'une simple pression, elle fit apparaître la signature du transport sur le pare-brise, un nouveau jeu de chiffres indiquant à Eponi le temps qu'il leur restait avant que le transport ne puisse commencer à tirer.

— J'imagine que votre silence signifie que vous êtes en train de peser vos options, dit Renard. Si cela importe, je voulais tous vous voir morts. Votre fichue escouade a ruiné Dynas, et je pensais que vous méritiez des représailles. Mais maintenant que vous m'avez donné ce dont j'avais vraiment besoin, en échange ? Je pourrais ne pas tous vous tuer.

Les jurons d'Aurora résonnèrent à travers les cockpits. Suffisamment pour eux deux.

— Si vous lui faites du mal, dit Aurora, si vous faites encore quoi que ce soit à mon escouade, je m'assurerai que vous ne verrez plus jamais l'aube.

— Une menace ? rit Renard, d'un rire sifflant. Je vous en prie. J'en ai entendu de bien pires. Si tout se passe bien, je veillerai à ce que votre recrue soit laissée avec suffisamment d'argent pour acheter un transport de retour, où que cela puisse être. Maintenant, veuillez éloigner votre chasseur, ou je serai forcé de faire un carnage.

34

SOUHAITS ET DÉSIRS

Rovo reconnut la pièce. Un standard DefenseCorp spécial : sans fioritures, tout fonctionnel. Et la fonction de cette pièce était la récupération. Un repos en route vers une destination. Rovo était allongé sur un fin lit de camp, avec un écran noir à sa gauche affichant ses constantes vitales : rythme cardiaque, respiration, température, toutes recueillies par son contact avec le lit.

La pièce comportait une chaise fine et un petit écran suspendu dans un coin pour le divertissement ou, comme Gregor l'appelait, la préservation de la santé mentale. Une seule porte blanche et douce, sans poignée ni scanner pour l'ouvrir, enfermait Rovo dans cette minuscule chambre. Même s'il avait eu un bracelet, il n'aurait pas pu sortir à moins que quelqu'un ne le surveille et ne le laisse partir.

Car, même dans les transports, les soldats pouvaient craquer. Traumatisme, colère, panique. Toutes ces choses nécessitaient des espaces où un membre de l'escouade serait empêché de se faire du mal ou d'en faire aux autres.

Non que Rovo ait à s'inquiéter : son propre corps se sentait encore si endolori, malmené et peu disposé à coopérer pour une action agressive qu'il resta sur ce lit de camp à fixer le plafond gris et sans relief au-dessus de lui. Il se souvenait, par bribes éparses, de ce qui s'était passé sur le vaisseau de Renard. L'homme avait parlé avec Aurora, semblait-il. Peut-être avec Deepak. Menacé la vie de Rovo.

Eh bien, ce n'était pas trop surprenant.

Si on prend un otage, autant s'en servir.

La porte s'ouvrit dans un sifflement, et Rovo s'attendait à voir Renard. Au lieu de cela, il vit une femme plus âgée. Une qu'il reconnaissait. Celle qui était avec Aurora quand elle était entrée en dansant dans le centre de communication pour déclencher cette fusillade.

L'agent.

— J'attendais que tu te réveilles, dit la femme en s'asseyant sur la chaise et en croisant les jambes, comme une thérapeute sur le point de délivrer des conseils qui changeraient une vie. Tu as mis du temps.

— Ça a été une dure journée.

— Pour beaucoup, répondit la femme. C'est pourquoi je suis là. Nous t'avons emmené parce que nous espérons que tu pourras rendre toute cette douleur utile.

Rovo se tourna sur le côté, sa poitrine endolorie protestant contre ce mouvement, mais il voulait avoir un regard direct sur la femme.

— En donnant à Renard ce qu'il veut.

— Nous y arriverons, dit la femme, lui adressant un regard patient comme celui que la mère de Rovo lui lançait quand il s'énervait trop. Si nous commencions par les noms ? Je suis Vana.

Pas grand mal à faire les présentations.

— Rovo.

Vana inclina la tête.

— Enchanté de te rencontrer, Rovo. Sais-tu où tu es ?

— Dans un transport, dit Rovo, et laisse-moi deviner, il va à Gillane Quatre ?

— Est-ce que tous les membres de l'Escouade Sever sont aussi intelligents ?

— Nous sommes impatients.

— Je vois ça, dit Vana, sans jamais se départir de son sourire agréable. Alors laisse-moi me passer des prétextes. Nous allons à Gillane Quatre pour récupérer la fille, parce qu'elle a ce dont nous avons besoin.

— Tu en parles comme si c'était un objet qu'elle transportait, plutôt que son sang.

Vana balaya les mots d'un geste, poursuivant :

— Tu as vu les combinaisons. Je ne croyais pas que Renard pourrait y arriver, mais il l'a fait. Des cellules casparriennes tissées avec un matériau réfléchissant standard. Ça les garde saines et résistantes, comme une couche de peinture protectrice. Sauf que c'est fragile.

— Ça ne m'a pas semblé si fragile, dit Rovo.

Vana semblait satisfaite d'expliquer le spectacle, et Rovo se dit qu'il ne l'en empêcherait pas. Plus il aurait d'informations, mieux ce serait. Sever viendrait le chercher, et quand Aurora le rattraperait, Rovo serait ravi de partager ce qu'il avait découvert.

— Elles peuvent encaisser un coup de poing ou un tir laser assez bien, dit Vana. Les Caspariens, cependant, sont des choses sensibles. Ils ne supportent pas les températures extrêmes. Renard pense que les combinaisons échoueront en dehors des climats contrôlés. Mais mélange la résistance fonctionnelle du virus de ce scientifique, et maintenant ?

— Félicitations, vous avez tout ce qu'un agent pourrait désirer.

— Tout ce que DefenseCorp pourrait vouloir, rectifia Vana. La galaxie est un endroit dangereux, Rovo. Malgré notre position, DefenseCorp doit protéger ses intérêts. Nous ne pouvons pas nous reposer. Une combinaison comme celle-ci mettrait notre pouvoir au sommet. Et il y a de la place là-haut.

Ah. Voilà.

— Tu comprends, dit Vana. Je peux le voir. Aide-nous à trouver la fille, et tu t'aideras toi-même. Ces combinaisons vont changer toute notre organisation, et dans le change-ment, il y a des opportunités. Avec Renard et moi pour te soutenir, tu auras plus de pouvoir, plus d'argent que tu ne pourrais jamais en avoir besoin.

Rovo s'efforça de ne pas cligner des yeux, de ne pas rire. Il avait rejoint DefenseCorp pour l'aventure, pas pour l'ar-gent, mais peut-être que Vana ne pouvait pas comprendre ça. Ne pouvait pas comprendre pourquoi quelqu'un ferait ça pour autre chose que l'argent et le pouvoir.

Et cette réalisation donna à Rovo une ouverture. Une chance.

— Je vais vous aider, dit Rovo. Tant qu'elle ne sera pas blessée. Kaia.

— Pas plus que lors d'une visite médicale normale, assura Vana. Une petite piqûre, un petit échantillon, et c'est tout ce dont nous avons besoin.

— Alors quand nous atterrirons, je la trouverai pour vous.

Vana se leva.

— Tu la trouveras pour toi. Bienvenue dans notre équipe, Rovo. Repose-toi et récupère. J'ai peur que tes anciens amis ne voient pas les choses de la même façon, et tu devras peut-être les persuader.

Rovo regarda Vana partir, marchant vers la porte et

jetant un coup d'œil vers un petit bouton argenté dans un coin. Il regarda la porte se fermer hermétiquement, scellant la recrue à l'intérieur.

Non, Sever ne verrait pas les choses de la même façon. Rovo s'en assurerait.

35

LE CHOIX

La floraison lointaine de la nébuleuse s'élevait à travers le pont d'observation du *Nautilus*. Le personnel de toutes les branches se tenait debout ou assis à de fines tables, partageant des vins bon marché et des amuse-gueules de fortune. L'endroit le plus charmant du *Nautilus* dansait toujours au rythme du violon de DefenseCorp axé sur le profit, mais les crackers secs et le jus de fruits ne pouvaient rien faire pour diminuer la vue.

— Nous avons fixé le cap, dit Deepak. Nous serons derrière vous, bien sûr, mais vos renforts finiront par arriver.

Aurora hocha la tête, souriant légèrement à ses bandages dans l'éclairage violet profond du pont d'observation, conçu pour attirer l'attention sur les merveilles variées de l'espace.

— Qu'est-ce qui t'a fait changer d'avis ? demanda Aurora. Avant, tu étais prêt à donner à Renard tout ce qu'il voulait.

— Je le ferais encore si je pensais que cela garderait mon commandement en sécurité, répondit Deepak. Ton escouade, cependant, a ruiné cette opportunité.

— Oh non. Tu es forcé de faire la bonne chose. Comme c'est terrible.

Deepak lança un regard acéré à Aurora. — J'ai perdu des troupes aujourd'hui. Beaucoup. DefenseCorp indemnisera leurs familles, mais la douleur qu'elles ressentiront en apprenant le sort de leur fils, de leur fille ou de leur parent ne sera pas effacée avec de l'argent.

— Mieux vaut mourir en protégeant une galaxie libre que vivre sous ce que Renard planifie.

Deepak ne répondit pas à cela. Pendant plusieurs minutes, ils regardèrent tous deux les étoiles, les conversations environnantes bouillonnant doucement autour d'eux. L'esprit d'Aurora se tourna vers Rovo, filant vers Gillane Quatre. Elle croyait Renard quand l'homme disait qu'il ne tuerait pas la recrue : les agents avaient une façon de tirer tout l'usage possible de quelqu'un avant de le jeter mort dans une ruelle.

Eponi s'était postée sur le *Prisa*, supervisant les réparations. Deepak avait promis à l'Escouade Sever de nouveaux stocks d'armures motorisées et d'armes, une tâche dont Gregor s'était chargé. Sai occupait toujours un lit de l'infirmerie, brûlant les heures pendant que les onguents faisaient leur travail. Dans l'ensemble, ils seraient prêts à quitter le *Nautilus* dans quelques jours, filant à bord du *Prisa* à la poursuite de Renard et de Rovo.

— J'envoie des messages à tous les autres amiraux que je connais, dit Deepak, brisant le silence. Je soutiens les mots que tu as déjà envoyés. Cela aura du poids, peut-être suffisamment pour les retourner contre Renard et les agents. La phrase suivante sembla sortir difficilement de sa bouche, comme s'il ne pouvait pas tout à fait croire qu'il la prononçait. — Je ne sais pas si DefenseCorp survivra à cela.

— Peut-être que ça ne devrait pas, dit Aurora. Peut-être

que nous ne devrions pas vivre dans une galaxie où une seule organisation a autant de pouvoir. Où quelques personnes peuvent décider du sort de billions d'êtres.

— N'est-ce pas ce que ton escouade est en train de faire en ce moment, Aurora ? Quelques personnes, décidant du sort de billions ?

Aurora compta les douleurs, les égratignures et les brûlures qui jouaient leurs notes douloureuses sur ses nerfs. Elle repassa dans sa tête Dynas, Wexer et les couloirs du *Nautilus* qui l'avaient amenée jusqu'ici. Les cinq membres de Sever avaient mis au jour un plan secret, avaient retourné DefenseCorp contre elle-même, une guerre civile d'entreprise qui pourrait...

Elle n'était pas du genre à spéculer.

— Je suppose que tu dois choisir, dit Aurora. Les idées de Renard, ou les miennes.

Deepak hocha lentement la tête. — Je pense avoir déjà fait ce choix.

Dehors, la nébuleuse rose semblait s'embraser contre l'obscurité. Une étoile envoyant son dernier au revoir à un univers sans fin, ou juste un jeu de lumière ?

Aurora prit son verre, le fit tinter contre celui de Deepak. — Alors allons attraper ce salaud.

Avec un membre de l'équipe pris en otage et un enfant en danger, l'Escouade Sever poursuit un agent mortel à travers la galaxie.

Continuez l'aventure de l'Escouade Sever dans *Marée Sinistre*:

REMERCIEMENTS

Ce roman est le fruit du refus de ma famille et de mes amis de laisser mourir un rêve. Ma femme Nicole, pour m'avoir permis d'écrire tôt le matin et s'être assurée que je ne meure pas de faim. Mes frères et mes parents pour leurs commentaires constants, leur soutien et leur enthousiasme.

Evan Aaseng, pour avoir été un interlocuteur constant et m'avoir ramené sur terre chaque fois que mes idées allaient trop loin.

Et, bien sûr, vous, le lecteur, pour m'avoir donné une raison d'écrire.

À PROPOS DE L'AUTEUR

A.R. Knight tisse ses histoires dans une maison glaciale à Madison, dans le Wisconsin, principalement dirigée par deux chats. Après avoir été happé par le tourbillon du travail lors de la crise économique de 2008, il s'est retrouvé à s'évader dans l'espace et à vivre de grandes aventures pendant des réunions ennuyeuses.

Finalement, après s'être consacré aux podcasts, aux scénarios, aux nouvelles et à d'autres romans, il a trouvé une histoire dans laquelle il pouvait se plonger et un casting de personnages à la fois divertissants et pleins de cœur.

L'Escouade Sever a encore de nombreuses aventures à venir, ainsi que de nouvelles intrigues, de nouveaux décors et de nouvelles histoires à l'avenir. À partir de là, A.R. Knight prévoit de sauter vers d'autres mondes et de trouver de nouvelles histoires à raconter dans les frontières illimitées de notre imagination.

Merci, comme toujours, de nous lire !

Pour plus d'informations :
www.blackkeybooks.com

À Andy

www.ingramcontent.com/pod-product-compliance
Lightning Source LLC
Chambersburg PA
CBHW032339310726
48973CB00007B/1775